来自东京 你懂de!

蒋丰／著

陕西出版传媒集团

陕西人民出版社

图书在版编目（CIP）数据

来自东京 / 蒋丰著. —西安：陕西人民出版社，2014
ISBN 978-7-224-11131-6

Ⅰ. ①来…　Ⅱ. ①蒋…　Ⅲ. ①随笔－作品集－中国－当代　Ⅳ. ①I267.1

中国版本图书馆 CIP 数据核字（2014）第 091248 号

来自东京

蒋丰　著

出 品 人：惠西平
总 策 划：宋亚萍
策划编辑：李婷晓　李向晨
责任编辑：张璐路　李婷晓　李向晨
封面设计：左　岸

出版发行：陕西出版传媒集团　陕西人民出版社
　　　　　（西安市北大街 147 号　邮编：710003）
印　　刷：北京密兴印刷有限公司
开　　本：710mm×1000mm　1/16
印　　张：15.75
字　　数：196 千字
版 印 次：2014 年 5 月第一版　2014 年 5 月第一次印刷
书　　号：ISBN 978-7-224-11131-6
定　　价：39.00 元

投稿邮箱 bwcq@163.com
发货电话 010-88203378

自序　观察日本，拒绝"你懂的!"

"你懂的!"

一句网络语言，因为出现在 2014 年 3 月"两会"发言人之一的口中，瞬间成为社会的高频话语。但是，当我们把话题的语境转移到邻国日本的时候，还可以使用这句话吗?

谈到日本人的"中国观"，前后是有变化的。在那个诗仙李白"一口气可以吐出半个盛唐"的年代，日本人对中国是抱着敬仰、敬慕、敬爱之心的。为此，一拨又一拨"遣唐使"冒着生命危险，千里乘风破浪来到中国，学习，学习，再学习。他们当中，大约有一半人葬身海底。结果，我们不说日本古代的政治、经济、文化撷取了多少中华的精粹，只要知道 1840 年鸦片战争中国被屈辱地打开国门以后，日本人仍然把中国称为"老大国"，就可以知道中国在日本人心中的分量了。

需要指出的是，因为日本曾经如此学习盛唐，我们中国人为此而沾沾自喜的不但是不在少数，而且是至今也不在少数。我们很少注意到，日本在学习中国的时候，是有选择地学习! 中国古代政治和社会生活制度中的宦官制度、科举制度、缠足制度都被日本拒之于门外了。从印度流传到中国的佛教制度，"中转"到日本以后，也变了味道。直到今天，很多中国人还是不理解：为什么日本的和尚可以结婚、生孩子、喝酒、开奔驰。还有，日本把中国北方取暖的"炕"，也拒绝了；日本人也不曾大规模地吸食鸦片，当然这并没有排除他们在侵华战争期间在中国种植、销售鸦片。

问题出在 1868 年日本明治维新以后，关键出在 1894 年甲午中日战争中国败在日本手下之后。日本人的中国观发生了变化。一种轻视甚至蔑视中国的现象风靡东瀛，中国人被称为"支那猪""支那鬼"等。从此，中国成为日本人心中的一块情结、一个纠结。他们凭借着实力一次又一次地打败中国，但他们内心对中国又有着难以言喻的文化自卑!

所有这一切，让日本成为世界上唯一一个细致观察中国、解剖中国的国家。对此，戴季陶在《日本论》中有过精辟的论述。

　　那么，中国人的"日本观"呢？我想说："你懂的！"我还想说，尽管日本一次又一次地打败过中国，但中华民族在思想上、观念上、心理上、情感上、嘴头上从来没有败给过日本人！一句百年不衰的"倭寇"，一句口头禅般的"小日本"，让中国人不屑日本！当然，也正因为如此，中国人对日本少了许多细致的观察、深刻的认识。中国人对自己的邻国日本真的是不了解啊！

　　本书结集的文章，尝试着从不同的角度观察日本、描述日本、解读日本。当然，这都是一孔之见，完全有可能是一叶障目。但是，不管怎么说，我这样做了，比没有这样做的，要强！

　　中国人不愿意细致观察、研究日本的原因，你懂的！但是，我们不应该再让这种"你懂的"带来的日本观持续下去！无论是把日本作为敌人，还是作为朋友，无论是激情愤然看日本，还是平常心态对日本，我们都应该静下心来观察日本。"知己知彼，百战不殆"，这是老祖宗早就教给我们的。

　　在本书出版之际，我要感谢《日本新华侨报》社长吴晓乐女士。今年，我预计在中国出版 7 本书籍，估计我至少要感谢她 7 次。因为她倾力倾情的支持，这些书籍得以出版。

　　在本书出版之际，我要感谢《日本新华侨报》的编辑记者团队。他们帮助我做了大量的资料收集、摄影以及文字的基础工作。我相信，这支团队未来一定能够成为研究日本的优秀团队。

　　在本书出版之际，我要感谢陕西人民出版社北京公司负责人李向晨先生。我们在一起遵守"八项规定"，没有吃过大餐，却酝酿出这样一本"文化大餐"。我要感谢陕西人民出版社的编辑李婷晓女士，她遨游书海，不时地拒绝商海，以一个文化人的坚守之心遴选、编辑此书，为此书增添了光彩。

　　我会继续观察日本。在谈论日本的时候，我拒绝使用"你懂的！"

蒋丰

2014 年 3 月 17 日于东京

AV **1**
AV 产业大起底 1
市场造就的质与量 5
演员总动员 12
AV 是一种文化？ 20
AV 带来的社会病态 24

目录 CONTENTS

来自东京

观光立国 **30**
悠悠不老的"青春 18" 30
《杜拉拉升职记》外景地随笔 32
京都的情愁哀伤 34
北海道玩出"雪文化" 35
香川改名"乌冬县" 37
"孝心旅游"连年走红 38
"灾区旅游"助力地区建设 39
大相扑选手为什么这么胖 40
《女子相扑——"狂野"的风景》外景地随笔 42
绝无仅有的旅游资源——艺伎 43

混浴与秘汤 **46**
《日本澡堂的洗澡方法》 46
从洗澡间窥看武士的私密 48
过新年温泉混浴 49
裸身入浴 人天交融 50
"秘汤热"渐流行 52

读书力 54

培养国民"读书力" 54

"读书节"从娃娃抓起 56

日本街头如此多彩的读书风景 57

前首相也在书店买漫画 61

"图书馆列车" 62

那些讳莫如深的禁书 63

御宅与宅 65

越来越"宅"的日本年轻人 65

为何难"跳跃" 67

"不知饥饿"后的沉沦 68

"逃离"城市的背后 70

青少年成为"网络控" 71

电子游戏无孔不入 73

萌"萝莉"&"痴"大叔 75

"萌文化"为何大行其道 75

"美少女文化"兴盛千余年 77

少女陪大叔散步很黄很暴力 80

大叔如何"捕获"萝莉 81

大叔为何自扮"萝莉" 83

"暴走老头"吃嫩草有何损招 85

"痴汉"暴露社会法制文化变态 86

肉食女 VS 草食男　　　　　　　　　　**89**

日本夫妻生活进入女尊男卑时代　　　89

"肉食女"为何扑向"童贞男"　　　91

出现"草食男"缘于女性变化　　　92

新一代男性不"好色"　　　　　　94

处男率为何不断拉升　　　　　　95

日本年轻男性兴起"伪娘"热　　　96

年轻男人学女"艺"　　　　　　98

"绮丽男"，日本的又一道新风景　　　99

日本酷暑引发"阳伞男"逆袭　　　100

人性与民情　　　　　　　　　　**103**

成为"老铺"的三种武器　　　　　103

清晨早起多赚钱　　　　　　　　105

揭秘日本商家隐语　　　　　　　106

日本"农民工"如此转型　　　　　108

"计划生育"与"鼓励生育"　　　110

中产阶级的底气在哪里　　　　　111

与乌鸦坚决斗争　　　　　　　　115

如何提高公务员服务质量　　　　117

"公交卡"凸现的人性化服务　　　118

拾金不昧不是学雷锋　　　　　　119

天气预报的人性化　　　　　　　121

菜市稳定&果蔬"实名制"　　　122

从安倍晋三扫墓看日本人的另一面　　　124

职场众生　　　　　　　　　　**126**

女性管理者就是"拖油瓶"？　　　126

职场女性变身"虎狼女"　　　　　129

女大学生吐槽性别歧视　　　　　131

博士就业受阻的背后　　　　　　133

东京年轻人悄然兴起"人脉午餐"　　　135

谁在召唤工薪族与家人共进餐　　　136

"周末企业家"风行为哪般　　　138

在"日本股份公司"可以这样"混"　　　140

"全员秘书"时代到来　　　　　141

日本最苦逼的十大职业　　　　　142

笑看县民性 145

"舌尖上的日本"凸显地方文化特色 145

日本各地"特色大战"彰显县民性 147

"形象工程"体现日本近畿县民性 148

"地方特色病" 150

女性内衣裤下的"县民性" 151

"平均胸围地图"的背后 153

世界遗产地各藏"特色红灯区" 154

"人妻不伦"各具县民性 155

饮食男女滚床单也有县民"性" 157

东京人与大阪人这样不同 160

金钱观念折射日本关东关西大不同 161

大阪老太泼辣无敌 163

大阪缘何成为性犯罪之都 164

滋贺色狼横行缘于"县民性" 166

自杀率畸高是日本县民性惹的祸？ . 167

无缘社会 170

冷漠的"无缘社会" 170

警惕孤独的蔓延 172

"孤独死"频发折射弱者之殇 173

"麦当劳难民"为何大量增加 175

日本离"亚洲病人"有多远 176

"低智商社会"？ 178

早春三月爱"寻死" 179

无缘死——死的不一般 181

银发时代的困境 183

日本真的已经"年过半百"？ 183

"银发经济"值得借鉴 185

养老金的双管齐下 187

积极应对老年痴呆 189

虐亲的人可恨又可怜 192

当代"扔老人山"折杀白衣天使 194

浴池联谊为老年人找朋友 195

AV

AV 女优是当今日本的一个重要符号，性文
化作为"软实力"蓬勃出口，日本 AV 扩散
到东亚乃至全球各地，居世界领先地位。
有这样的一种说法，"日本的色情女星可以
顶一支军队"。原因是日本的色情产业占其
国内生产总值的 1%，恰好与国家的年度防
卫预算不相上下。

AV 产业大起底

日本加入 TPP 会颠覆整个 AV 产业

2013 年 3 月，日本街头巷尾最热门的话题非 TPP 莫属。这个全称为"跨太平洋
战略经济伙伴关系协定"的东东，搅动日本各行各业，叫好者有之，反对者亦有之。

在一般人眼中，TPP 更像是政经界合纵连横、盘算利益的工具，和 AV 界八竿子
打不着。其实不然。最近，一批率先"觉醒"的日本 AV 界人士开始疾呼："TPP 将让
日本 AV 女优彻底消失。"

此语一出，把日本 AV 爱好者们吓出一身冷汗。为何有这么一说？日本最新出版
的《大众周刊》写道："简单地说，TPP 就是一个对贸易实行零关税的协定。撤销关
税的各国，市场将全面开放。TPP 从 2005 年 6 月开始启动，截至目前已经有美国、

澳大利亚、新西兰、新加坡等 9 个国家参加。现在，日本国会正在讨论、交涉是否参加。日本参加 TPP 的好处在于，能够降低汽车等出口产业的成本，增加其在海外市场的销售。不好的地方是，海外大量的农产品涌入日本市场，对国内农业造成毁灭性打击。"

但是，这能和 AV 有啥关系呢？因为贸易自由化，以前在日本没有任何问题的商品，今后必须按照协定区的统一标准办事。这样，日本的 AV 业就会受到巨大影响了。

美国很有可能挥舞起"儿童卖春法"等大棒，打压日本 AV 业。当然，日本的 AV 女优都已经年满 18 周岁，并不是什么"儿童"。但在美国人眼中，这些童颜巨乳的女优，看上去都未成年，很有可能引发犯罪者对儿童的变态"性趣"，刺激他们向儿童下毒手。美国总统极有可能以此为由，全面封杀日本 AV。一旦他做出决定，其他 TPP 参加国很快就会跟进，AV 业生存堪忧。

这么说并不是没有根据的。很多美国人在看到日本 AV 女优纱仓、星月等出演的片子后怒不可遏，纷纷向相关部门投诉称："这不是小学生吗？这些片子怎么能够公然出售？"和丰乳肥臀的美国 AV 女优比起来，小胳膊小腿的日本女优，说她们有 18 岁，美国人都不相信。

不仅如此，美国女优一般在 AV 中表现得很愉悦，而日本 AV 中滴蜡、鞭打等 SM 片段无所不在，这也会让美国人认为日本 AV 存在严重的虐待，从而关注日本 AV 女优的"人权问题"。因此，从种种迹象来看，"萝莉"占大多数的日本 AV 女优，"饭碗"很有可能岌岌可危。

不过，和其他各行各业一样，日本 AV 界也有人因为 TPP 笑得合不拢嘴。那就是所谓的"熟女"。她们体格成熟，又具备西方人所没有的东方气质，深受美国人喜欢。观看过日本熟女 AV 的美国人纷纷赞不绝口。

一位美国 AV 爱好者说："日本的熟女 AV 故事性很强，而且她们的表演非常含蓄到位，让我们体会到了另一种风格。"

即使从 AV 界的担忧也可以看出，日本在各方面都唯美国马首是瞻，早已失去了坚守本国文化的勇气。日本称霸世界多年的 AV 文化，会不会因为 TPP 改变？要了解 AV 文化对这个国家究竟有多重要，首先还要从文化的内在联系说起。

日本 AV 的五大文化特征

成人电影发迹于欧美，但是如同欧美文化传到日本就要变种一样，成人电影在日本发扬光大的速度堪比汽车产业。迄今为止，日本 AV 影带的海外市场长期位居首位。我在与日本外务省一位官员饮酒正酣时问他："AV 是不是也可以算作日本的'软实力'之一？"他显然还没有喝醉，当即拉下脸来，保持着外交官的风度回答我："这种 AV 影片至少每年为日本赚取了大笔的外汇。"

电影分析人士指出，尽管成人电影的本质是感官性欲的视觉刺激，但东西方文化的不同所形成的 AV 风格也大不相同。相比欧美豪放式的男欢女爱、干柴烈火，日本在 AV 影片的拍摄上，除了要表现出鱼水交欢的愉悦外，最与众不同的便是另一种凄美、奴化的痛楚表现。简言之，就是反映出日本文化"特色"的一个侧面，或者干脆地说，就是展现日本的"特色文化"。

从传统文化的角度看，西洋片中演员常说的"Come on baby"，展示出"主动积极"的正面攻势；在日本这个"大男子主义"的社会里，东方传统的"男尊女卑"的封建观念，反倒是赤裸裸地呈现的主流。

基于这种大男子主义作祟的引申，日本所拍摄的 AV 影片出现了这样的五大文化特征：

第一，片名极尽感官刺激之能事。欧美的成人电影，无论是精心拍摄的还是粗制滥造的，在取名上都比较注重先取一个比较文艺、比较浪漫的片名，通过诗意盎然引发遐思。日本的 AV 影片则是直接切入主题，风格卖点直接表现，有点类似"标题党"。

第二，道具千奇百怪。在中国，改革开放以后城市街头雨后春笋般出现的"成人用品商店"，让人们明白性生活中还需要一些"道具"，而这些"用品"实际上 80% 来自日本。日本是这种"用品"之大国，被称为"成人的玩具"，是相关产业另一方面的延伸。而这种"玩具"在日本 AV 影片中不可或缺，甚至成为"日本式"的标志。

第三，情节花招迭现。日本人对文字形意相当讲究，但在 AV 这里，仅仅是"出轨"等词汇并不能让他们满足，于是他们就在故事情节的"花招"上搜肠刮肚。

第四，SM 极致发挥。源于法国和英国的恋虐（SM）亚文化在日本找到了最合适的土壤，发挥得炉火纯青、多彩多姿，简直可以用争奇斗艳的"奇葩"来形容，盘踞

AV市场的比重相当大。

第五，女性角色以弱示强。日本AV中女优表现出来的角色定位，常处在被动、困窘甚至受虐等情境之下，看上去像是纯粹在扮演男性的玩偶。实际上，在整个影片中女优却是不折不扣的主角，主宰着整个故事或者画面的结构。镜头完全忽略男性，专注于女优的一动一静、每一个表情和细节。本质上说，女优牢牢地吸引了男性观众的眼球，也就握紧了消费者的脉搏，当然就是这整个产业的支柱。

了解日本的AV文化，有助于了解日本社会的深层文化，甚至日本政治。

AV女优为何没颠覆日本女性的传统形象

AV女优是当今日本的一个重要符号，性文化作为"软实力"蓬勃出口，日本AV扩散到东亚乃至全球各地，居世界领先地位。有这样的一种说法，"日本的色情女星可以顶一支军队"。原因是日本的色情产业占其国内生产总值的1%，恰好与国家的年度防卫预算不相上下。

随着国内市场的饱和，这支"软军"开始加速文化输出的步伐，在欧美、中亚，乃至中国攻城略地。近两年来，日本AV女优陆续来中国淘金，甚至几十个组团一起，出席演艺活动、代言游戏等，其中最成功的例子当属长期在中国居住的"苍井空老师"。

2012年2月，华中师范大学教师彭晓辉欲请日本前AV女优红音萤进入高校殿堂授课的消息，闹得沸沸扬扬，有反对者，更有支持者。由此，再次见证日本AV女优在中国的人气。值得思考的是，日本既成功输出了自己的色情文化，却并没有因此而使日本女性乃至国民整体形象受损，这是为什么？

林语堂先生曾经说过："世界大同的理想生活，就是住在英国的乡村，屋子里装有美国的水电煤气管子，有个中国厨子，娶个日本太太，再找个法国情人。"或许可以这样说，娶个日本女人做妻子，是很多男人的梦想，当然中国男人也包括在内。

和性感、大胆、开放这些印象不同，日本女性的整体形象一直很固定，那就是端庄、拘谨、贤淑。她们都喜欢化妆，着装讲究，尤其是在公众场合，非常注重外表修饰。日本女人大多皮肤很好，因此很多世界著名化妆品企业喜欢用日本女性来当广告模特。我看她们成为全球最受欢迎的女人，倒不是因为如何美丽，而是她们表现出的对男人的温柔顺从。

这确实很容易迎合男人自尊和自大的心理。与直来直去的欧美人不同，日本女性性格温婉、谨慎、诚实，而且往往天然地从男人的立场出发来考虑事情，结婚后相夫教子，包揽家务，做饭、洗衣、扫除，撑起那"半边天"。

日本女优所展现的女性形象表面看与日本传统女性截然不同，但实际上，其内核是为了市场需求。日本是男权至上的国家，传统女性缺乏社会话语权，为男权文化所塑造。但日本人的性格具有明显的两面性，既内敛、谦卑又狂野、开放，性文化与传统文化是相容关系，有丰厚的沃土。性文化作为男性享乐需求的一种重要载体，具有相当高的位置。而作为这个现代社会载体的 AV 女优，是一种职业身份的存在，与社会、家庭等基础构成元素并不在一个存在空间里。日本女优的形象是一种精神幻象，传统女性形象是生活实体，井水不犯河水，各司其职。前者被看成一种职业高手，与后者不具有竞争关系。从传统女性角度来说，不管讨不讨厌，也难以排斥或者影响这种消费品对男人的吸引力。某种意义上，它映射出日本民族与西方世界带来的现代文明不同的价值观。

市场造就的质与量

市场为王——专业打造的时代

"日本成年女性 200 人中会有一位做过 AV 小姐"，得出这一结论的是娱乐杂志《周刊邮报》。该杂志引用一位从事色情录像制作的行业人士的话说，日本至少有 15 万名女性有过 AV 片拍摄的经历。

《周刊邮报》称："一位 AV 录像制作公司的职员表示，包括网络节目和地下市场在内，日本国内 AV 市场每年生产的 AV 片大概为 35000 部，单纯计算的话，一天是 100 部。新人 AV 女优每年至少有 3000 人加盟。"

日本第一部较有影响的 AV 片是《星与虹之诗》，之后，1982 年的《洗衣店的阿健》曾创下 15 万盒的销量，轰轰烈烈的 AV 制作开始了。同时伴随着的是大量的 AV 女优明星，如苍井空、小泽圆、饭岛爱、南条丽、夕树舞子等，AV 女优造星时代开启。此举掀翻了日本电影的保守传统。某种程度上，20 世纪 60 年代之后，日本电影中对于性的表现顺应了西方存在主义发展的思潮，也成为电影业步入成熟资本主义国家道路的重要手段。

随后，成人电影导演的代表人物小路谷秀树提出"成人录像"这个词，简称 AV。这些用录像带拍摄的影片与"日活"浪漫情色片不同，它们不指望剧场公映，只供在极个人的观影环境中播放。从心理学的角度而言，它更具有私密性。这一使命使 AV 顺应了性观念开放、商业利益与满足膨胀欲望的后消费时代社会现实，市场广阔。

在市场为王的语境下，日本 AV 发展迅速，从事此行业的女性亦不断扩编，以致出现"通货膨胀"的迹象。普通演员拼相貌、拼演技，而 AV 女优则不然，身材第一相貌第二，更重要的是有胆量出镜。随着观念的变化，在名利的驱使下，拍 AV 能够让人在最短的时间通过身体条件换取最多的资源、金钱和名气，这个行业的吸引力与日俱增。日本经济整体不景气，各个行业都面临巨大的竞争压力，正是在这种背景下，日本 AV 产业迅速成熟并使产业链细化、延长，对日本经济发展产生了巨大影响。

悄悄去成人影院看几部三级片，趁妻子不在家锁着房门欣赏成人录像带，沉浸在一个人的情色世界里，很多上了年纪的日本男人都曾经有过这样的"美好时光"。

不过，随着影像制品升级换代、网络不断普及，对日本男人来说，这些"美好时光"已经一去不返。现在，在日本如果要看部成人片，一个电话就能送到家，甚至点击一下鼠标，几十分钟内就能出现在电脑硬盘里。和以前相比，日本男人可以更快、更多地获得各种成人 AV，但他们却越来越不满意。因为他们认为现在数量虽多，找不出几部能跟过去相媲美的片子。

60 岁的松永看了 40 多年成人 AV，是"国货"的坚定支持者。但近几年他很落寞："现在这些还是日本 AV 吗？一点儿情节都没有，上来就开始咿咿呀呀的。虽然是成人 AV，但没有了情感元素，里面的男女主角和动物有什么区别。人类性爱的基础是情感。想当年的'昭和三部曲'，拍得一点儿不比文艺片差。我本来是'性致勃勃'去看，但看完后却被影片中的情节震撼，到现在都清晰记得。成人片只有将灵与欲结合起来，才能真正带给观看者最大的满足。"

除了 AV 爱好者中的"文艺派"，某些有特殊癖好的观众也对现在的日本 AV 非常失望。今年 55 岁的泽木对 SM 题材情有独钟。在外人看来，喜欢 SM 完全是寻求感官刺激，但事实却不一定如此。泽木说："很多爱好者喜欢 SM，其实更偏重心理刺激。

像团鬼六导演制作的 SM 片，对人物的心理刻画入木三分。片中人物的每个表情，都能让人兴奋。再加上各种氛围的烘托，仿佛身临其境，很容易就代入角色。现在的 SM 片虽然各种新器具不断上场，难度系数也越来越高，但总让人感觉那是别人在做，跟自己没啥关系。SM 片不是器具的堆砌，不是杂技表演，要抓住观众的心才行。"

日本著名成人电影导演藤田也对 AV 的现状忧心忡忡："成人影片的'昭和时代'可能再也回不来了。现在能传递时代情感的作品越来越少。我们那个年代，虽然物质贫乏，但对性却充满了热情。女性穿着素朴的和服，很多人甚至都不穿内裤。看到她们一不小心露出的乳房、乌黑的头发、风情万种的姿态，都让人产生无限联想。她们或许居住在狭窄的屋子里，床上挂着带补丁的蚊帐，家里还有嗷嗷待哺的小孩，但这都无法阻挡她们对生活的热情，而这热情可以让她们散发出独特的性魅力。"

为了找到感觉，藤田专程前往贫困农村，借住在农家，每天观察村里各种年龄的夫妻。他发现不少村妇黄昏时的表情和早上的表情完全不一样，于是将这些表情一一画了出来。他开始在田间地头与村民们聊天，旁敲侧击寻找答案。混熟后，村民们直接告诉他，那是因为性生活很圆满，并将各种床笫之事绘声绘色地讲给他听。在农村待了半年多，藤田获得了各方面的素材，拍出了引起巨大反响的成人影片，现在还被爱好者津津乐道。

"'昭和时代'的成人片就是这么精雕细琢出来的，来源于生活，是每个人身上都可能发生的故事，所以让人印象深刻。再看看现在的日本 AV，两三个人的摄制组，从社会上招聘的各种毫无演艺经验、只想赚钱的人，不到几天就弄出来了。这种没有灵魂的东西，连自己都不愿看，怎么抓得住观众。即使是成人影片，也必须用心来做才能有魂，才是好作品。"藤田导演一语中的，道破了日本 AV 失去灵魂的原因。

而收入的不断缩水，也是另一个日本 AV 难以坚守水准的原因。

如今在日本，3 万日元（约合人民币 2100 元）能够买什么呢？一只最普通的 LV 化妆包是 31500 日元；一瓶 30 毫升的香奈儿香水要 36750 日元；如果去旅行，日本女性最喜欢的韩国三日游是 29800 日元。而按照日本 AV 业界现在的行情，女优全身脱光累死累活，一天也就能挣到 3 万日元的片酬。让爱好者兴奋的是，这些片酬 3 万日元的女优，大多还是标标准准的"素人"，也就是我们中国人所说的"良家女子"。

和乱象丛生的日本政坛一样，这几年日本 AV 业界也是风起云涌。在经济长期不见起色，民众收入不断减少的情况下，有着正规职业、正常家庭的日本良家女子"猛龙过江"，大量拥入 AV 业界，开始和专业女优抢饭吃。按照日本影像伦理协会的统计，2011 年由"素人"出演的 AV 占到总数的 13%，而由专业女优单人出演的 AV 只占总数的 11%。心情放松的"素人"出演的片子风格独特，受欢迎程度一点儿不比专业女优的片子差。

其实，AV 的受欢迎程度只是一方面。毕竟，干这行的主要目的还是为了多捞点银子。但因为越界打工的"素人"收费便宜，日本 AV 界的原有价格体系已经完全被打乱，专业女优日子越来越不好过。这真的可谓一场"价格破坏战"，称其为"价格革命"也不为过！当然，肯定有人偷着乐。"人工费"的大大降低，让成天想着少花钱多办事的导演们笑得合不拢嘴。

曾经执导过 800 多部 AV 影片的资深导演田村介绍说，按照以前的行情，请一名普通女优一天也得花 15 万日元，遇到高难度动作，还得额外加钱。比如，如果是一对二就要 30 万日元，一对三就要 45 万日元。一部片子下来，"人工费"占了制作成本的一半左右。而现在就不同了，"素人"的片酬一天最多 3 万日元，而且高难度动作还不另外收费，一部片子下来，"人工费"最少降低了 70%，这让导演们能有更多的钱用在海边、公园等外景上。

除了价格便宜，现在"素人"敬业的工作态度和精湛的演技，也让导演们非常满意。以前出演 AV 的"素人"，总是会提些"不会怀孕吧，一定要采取安全措施"等问题，演出时也半推半就，让人感觉非常不自然。但是现在，"素人"一到片场就详细询问每个演出细节，对于要不要采取避孕措施的问题，也表示"一切以片子的需要为准"。

说到演技，现在的"素人"也是越来越娴熟，甚至在很多方面超越了专业女优。最近，被爱好者称作"邻家骚女孩"的秋津，在日本 AV 界掀起一股"飓风"，她出演的片子挤满了爱好者的电脑硬盘，是"素人"中的佼佼者。25 岁的她是日本一家大型银行的职员，只在休息日出演 AV。为了演好片子，还没结婚的秋津在家里观看了各种类型的 AV 影带，仔细研究里面的动作。她还向多位熟悉的男性朋友请教，以准确把握男性心理。

34 岁的家庭主妇香川则在叫声上下功夫。她觉得专业女优出演的 AV，叫声太"公式化”，让人一听就是假的。她通过与丈夫的实践，发现只有达到身心合一，发出真正快乐的叫声才能征服观众，结果获得了巨大成功。熟妇型的 42 岁泽元也有自己的“秘密武器”——表情。她是一名幼儿园的阿姨，每天对着小朋友的灿烂表情被她熟练运用到 AV 演出中，极大地满足了“熟女控”们的需要。

这些“素人”的大量拥入，让日本 AV 界已经开始新一轮大洗牌，进入了“素人时代”。而爱好者们则伸长了脖子等待着更多“自然风味”的 AV 出现，一饱眼福。看来，日本 AV 业界的变化，也要成为日本经济振兴的一种助跑器呢。

私人 AV——个人爱好者也疯狂

对于日本有些 AV 爱好者来说，虽然阅片无数，但仅仅是欣赏似乎已经很难满足他们的胃口。为寻求更大的刺激，他们开始赤身上阵，出演自己担当主角的“私人 AV”。

不少普通夫妇或情侣会聘请专业摄制人员，为他们制作属于自己的 AV。为此，日本社会上还出现了专门提供这种服务的影视公司，而顾客大多是中老年人。

3 年前就开始提供此类服务的松永隆，最近生意一桩接一桩，忙得双脚不沾地。他说，顾客一般在 50 岁以上，有夫妇也有情侣，甚至还有“不伦”的情侣。他们拍摄“私人 AV”的理由基本都是打破常规、寻求刺激。还有不少人把这种 AV 当作“人生最后的纪念”。

在一般人看来，让别人将自己的性爱过程拍下来，这种情侣多少有点儿变态。可让人吃惊的是，拍摄这种“私人 AV”的以上班族居多，大多数是普通人。

“私人 AV”摄制完成后，记忆卡会交给委托者，摄制者也签订了保密协议，向外泄露的风险很小。不过，在摄像器材已经普及的当今，一开始有人选择自己动手。但他们很快就发现，这样根本不行。摄像机有一定的角度，而且焦点也不能偏离。他们在性爱过程中，一旦激动起来，很难把自己和伴侣定位在某个范围内，有些人还一脚踢翻了摄像机。即使片子拍出来，效果也很差，就看到两团白影动来动去，既没有美感，也不具保存价值。无奈之下，这些人最后还是选择了专业影像公司。像松永隆公司这种收费不算太高的，一般每 120 分钟 10 万日元。

拍摄“私人 AV”过程中，松永隆还经常受一个问题的困扰：男主角能否在摄像机前产生生理反应，完成整个过程。他说，其实很多男性在摄像机前由于高度紧张，无法产生生理反应。很多女主角在拍摄开始后会比平常更兴奋、更大胆，她们的表现往往会吓男主角一大跳。这会给本来就紧张的男主角带来更大不安。此时，摄制者就会告诉男主角，"你看女方都这么有激情，你有什么放不开的"。

不过，为了尽可能避免这种情况出现，专业公司的摄制者们还是会做很多事前准备工作。在拍摄前的两三个小时，摄制者会和男女主角一起吃饭，谈一些轻松话题，营造一种良好气氛。一旦拍摄开始，男女主角往往因有了愉快心情而超常发挥。松永隆说，必须大家共同努力，才能创作出一部好作品。

一年前，黑田委托专业公司拍摄了"私人 AV"。他说："和情人在一起很多年，慢慢地平淡了下来。为寻求更大刺激，我们决定挑战。片子出来后，充满了真实的激情，每一个表情、每一个动作都被真实地记录下来，胜于我看过的任何一部 AV。一年多来，我看一次兴奋一次，已经看了 50 多次。现在，我已经决定拍摄续集。只要一想到又要拍摄，我就心潮澎湃、兴奋不已。"

松永隆也表示，公司的生意之所以这么好，不仅是新客人蜂拥而至，回头客也源源不断。有一位客人到现在已经拍到了第 7 部，并准备在拍满 12 部后出一个专辑。一旦成功当了一回"私人 AV"的主角，你就会想一直演下去，这就是私人 AV 拍摄公司财源滚滚的主要原因。

看来，不断翻新花样、全力拓展新领域，或许就是日本能成为这个世界上"AV大国"的秘诀之一。

熟年 AV——老年市场爆发

随着"萝莉少女""邻家妹妹"风潮的渐渐褪去，现在的日本 AV 界成了"熟年"作品的天下。以中老年男女性生活为题材的"熟年 AV"，不仅占据了日本成人影像店的最显眼位置，也是网购平台上最畅销的商品之一。

日本媒体趁着东风，纷纷开辟了以"熟年夫妇"性生活为题材的专栏、专刊。每次一推出，媒体都会收到很多读者的咨询电话，"有相关的影像制品吗，我们非常想买"。而其中大部分是中老年人，他们说，对那些年轻 AV 男优、女优"激战"的片子已没有太大兴趣，想看到自己的同龄人有着什么样的性生活，那样才真实和刺激。

而这些中老年人的强大购买力，将"熟年 AV"的销量一次次推向高峰。现在，收录日本中老年夫妇性生活的系列，已经占据了AV畅销榜的半壁江山。

一位AV界的资深发行人说，购入"熟年AV"的成员主要是中老年爱好者。他们与年轻人不同，一般喜欢看周刊杂志，并通过上面的广告购买自己喜欢的片子。但是，与单独欣赏比起来，他们更喜欢夫妇一起看。目的主要是为了提高夫妻间的性生活质量。

结婚时间一长，老夫老妻不管是在肉体上，还是精神上都大不如从前，性生活也容易陷入千篇一律、毫无变化的无聊境地。一位50多岁的男子说："说实话，我现在半点和老婆那个的兴趣都没有。看到她走样的身体、毫无反应的表情，觉得每次都是在完成作为丈夫的职责。好几次心情不好时，就干脆没有了生理反应。"一位70多岁的男子说得更绝："我和老婆的性爱已经结束，这辈子我可能都不会和她做爱了。"

俗话说"少时夫妻老来伴"，很多日本中老年夫妇虽然在性生活方面早已是一潭死水，但两人感情还在。为了重启性生活、让夫妻关系更和谐，不少中老年夫妇开始积极努力，尝试各种办法。他们最后发现，实用性强、新鲜刺激的"熟年AV"无疑是最佳选择。

56岁的泽木就是靠这些AV，找回了和老婆的"第二春"。他说："以前看普通AV，我的注意力总是被里面年轻漂亮的女优所吸引。看到她们凹凸有致的身材、激动人心的表情，再一想到家里那位，心里就有种说不出的滋味。而且，看到那些身体健壮的男优个个勇猛无比，也让自己自卑。对夫妻性生活的负面情绪进一步加重，和老婆那个也就越来越少。后来看'熟年AV'才发现，和老婆差不多年纪的女人也能焕发出那样的激情，身体状况比我好不到哪去的同龄男性也依然雄风犹在，一下让我信心大增。我叫上老婆一起看，她也颇受启发，现在我们又找回了年轻时的感觉，每次质量都很高。"

除了心理方面，"熟年AV"对中老年夫妇在技术上也颇有指导意义。61岁的森下说："像我们这个年纪的人，可不能轻易尝试那些普通AV里的姿势，我是上过当的。前几年，我和老伴的夫妻生活一天不如一天，就买了AV来看。看到里面的男女这个姿势那个姿势，快乐得不行，我和老伴也跟着学，谁知一下就把老伴的腰弄折了，在医院里住了好久。后来，我向懂行的朋友打听才知道，别说我们老年人，就是年轻人都做不来里面的好多动作。朋友向我推荐了'熟年AV'，里面的动作都实实在在的，既新鲜刺激又很容易做，现在我成了'熟年AV'的忠实粉丝。"

看来，"熟年 AV"能在日本中老年人中积聚这么多人气，成为 AV 新贵，确实有其道理。与那些表情夸张、动作激烈、纯粹满足肉欲的普通 AV 比起来，"熟年 AV"多少有了那么点儿改善夫妻关系的积极作用。

演员总动员

AV 演员的九大源头

日本 AV 发达，众多女演员都是从哪里来的呢？作为媒体人，我请教了 AV 杂志的自由撰稿人。

第一，物质享受的直接追求者。东京大，居不易。东京的消费指数，可谓世界前列。囊中羞涩而又身处繁华社会的日本少女，前赴后继地投身 AV，有相当一部分的人就是物质享受的直接追求者。

第二，美少女时代纪念与告别的留存者。社会观念的变化与价值观的判断有的时候是冲突的。在日本，一些高中女生在告别学校生活的时候，一些美少女为了不给自己的青春"留白"，居然会选择拍摄 AV 影片的方式。

第三，性解放的追求者。日本受西方文化的冲击，在性尺度开放方面一向自称"傲视亚洲"。官方在政策上的一些"认可"，比如，不准暴露"三点"等规定，不仅消极地减轻了 AV 女优道德上承受的压力，更促使了许多积极"献身"AV 女优的出现。

第四，酒吧女郎的外快收入。日本 AV 女优中，有相当高的比例来自酒吧女郎。她们一方面借拍片的作品提高知名度，另一方面也增加自己的外快收入。

第五，新鲜刺激的好奇诱因。日本女性不避讳谈论性话题的程度，令人难以置信。新鲜加上好奇，导致跃跃欲试者大有人在。

第六，误入歧途的被迫卖身者。一些日本少女因为各种原因背负了庞大的债务。谁料，献身 AV 电影，竟然会成为她们偿还债务的一条道路。

第七，生理欲求的无法满足者。有别于一般的美少女，日本 AV 影片中另一种常见的女优来源竟是未婚女性和"人妻"，她们的年龄稍大，动机更非青春不留白，拍摄 AV 只是难耐空闺，欲火焚身下的"变通"行为。

第八，拍摄品质的美感保证。凡事讲求完美，是日本人做事的特征之一。专业的灯光、化妆、布景、道具，也吸引了不少日本女性成为 AV 女优。

第九，市场主流的牵引。情色电影每年的产量、票房高居日本电影之首，成为市场主流肯定的产物。本来迟疑不定的演员因此坚定了从业决心。相比演正剧，参演 AV 是圆"明星梦"的一条超速捷径。

每年八成女优被淘汰

不少 AV 爱好者都会对某个女优情有独钟，不过让他们只看一个女优的片子，几乎是不可能的事。对于爱好者来说，形形色色的女优展现出的不同"风味"，才是他们对 AV 不离不弃的主要原因。

日本 AV 无疑是爱好者忠诚度最高的类型片之一。诞生于 1981 年的日本 AV 业，经过 30 多年发展称霸全球，其中的手法创新、技术变化让人惊叹。不过万变不离其宗，有一手是传承至今的"必杀技"：不断更新面孔、持续注入新鲜血液。每年究竟有多少女优初次亮相、推出自己的处女作，AV 界到底有多少"现职女优"呢？即使问行内的资深人士，他们恐怕也只能遗憾地告诉你："我也不知道，因为数也数不清。"这里只能做些简单的推算。

女优都有自己所属的事务所。这种事务所在日本非常多，仅在东京，有名有姓的就有 100 所以上。大的事务所至少保证 50 名以上的女优，不到 10 名女优的小事务所也有。如果仅以这百所来计算，100 人左右的有 5 所，为 500 人；50 人左右的有 20 所，为 1000 人；10 人左右的有 70 所，为 700 人，合计为 2200 人左右。她们就如流水线上的工人，源源不断。

再从 AV 的数量来看。AV 编剧藤木曾经在《成人录像革命史》一书中称，仅 2009 年日本推出的 AV 就在 10000 部以上。平均每天 27 部！也就是说，日本 AV 业界用 2000～3000 名女优，每年制作了上万部作品，效率之高让人称奇。

这些女优也分为三六九等。人气如"苍老师"者，一年能出演上百部，而且基本上部部卖座。至于那些三线女优，往往作品上连名字都没有。再查一下假扮"偷拍剧"的主妇或女学生的，往往只能演一次，因为第二次在片中出现就会被细心的爱好者发现，导致穿帮。

所以为锁定爱好者的眼球，AV 业界会让女优常换常新。因为各种理由不到一年引退的女优，占到了总人数的八成以上。而产生的空缺，马上会有新人补上。

2003 年只出演了两部 AV 就退出业界的美砂，当时正在音乐学院上学。立志做钢琴家的她，是那种如仙子般的清纯少女，和一般 AV 女优非常不同。美砂入行时，成了各家事务所争抢的对象，行家都预言她将成为 AV 界的"雪莲"。但是，两部片子刚刚制作完成，她就坚决要求回购，不惜花费重金。原来，她被一位大企业老板看中并准备结婚，不希望自己的不雅影像流向市场。

除了自愿退出的，还有被挤出去的。圣子是那种丰满熟女，离婚后因为经济紧张投身 AV 界。她最初以"主妇"角色出演的几部 AV 颇受欢迎。不过随着很多真主妇的拥入，爱好者很快对圣子没了新鲜感。她出演的 AV 开始出现滞销，事务所毫不留情地抛弃了她。半年没有任何片约的圣子，无奈彻底退出。

美砂、圣子好歹还算在 AV 界走过一回。而奈津子却最多算踏入半只脚。她从一家超市辞职后，满怀热情想在 AV 界打出一片天地。在朋友的介绍下，奈津子认识了行内的一位导演。当天，对方就"检验"了她的资质。不过此后就一直没了消息。经过奈津子三番五次催促，对方在屡次"检验"后终于给她安排了个角色：饰演一名在街头被男优搭讪，然后把持不住发生关系的"素人"。拍完后，奈津子的感觉非常良好，等着下一部片约的到来。谁知左等不来右等不来，她又找到了那位导演。对方这次明确告诉她，虽然你长得不错，但像你这种"贫乳"，能演上一次就不错了，不可能有第二次机会。奈津子这才知道，自己就是业界说的那种"一次性女优"。

或许正是因为女优频繁进出，才保证了日本始终能拍出最具活力的 AV，给爱好者们最大的享受。对于女优而言，入行时就应该做好随时被淘汰或退出的准备，这样才不会产生"落毛凤凰不如鸡"的心理落差。

各"派"火拼，拼的都是演技

女优靠什么成名上位？很多人可能认为是惊人的美貌、性感的身体，其实那只是开始，并不能带来稳定的地位。日本 AV 女优要想成为业界大腕，靠的完全是实力。"完全实力主义"已经渗透到日本 AV 界的每一个角落，依靠自身魅力和表演获得多少粉丝、为制作公司赚多少真金白银，才是实力的唯一证明。

20 世纪 80 年代,"美少女系列"牵引着日本 AV 业界。"美少女系列"更多考虑的是天生丽质,拍摄时甚至连编剧都没有,导演想到哪儿拍到哪儿,更像一个演员的"专题片"。

随着爱好者欣赏水平的提高,这样的片子很快就被市场淘汰。以现在最为流行的"人妻系列"来看,甭管女优多么惊艳,只要她扮演的角色与心目中"邻家的人妻"不同,马上就会被爱好者无情抛弃。有些强奸、街头搭讪之类的 AV,爱好者甚至会数次重放某些片段,仔细鉴定片中强奸是真还是假、被搭讪的是良家妇女还是专业演员。

为了满足爱好者的"重口味"争夺市场,这类片子要用几部摄像机从不同角度拍摄,男主角脸部及声音被特殊处理,造成逼真的效果。而女优要想拍出不被爱好者识破的重口味片子,只能靠两个字:演技。

在业界打拼两年的女优小 A 已经小有名气,是爱好者们口中的"春药妹妹"。顾名思义,她的绝招是在 AV 中饰演吃了春药后发情的欲女。当时,为演好这一角色,她无数次联想,并仔细研究了科教片中发情者的各种身体特征,但拍出来的片子销售得并不好。最后,她横下一条心,在家里架好摄像机,吃了春药后与男友"演练",并将过程全部录制下来。此后再一遍遍回忆与回放,体会当时那种真实的感觉。她为什么不在 AV 片场直接吃药呢?女优真在拍摄时吃春药,那是不被允许的,因为拍摄存在不可控的风险。换句话说,一切都在于表演。

还有"学院派"的 AV 女优。不少想美貌与智慧并重的女优,为了光辉前景,甚至会在业余时间自己花钱去进修表演课程。日本各大学表演系的同学们可能想不到,说不定系里某位性感女生就是 AV 女优。以出演人妻著称的女优小 B,对在大学选修的心理刻画课程非常感兴趣。在名师的专业指导下,她演的人妻活灵活现,让挑剔的爱好者看不出半点儿破绽。

女优小 C 则是"市场派"。她在网上匿名加入了各种 AV 爱好者群,询问他们对自己出演的 AV 的看法。通过调查,她不仅掌握了受众的大概年龄层及职业等,还发现了很多在 AV 中演得不好的地方。她针对爱好者们的口味,将他们挑出的毛病一一改善,一次比一次演得好,在业界获得了"实力派"的美称,出演的 AV 也一部比一部热销。

由此可以看出,从某种意义上说,日本 AV 界对女优的要求,甚至超过了演艺界对女演员的要求。在这个爱好者超级挑剔的残酷行业里，只有"实力派"，没有"偶像派"。

AV 女优的真实收入

不算女优的片酬，日本现在一部 AV 的平均制作成本在 150 万日元（约合人民币 97500 元）。这些钱除了支付摄像师、化妆师、场记、男优等人的酬劳外，还包括租用场地费、推广宣传费、女优服装费等各种杂费。

女优的片酬无疑是一部 AV 最大的成本。根据名气大小，片酬也不同，平均下来每人每天 30 万日元左右。制片公司并不直接支付给本人，而是付给女优所属的事务所。至于事务所与女优如何分成，也有不同的合约。人气爆棚的女优甚至能拿到九成，事务所更像是为其打杂。而对于名不见经传的小角色，事务所则最高能拿到八成左右。一部 AV 是否好卖，也看能请到多大的腕。为此，很多制片公司不惜投入重金。一线 AV 女优的身价一般都在每天 400 万日元以上，而其他所有制作成本还不到 200 万日元。如果成本控制不好，有时候一部片子拍下来利润仅在 30 万日元左右。

而与娱乐圈不同，日本 AV 界的女星们非常敬业，绝对不敢耍大牌。因为爱好者的忠诚度要远远低于其他影视作品，而且由于进入门槛低，拥入 AV 界的少女少妇们如过江之鲫。所以，制片公司如果能请到一线女优，往往就四个字：往死里用。为节约成本，制片公司拍摄一部普通的 AV，往往在一天内搞定。女优的日程表也被细化到每 10 分钟。

早上集合后，女优马上化妆，这个过程必须在 20 分钟内完成。同时，辅助人员在场地上进行布置。当女优走出化妆间时，所有布景已经准备停当。20 分钟听取导演讲解大概内容，并同时调整情绪。花 10 分钟与演对手戏的男优或女优互相熟悉后，正式进入拍摄状态。

完成整部 AV 一般在 9 个小时左右。日本人追求完美的性格，在 AV 拍摄上也达到了极致。以 10 分钟为单位的一个镜头，有时候要重来六七次。导演一叫"Cut"，女优就得马上回到最初的状态，十几个镜头下来，身体再好的女优也累得直不起腰来。

至于吃饭，都是工作人员买来的便当。由于 AV 演员少，一个镜头仅 10 分钟，女优很难一次吃完饭。她们都是其他演员上场时吃个几分钟，轮到自己就放下，下场时再吃几分钟。为此，不少女优都患上了严重的胃病。这还不算什么，由于频繁的重拍加上紧张的节奏，女优状态不好时，往往会闪了腰甚至因姿势过猛私处流血。而制片方不会承担这些医药费，都是从片酬里出。所以，除了胃病，腰病也是 AV 女优的职业病。至于妇科病，对于 AV 女优来说更是司空见惯。

更可怕的还是女优金盆洗手后。虽然赚了点钱，但养老与医疗都得自己负责，一旦遇到什么大事，手里的钱很快就没了。即使是运气好嫁了人，也往往因为丧失了性欲，很难享受正常的夫妻生活。而且一旦丈夫哪天翻脸拿拍 AV 说事，她们也得独自咽下苦果。日本一家调查机构发现，退出业界后组建家庭的 AV 女优，离婚率超过 80%。此外，从业时间长的女优不少还丧失了生育能力，既结不了婚也无法拥有自己的下一代，最后只能孤独终老。这也是很多女优不敢长干的重要原因。

"虐恋女王"季美的故事

在当今日本最红的 AV 巨星中，被"狼友们"称为"虐恋女王"的季美（化名），大有成为"一姐"的势头。日本娱乐杂志《Circus Max》最近专访季美，探寻她成为"女王"的星路历程。季美出生在一个兄弟姐妹众多的"大家庭"。父亲是一名卡车司机，微薄的收入不足以支撑家庭，母亲在她很小时就外出工作。

面对孩子们的调皮捣蛋，季美的父亲很多时候是直接拿拳头说话。父亲的暴力，成为季美童年里印象最深刻的事情。渐渐地，季美发现了一个奇怪的现象：由于与父亲缺少交流，兄弟姐妹们故意惹父亲生气，并认为挨打是被父亲关注的标志。好强的季美不愿自己被"边缘化"，也想出各种歪点子惹父亲生气。

"讨打"的结果当然是挨打。难以置信的是，这一次次挨打，让季美感觉到了父亲对自己的"爱"，居然开始产生一种莫名奇妙的快感。这早早地为季美走上 SM 的道路埋下了"伏笔"。事实上，季美也就在"打是亲骂是爱"的环境中，长成了一个大姑娘。她还清楚地记得，父亲最后一次打她是她 14 岁的时候。

从那以后，不管季美闹出什么样的"动静"，父亲都只是动口不动手，她心里常常会因此涌上一股莫名的失落感。进入高中后，发育成熟、前凸后翘的季美很快成了男生心目中的"性感女神"。她不久就找到了心中的白马王子——学校篮球队的主力小A。更让季美惊喜的是，小 A 能带给她那种想要的"爱"。

第一次去小 A 家时，季美就献出了自己的第一次。当时，小 A 房间里的一副玩具手铐引起了她的注意。聪明的小 A 看她一次次盯着玩具手铐不放，很快就知道了什么意思。在心领神会之下，他们的第一次非常刺激。戴上了手铐的季美，找到了她想要的那种感觉。高中毕业后，季美没考上大学，小 A 则去了京都。

在家人的催促下，她决定去找一份工作养活自己。长相狐媚、身材超好的季美，很快就得到了一个娱乐事务所的面试机会。当对方告诉她，出演 AV 是既能赚钱又能成名的机会时，季美还是很犹豫的。对方拿出好几个剧本试图说服她，但她还是举棋不定。直到一个 SM 的剧本出现在面前时，她的眼睛再也挪不开了。

对方很快发现了这一点，告诉她"女主角就是你了"。就这样，季美找到了一份"自己最喜欢的工作"。季美进入 AV 界后，接演的基本都是 SM 剧情的片子。喜爱加上经历，季美在 AV 中成功塑造了一个又一个 M 形象，很快蹿红。但 3 年前，一直扮演 M 的她却遇到了一个极大挑战：需要她出演一部 AV 的 S 角色。

季美为了演好这个角色，看了一部又一部前辈们的作品，但还是找不到感觉。最后她开始在互联网上"招募"M 型男子。通过亲身实战，她准确掌握了 S 角色的心理顺利出演，成了能同时演好 S 和 M 的日本 AV 界"第一人"。季美在采访中告诉《Circus Max》记者，人最重要的还是要敢于挑战自我。

AV 男优：这碗饭不好吃

AV 男优是一个什么样的群体？他们的收入如何？在众目睽睽之下怎样产生生理反应？是否与女优有深入交往、会不会结婚？仔细探究起来，普通人对 AV 男优能产生无数个问号。

这显然不是一个普通的职业，必须得身怀绝技。不仅如此，职业带来的传染病、对亲友不能透露的苦衷、消不去的影像，AV 男优背负着各种风险。但也正是这个原因，让他们有了不一般的体验和经历。井上从事这一行已经 3 年了。谁也想不到，入行前他甚至患有早泄。职业的锻炼让他现在坚持 30 分钟以上就像小儿科。井上说，拍摄 AV 和一般意义上的性爱不同，男优需要让女优的兴奋完整呈现出来。所以，男优必须随时注意摄像机的位置，保证女优的快乐表情都能进入摄像机里。而且，男优绝对不能只顾自己快活，让观看者血脉贲张才是最高准则，严格地说，男优其实只是"职业演员"，他们有没有性快感根本不重要。

不仅如此，男优还必须准确计时，太提前或延迟都意味着拍摄失败，导演会不断大叫"重来"。刚入行时，井上曾经有过 3 小时内重来 6 次的经历。离开片场时，他头晕目眩、双腿发软，都不知道怎么回的家。为此，井上开始潜心苦练。他把女朋友弄得死去活来，终于练就了真功夫，"准点"也成了井上在圈内的金字招牌。日本人的精细性格带到了 AV 拍摄中，从业 15 年的高岩已经与 1000 名以上的女优合作过，可以按比例控制自己的射精量。高岩这项"神技"让他片约不断。

"让人们能够理解这份看似天堂实为地狱的工作的心酸之处"，这是日本 AV 导演雄次郎的话，他推出一部纪录电影《AV 男优的生存之道》，片中专访了日本国内 20 位知名 AV 男优。男优一直处于一个被忽略的地位，甚至一度成为很多男人羡慕嫉妒恨的对象。然而，一组数据或许让很多人大跌眼镜。该部纪录片中提到，AV 年产值高达 550 亿日元（约合人民币 33 亿元），女优人数逾万，男优仅有 70 人，工作量之巨可见一斑。可谓铁打的男优流水的女优。

男优的收入并不算高。职业男优每部片酬 5 万日元（约合人民币 3042 元），顶级男优每部片酬 10 万日元（约合人民币 6084 元）。他们基本算是女优的绿叶，是女优出名的陪衬。这与 AV 的受众大都是男性紧密相关。

日本文化研究者叶俊杰所著的《A 潮：情色电影大揭秘》一书中表示，"男尊女卑的封建观念，在 AV 影片中赤裸裸呈现，极尽所能物化、奴化女性。在这样的产业文化中，成名的多半是女优，男优反倒不受注意，只是可以任观赏者代入角色的媒介罢了"。

自从 20 年前日本政府放宽 AV 尺度后，日本的性产业蓬勃发展，然而，参与 AV 拍摄的女优、男优大都是为了满足自己的金钱欲或成名欲，且要面对社会歧视，正如制作公司老板所言："AV 这一行，是一条不归路。"

比起女优，男优的出路更少，除了极个别成名的以外，就像雄次郎说的那样，他们在别人眼中的天堂里"出苦工"，让女优踩着他们爬上去，而自己或许只能等着灯干油尽。

AV 是一种文化？

女优主宰的小社会

AV 在日本的男权社会里创造了一个"非男权"的社会。这在日本社会颇具特色。

38 岁的 AV 导演小山给人气女优菜绪子拍了一部片子。拍摄过程中，好不容易轮到了帅哥小 A。但一看到小 A，刚才还热情高涨的菜绪子立马脸色"由晴转雨"，心不甘情不愿的。

小山导演一看情况不对，马上要求小 A 将菜绪子的情绪调动起来。小 A 几番动作，菜绪子还是"不为所动"。无奈之下，小山导演只好要求菜绪子投入点。谁知，菜绪子盯着小山导演，对着小 A 的脸抬手就是一个巴掌，随后跑进了化妆室。

小山导演找小 A 问过情况后才知道，原来他正和菜绪子热恋交往。但是，菜绪子发现他和其他女优打情骂俏，前一天晚上两人刚刚大吵了一架。

小山导演透露，在日本 AV 界，男优和女优谈恋爱是绝对不允许的。谁都没有料到的是，菜绪子所属的事务所颇有势力。后来，他们找到小 A，以他对菜绪子肉体和精神情感造成了伤害为由，要求小 A 赔偿 100 万日元。这件事情传出去以后，女优都不愿意和小 A 一起演出，他也接不到片子，在 AV 界再也待不下去了。

再讲一个故事。

一名 22 岁的 AV 女优樱子被导演小 B 盯上，小 B 对她说，"做我女朋友吧"。樱子开始以为小 B 是开玩笑，谁知后来小 B 逼着她要手机号码，她才知道小 B 是玩真的。被断然拒绝后，小 B 又屡次三番地邀请她拍片子。为了工作，樱子和小 B 一起合作过几部片子。拍摄过程中，小 B 还是不停地对樱子说"我是认真的""做我女朋友吧"，樱子每次都闭口不言。制片方发现这些情况后，毫不犹豫地把并不卖座的小 B 导演开除了。

这就是"调戏"女优的代价。有一条铁律：别惹女优，她们才是圈子里的"大姐大"！

日美观念大不同

　　白天是衣冠楚楚站在讲台上的女老师，晚上竟是搔首弄姿的色情视频主角。日本《日刊现代》刊载，美国加利福尼亚州一所中学的 32 岁女教师哈拉斯，因搞"副业"被发现，最后遭学校开除。据悉，哈拉斯是学校里的自然教师，凭借凹凸有致的身材和姣好的容貌，她在学校里非常有人气。为了更好地发挥这一优势，她很快投身于另一项更有人气的事业——出演网络色情视频。随着哈拉斯在网上蹿红，最后被学校发现，遭到学校解雇。目前，哈拉斯虽然承认自己出演了网络色情视频，但坚持认为学校解雇她是"不当行为"。

　　在日本媒体看来，美国学校的这一做法实在是有点儿大惊小怪。在日本，有正规职业的女性去兼职出演 AV，是再平常不过的事。10 年前，东京都一名政府女公务员和一名建设部门的女职员一脱成名，靠着出演 AV 的"制服诱惑"，让爱好者们大饱眼福。

　　资深编剧尾山透露，他在取材过程中，遇到过各种兼职女优的情况。一位 24 岁的现职女警察身高超过 1.7 米，能完成很多其他人不能完成的动作，让人十分佩服。中场休息时该女警还笑称，由于自己有各种格斗技巧，所有男人都逃不出她的手掌心。还有一位笑容迷人的 24 岁残疾人学校女老师说，每次看到和她合作的男演员，就想到学校里那些需要关怀的学生，所以在出演时非常温柔。东京练马区的一位 27 岁保姆片酬只有 8 万日元（约合人民币 6000 元），但捆绑、SM 等都做，非常敬业。

　　据报道，很多居住在东京以外的女性也加入了兼职大军。自由撰稿人七草粥子从两年前开始接触札幌地区出演 AV 的女性。她曾经遇到过一个 28 岁的"冷美人"。她们约好在札幌车站见面，但对方好像有所顾虑。七草粥子后来才了解到，对方是一名中学英语教师，因担心在车站遇到学生，才提出更换地点。和美国的同行们比起来，这些日本的兼职 AV 女性显得堂堂正正，似乎并不害怕被曝光。这是为何呢？

　　一方面，由于对 AV 的大致认同，日本社会对 AV 演员并不存在明显的歧视和排斥。在文化上，不少人认为对待 AV 的态度，是社会宽容度和文化多元的信号灯。在经济上，日本是世界闻名的性产业大国，每年包括 AV 在内的产业纯收入将近 1000 亿美元，占日本国民生产总值的 1%以上，是日本经济举足轻重的产业。而且，日本作为世界头号 AV 出口国，全球化程度很高。所以，对于日本年轻女性来说，工作之余去拍个片子不是什么大不了的事。另一方面，日本的兼职 AV 女优由于不是专职，出演的 AV 发行数又不大，被亲朋好友看到的概率很小。此外，由于片酬低于专职演员，兼职 AV 女优一般是四五个人一起出镜，单个人没那么打眼。即使"暴露"了，也不过是见到熟人尴尬点，一般不会出现像美国那样丢了"饭碗"的情况，更不会出不了门。

难以言喻的艰辛

　　俄罗斯文豪托尔斯泰在《安娜·卡列尼娜》开篇写道："所有幸福的家庭都一样，不幸的家庭各有各的不幸。"由此对照日本，那些 AV 女优，并非用一个"淫"字就可以概括了她们的人生，其背后的种种难以言喻的动因，隐含着生活无法言述的艰辛，更折射出一个病态的社会。

　　——21 岁的惠美在一家日光浴美容店做店员。不久前，她开始跟一位 24 岁的男人同居。后来发现，每次交欢时，这个男人都会播放吉泽明步的 AV，一面看一面对吉泽明步赞不绝口。谁料，后来这个男人与惠美分手，惠美就下决心自己去拍 AV，她说："我要让前男友知道，我比吉泽明步更加出色！"

　　——一个名叫 A 子的东京名门女子大学的 21 岁女性要求拍 AV。拍摄前，她跟导演商量情节，发誓要"努力工作"。可是，到了开拍那一天，她没有准时抵达摄影棚。几天后，中介人给她家打电话，她母亲接电话说："我女儿因为患血癌去世了。"原来，A 子是知道自己离死不远，才想在 AV 中留下靓影的。

　　——她的父亲是在东京霞关工作的公务员，母亲是专职家庭主妇。让人搞不清楚的是，她的父母在她上小学的时候，就会当着她的面观赏 AV。结果，17 岁的时候，她与男人发生了第一次性行为。然后，她去拍 AV，对中介人这样说："我内心里有当 AV 女优的愿望，是因为想扮演童年时代看到的 AV 女优。"

　　——她并不缺乏"性伴侣"。在高级会员制的婚姻介绍所里登记后，她与 36 个会员有过性爱，并且在事后分别收费。尽管如此，她还是执意要去拍 AV。她说："跟太多的人肌肤相亲后，心里有一种空虚的感觉。我不是人，而成了泄欲器。可是 AV 嘛，女优是主角，我想我能确定自我存在的意义……"

　　——两位家庭主妇，一位 39 岁，一位 45 岁。前者像鹤田真由，后者像天海祐希。两人交情很好，约定一起应征 AV。前者说："我们两个人都没有性生活，我们的老公冷落了我们。"后者说："于是，我们就想到了拍 AV，因为拍 AV 可以消解我们的苦闷，同时还有钞票可赚，另外也不用担心染上性病。"

——一位女性这样叙述自己拍摄 AV 的理由："父母离婚后，我跟母亲、弟弟以及妹妹四个人居住。弟弟妹妹都是高中生，母亲的收入不足以负担一家人的生活费。所以，我必须出来赚钱。"作为姐姐，她希望能够挣更多的钱供弟弟妹妹读大学。

——一位单亲妈妈，父职母职一身挑，工作、家庭像蜡烛两头燃。出演 AV 以后，无可奈何地把孩子带到 AV 摄影棚。当她跟多名男优翻云覆雨时，孩子就在一旁熟睡。一旦孩子在拍摄中途醒来，放声哭泣，拍摄就被迫中止，让她给孩子哺乳。待吃饱的孩子再次入睡后，工作人员才能够复工拍摄到深夜。

——日本花样滑冰运动员会去拍 AV。她说："玩花样滑冰，实在是需要花钱的。到海外去参加比赛，常常需要自己支付旅费和教练的薪金、服装费等。一个月没有几十万是不行的……"她并不遮掩自己的职业，而且不断以会做高难度动作的特长推销自己。

——她的外号叫"狩猎女狼"。她说："我想和世界各地不同的男性做爱，想用拍摄 AV 的片酬去美国和法国旅行。"结果，在美国，她曾经和 3 个黑人、2 个白人发生过关系；在法国，她曾经有 4 个白人性爱对象。其后，她还用拍摄 AV 的片酬，去俄罗斯和北欧旅游。这种追求另类体验的女性是不多的。

——她有一种病态的嗜好，喜欢用绳子自缚身体，然后自拍。当她要求拍摄 AV 时，考官问："让男朋友捆绑你不是更好吗？"她回答说："他是一个正常的男人，我不好意思向他坦白自己的嗜好，不想让他讨厌我。"考官又问："那你为什么要和他结婚呢？"她回答说："他是一个好男人！我要他！"

新生代熟女女优迅速崛起

日本 AV 界掀新风，"清纯少女型"女优退居其次，"熟女型"女优重回鳌头。更有意思的是，"熟女型"女优团队的新生代们迅速崛起，让熟女题材的 AV 火上加火。

有数据表明，现在，日本大约有 30 家专拍熟女 AV 的公司。业界有种说法，日本每个月推出的 AV 新作里，有一半是熟女作品。但如今日本知名的熟女女优只有 15 人左右，每个人的片约档期都排得满满的，让她们连轴转也非长远之计。这样，就出现了熟女女优稀缺的问题。

一家 AV 公司无奈地说："作为制作方，起用新人是有很大风险的。"所以，制作方总是希望和知名的熟女女优合作。但是，就算每人每月拍 5 部作品，也完全满足不了市场的需求。所以，新生代的崛起就成为必然趋势。

分析起来，日本"新生代熟女女优"的来源大致有三种。第一种是转型而来的。她们出道多年，此前属于其他类型的女优，不在"熟女型"中。现在，眼看着此"型""钱"景无限，便自己转型了。第二种是从平民作品中崭露头角的"新人型"。"素人"演员，即业余演员。第三种是在海选中脱颖而出的女优，也可以称为"海选型"。她们明着暗着去参加各种女优"海选"活动，以低廉的价位上路了。

有消息说，为了扩充女优团队，制片方对"熟女"的年龄限制也被打破。以往的"熟女"女优大多在 35 岁以上，40 岁最好，现在则是未满 28 岁的女优也可以进军熟女作品，前提是，做"野兽般的女人"——这才是熟女女优的最新定义。

这样看来，日本 AV 界正在经历一场大地震，"大婶"不再是熟女女优的代名词。问题是，日本社会为什么会出现这样一种需求？

其实，回答这个问题并不难。美国学者赖肖尔在《当代日本人——传统与变革》一书中说："在日本，丈夫仿佛是妻子的一个成年孩子，他和其他孩子一样，也需要温柔的关怀和溺爱，否则他就会从其他女人（如过去的艺妓或者现在的酒吧女郎）那里寻找一种特殊的女性温暖和献媚。"当下，日本经济景气低迷，男人在职场和家庭中的压力也越来越大，出去寻找"成熟女人"或许能得到心理安慰。恰恰是这种"机会"，拓展了日本"熟女女优"的市场。

AV 带来的社会病态

真人性厌恶症——观赏上的巨人、行动上的矮子

日本是世界最知名的 AV 出产大国。但在这个成人影片泛滥的大国里，却有一种奇怪的现象让人非常不解——日本人对性的关注超乎寻常，但却不爱"实战"。

2011 年 9 月，日本厚生劳动省对全国 16～49 岁的 1540 名男女开展了问卷调查。

AV 演员群像

便利店中
AV 成人杂志
的码放架

春天的
男孩鱼旗

东京塔下
的鱼旗

东京湾
景色

护国寺，
穿着和服
来参拜的人

阿波舞是日本最著名的民
间舞蹈，最早兴起于位于
日本四国大岛东端的德岛
县，后来发展到日本全国
各地

一年一度的盂兰盆节是
日本人一年中最隆重的节日，
各地都沉浸在
欢庆的气氛中

节日中盛装的日本女子。在现代化的大城市生活中，平时可难得一见

真正的忍者在今天的日本已经很难见到了。为调动游人的兴致，京都专门有一批年轻人从事忍者扮演的工作

其中，16～19 岁的男子中，表示对"性事"没有兴趣和很讨厌的占到 35.1%。而 20～24 岁的青年男子中，讨厌做爱的比例也达到了 21.5%。值得注意的是，在已婚夫妇中，一个月以上没有过性生活的无性夫妇，占到了 40.8%，首次突破四成。

AV 产量逐年增长，花样不断翻新，但实际性行为却越来越少。日本人为何成了"观赏上的巨人、行动上的矮子"，这恐怕还要从日本 AV 的内容和其中的"性爱价值观"说起。

对欧美青年的相关调查显示，他们只是在没有伴侣时看 AV，一旦有了伴侣就马上放弃了这一"爱好"。欧美青年认为，既然有了伴侣，就可以将各种希望的技巧投入"实战"，再去看 AV 就纯属无聊了。

欧美恋人之间会深入交流自己的性爱好和感受，并在性行为中不断互相调整，以达到"身心合一"。对于欧美人来说，性是一种交流，而且是一种特别有价值的交流。这一点从欧美的 AV 中，也可以看出来。欧美的 AV 一般都是以男女双方为主体，体现了双方进行性交流的快乐。而日本男人即使有了伴侣，对 AV 爱不释手的人还是为数不少。这是因为日本 AV 完全从男性的角度出发，女性只是一个"玩具"，完全处于被动地位。日本 AV 中，男性将自己的各种欲望和幻想，投射在女性这个"被写体"上，男女之间根本没有平等的性交流，而是一个男人的"妄想世界"。

有人认为这是日本的传统所致，其实完全是误解。从日本江户时代的各类春宫画可以看出，男女均是画面的主角，没有以男性为中心的内容，女性和男性的脸上都洋溢着幸福的表情。

进入 21 世纪以来，录像、DVD、网上视频……日本 AV 的出产量开始呈现出爆炸式的增长。而同期欧美出产的 AV 也不甘示弱，在数量上和技术手段上大有赶超之势。以年轻人为主体的爱好者，受 AV 的影响越来越深。日本人对待 AV 的态度，也与对待本国其他产品一样，喜爱"国产"。而日本年轻人沉浸在"国产"AV 中的时间越长，就越容易沉迷在妄想的世界中不能自拔。本国 AV 对"性爱价值观"的影响，是日本年轻人对实际性行为失去兴趣的重要原因之一。

日本不少女性也因为 AV 深受困扰。她们反映，经常被男友或丈夫抱怨没有 AV 中女优那样的态度，不能让对方在自己身上为所欲为。看来，日本 AV 中扭曲的"性爱价值观"，不仅让男性陷入了妄想世界中，也让女性痛苦不堪。

在这种彼此不满的"性爱交流"中，日本情侣之间产生矛盾、性行为频率减少，也就在情理之中了。近年来，日本甚至还出现看惯了 AV，当真实的女性出现在面前时，反而无法产生反应的男性。日本医学界称之为"真人性厌恶症"。

由此可见，要想获得真正的"性福"，最好还是离日本 AV 远点。带有扭曲"性爱价值观"的 AV，就像带刺的玫瑰，会让男人在潜移默化之下陷入妄想的世界中。

《致爸爸，我成了一名 AV 女优》

一则关于日本 AV 女优的新闻引起关注。2012 年 12 月刚出道的女优山川清空，发表了一篇名为《致爸爸，我成了一名 AV 女优》的博文。原因是，她拍的平面写真被父亲看到，父亲的震动、震惊、震撼难以形容。由于愧疚，山川没有及时向父亲阐明拍摄 AV 的原因，于是，她选择了用博客的形式公开道歉。

然而，最引人关注的是，山川更多地表现出了对 AV 女优道路"不抛弃，不放弃"的决心，她写道："您可以不接受我作为 AV 女优这一事实，但是请相信我的选择。"她还表示自己有决心成为日本"最优秀的女优"。山川所陈述的从业艰难经历和其他女优相似，但敢于直面向父亲"公开"，在日本还是一个大胆之举。

尽管日本是一个性观念相对宽容的社会，尽管日本是一个性文化比较开放的国家，尽管日本性产业发达闻名于世，但一个女孩子选择当女优的时候，依然会承受着巨大的家庭压力和社会压力。就拿山川父亲本人来讲，他或许喜欢看各种女优写真，但自己的女儿真的去从事这一行当的时候，他心理上还是难以接受的。

日本 2CH 网站上的言论对此毫不留情，他们有的说"此事对于有女儿的家庭来说，简直是晴天霹雳啊"，有的说"我担心以后你的精神会垮掉的"。其实，类似山川清空这样无法向家人叙说实情，内心压抑着情感痛苦，甚至与父母断绝往来的日本女优是大有人在的，她们"脱"的从业道路也常常只能风光一时。

事实上，一些日本女优在积攒够一定知名度后，会倾向于选择转行，参加知名的综艺节目、电影、电视剧拍摄等，有的还可以进军海外谋发展。这样的女优，前有饭岛爱，现有苍井空，她们都是日本女优转型的好榜样。不过，成功者毕竟是少数，一旦涉足 AV 女优，即便在日本社会看来，也意味着这个女孩"毁了"。

在日本，女优如果仅仅是过把瘾赚一笔就撒手还好说，若长期留恋，并产生一定知名度，尽管"裸退"，但在他人眼里还是"前女优"，AV 女优的标签就像烙印一样，深深地刻在那里，永远洗刷不干净。更有一些日本年轻女孩，出于好奇或赚钱的欲望拍摄 AV，事后走人，但结婚生子后，这颗"定时炸弹"却突然爆炸了。

日本还有一个词语叫"AV 脑"，翻译成中文不妨叫作"AV 控"，指的是有些女性从事女优的职业后，一生都摆脱不了那种及时行乐、快乐赚钱的偏好。也就是说，陷进去了，再想跳出来，就很难再过正常的家庭生活、职场生活。结果，她们当中有的人会堕落到底，转行去做在她们看来是同一种"性职业"的皮肉生意。

也有的网友力挺山川清空，"不要顾忌世俗的眼光。如果是你喜欢的工作，那就开开心心地做吧。父亲最终一定会谅解女儿的"。而山川更新的博客中透露，她父亲"双眼通红，我知道他一定没有睡觉……"，时间恐怕未必能解决一切。作为一个父亲，当然不希望自己的女儿走上"不归路"。

"山川清空博文事件"之所以能够引起轰动，一方面含有家庭感情的元素，被称为"父亲小棉袄""父亲前世情人"的女儿做出了这样的事情，其家庭情感冲突自然引人注目；另一方面则是社会伦理的元素，人们借此重新审视现存的伦理道德，赞否并存，既显示出一种多元，更显示出一种否定。

AV 界的潜规则

俗话说"近水楼台先得月，向阳花木易为春"。在日本 AV 界，某些赞助商和导演，就是这些"近水楼台"和"向阳花木"。他们凭借手中的资源，长年对 AV 女优为所欲为，最近更是越来越过分。他们采取欺骗手段，将很多追求 AV 星梦的无知少女，训练成了供自己肆意淫乐的性奴。

"秋老虎"施虐的炎炎夏日，一套偷拍的重口味 AV 正在日本市面上疯传，给爱好者们再加了一把火。而片中的主角，却是一群曾经对 AV 界怀着"美好梦想"的懵懂少女。爱好者们纷纷表示，这套 AV 真实得让人难以置信。而实际上，AV 里的画面并不是"演"出来的，是某些无良赞助商和导演以入行成名为诱饵，肆意蹂躏少女们的真实记录。

在日本 AV 界，娱乐事务所将女优作为"性贿赂"工具，"敬献"给赞助商和名导演以打通关节，早已是公开的秘密。而一些 AV 女优也确实因此大红大紫。这种"周瑜打黄盖，一个愿打一个愿挨"的交易，还勉强说得过去。但玩厌了 AV 女优的某些赞助商和导演急需"新鲜血液"，他们与娱乐事务所狼狈为奸，以入行成名为借口，诱奸涉世未深的少女，并将她们训练成了性奴。

据日本《实话周刊》报道，日本警方已经介入了相关事件的调查。这套市面上疯传的 AV 中有 6 个女主角，年龄最大的不到 22 岁，最小的只有 17 岁。她们都表示，这套 AV 是在不知情的情况下，被 3 名赞助商和 1 名导演偷拍的。

年龄最小的 M 说，当时这些赞助商和导演许诺，半年之内就能够让她成为一线女星。M 担心自己未成年会违法，但对方告诉她，只要隐瞒年龄就毫无问题。他们一有需要就会联系小 M，开始还只是普通的性要求。但小 M 慢慢地发现不对劲了，对方不仅一起"上阵"，还把她套上绳索要求她从头舔到脚，将她训练成了彻彻底底的性奴。那些小 M 在 AV 中都没见过的情节，在她身上不断上演，精神和肉体的双重痛苦，让她已经接近崩溃的边缘。而最让小 M 绝望的是，除了这部自己不知情的偷拍"作品"外，她的"主人"们还没有为她拍摄过一部作品。

在这套偷拍 AV 中"出镜"最多的小 Y 则透露，这些赞助商和导演每次都以"看你是否有潜质"为由，不停"考验"她。最多的一周，对方居然要她"表现"了 6 次。而最让她受不了的是，对方显然不是一般的要求，从小到大都没挨过打的小 Y 每次都要挨鞭子，有时候还要被滴蜡。小 Y 当时一直不明白，拍 AV 为何需要那么高的要求。每次问到对方什么时候为她拍片子时，对方都说"你还需要我们加强训练"。直到看到自己被对方偷拍的 AV，小 Y 才知道上当受骗了。

年龄最大的小 R 则属于"自投罗网型"。对对方"你年龄太大了，不走特殊道路绝对不行"的"建议"，她深信不疑。小 R 不仅主动联系对方，还创作出了很多新的 SM 姿势并亲身实践，让对方笑得合不拢嘴。小 R 也一直为对方"你将开创 AV 界的新时代"的评价而沾沾自喜。直到有一天，小 R 看到亲身实践的"创意"，在毫不知情的情况下就开始流传，她才明白是怎么回事。怒不可遏的小 R 马上报了警，掀出了对方的种种恶行。

屡见不鲜的"问题女优"

日本 AV 圈子里，不少女优具有双重人格，一会儿正常，一会儿癫狂，让人不得不唏嘘重重幕帘的背后。

46 岁的山田是日本 AV 圈内一位大腕导演，他讲述了自己的几次"奇遇"。

日本演艺圈里吸毒也称为"嗑药"，是颇为成风的。AV 圈里自然也不能避免。前不久，山田启用了一名 22 岁长腿俊脸妹妹小 M 出演新片。山田之所以启用她，是因为她是圈内出了名的"瘾君子"，"嗑药"后能够快速兴奋起来，表现超出平时。谁料，有一天拍摄，小 M 不知道吃了什么新药，慢慢地药效发作，突然开始"喵喵"地学起猫叫来，而且还叫个不停。更出人意料的还在后面。学了一会儿猫叫后，小 M 突然开始泪流满面，好像要把心中的委屈全部用眼泪洗刷干净，把现场的工作人员搞得不知所措，一会儿递上纸巾，一会儿送上毛巾。最后，止不住泪水的小 M 冲入化妆室，一声招呼不打就私自跑回家了。

小 M 在其他的片场也出现过多次"状况"。因为"嗑药"，有时候她口齿不清，有时候呕吐一地，是出了名的"问题女优"。但是，即使这样，她还是片约不断。身高超过 1.7 米的魔鬼身材，"嗑药"后表现得如临仙境的小 M，是很多重口味题材 AV 的不二选择。很多爱好者还将其称为"AV 女皇"。

双重人格本是心理学上的概念。但日本 AV 圈也不乏这样的"人才"。29 岁的小 T 就是其中的一位。拍片之前，她特别喜欢在片场的等待室里喃喃自语。山田导演说，她就是典型的双重人格。她一会儿是超级洁癖，一会儿又可以在床上尽情打滚。每次拍片前，她都有一到两个小时的"洁癖时间"，症状消失后才能正常开始。

还有一位"洁癖女优"与小 T 有所不同，她的"洁癖时间"是在拍片中。当挥汗如雨的男优的汗水滴到她脸上，她会立马花容失色，一脚将对方踢飞，而且为此愤愤不平一个小时左右才能恢复正常。很多和她拍片的男优每次都心惊胆战，生怕遭了她的"无影脚"。

日本 AV 圈此种"问题女优"还有不少。这些，看似是爱好者们茶余饭后的谈资，实际上反映出这个圈内黑暗的"潜规则"，以及给女优带来的精神压力和折磨。她们看似"勇敢"，迈出了常人不敢走的一步，但付出之后无法拂去的阴影也许会伴随终身。

观光立国

对于旅行者来说，旅游是一个开眼看世界、增长见识、增进感情的过程；对于游览地及其所在国而言，更好地满足游客的需求，才能更好地促进旅游业的发展，使旅游业成为经济增长的助推器。

日本很早就将"观光立国"定为国策，还分阶段制订"观光立国"五年计划。在中央政府设立的观光厅的指导下，日本各地积极拓展旅游资源，加强相关旅游服务项目，根据各地自身特色制订了详尽的实施计划。相比注重培训、改进服务这样的细节和长期工作，最新出现并呈现增长势头的旅游趋势，其实更具有方向性、更需要把握，只有抓住其中的商机，贴近游客需求推出适当的旅游产品，落实在以安全为主的管理细节上，才能促使旅游业兴旺发展，真正实现"观光立国"。

悠悠不老的"青春18"

摇摇晃晃的车厢，耳边时而传来电车与铁轨摩擦的"嘎吱嘎吱"声，轻轻倚在座椅上，凝神盯着车窗外。四四方方的车窗正如一个偌大的相框，框出一幅幅最鲜活生动的风景人物画。一缕缕阳光就从这鲜活的画中射入车厢内，在指缝间慢慢流淌。

日本有一种列车票被赋予了一个浪漫的名字——"青春18"。每年在学校春暑寒假开始前，日本铁道公司就会出售带有一定使用期限的"青春18"车票。相比日本交通费的高价，"青春18"车票显得平易近人，1万日元左右的票价，5天内可以乘坐电车"任意行"（除特急、急行电车外）。这对于生活稍显拮据的学生来说，是莫大的福音。

也可以说，"青春18"车票的"福音"不仅仅体现在价格上，还体现了旅游的真正精髓。旅游讲究心随意到，追求的是一种心灵上的自由和放松。但是，不知何时，为旅游而旅游却成为一种社会常态。游客被那些世界文化遗产、著名景点的名头所束缚，挤着人潮大流，看个稀里糊涂的大概，往往内心所获甚少。"青春18"车票的珍贵之处在于其旅游的随意性上。经过"热海"时，见其广阔澄清的碧浪，便可以下车在海边稍作停留；经过"千年古都"京都时，可以下车行走在散发着历史古香的青石板街道；经过九州的无名小站时，也可以出站转悠一圈，尝尝地方小吃。"青春18"的旅行充满一种随意散漫，给紧张的精神松松绑，为纷繁的心灵注入一道"鸡汤"。

"青春18"之旅也是体验日本"电车文化"之行。长期居住东京，人们已经习惯了东京电车中的沉默无语。一串串的车厢里，看书、打盹儿、玩游戏也成为电车中的通常之景。但是，日本的"电车文化"绝不仅限于此。九州穿行于山林之间的单节电车仍保持古风。在绿色中穿行，听身穿制服上了年纪的驾驶员的指令声，乘坐这样的电车仿佛时空穿越。坐上仍使用煤炭作为能源的观光火车，古色古香的车厢内喝上一杯咖啡，悠闲享用便当，和对面陌生的游客也能闲扯天南地北。地方的"电车文化"与东京的"死板"相比，显得更有活力更让人亲近。通过电车之行，可以窥察普通日本国民的百态人生，且在无意之中自身也融入这"电车百景图"。

"读万卷书，行万里路。"日本铁道公司推出"青春18"想必也是鼓励年轻人、一般民众多出行，在游览日本秀丽佳景时，可以对美、对生活有新的感悟，真是别出心裁的"人生教育"课程。旅行途中所遇到的困难和挫折，对仍涉世未深的年轻人来说，则是一种磨炼和挑战，会在时间的沉淀中化为一份宝贵财富。旅行途中和陌生人的交流沟通则是对个人社交能力的提升，更有可能会产生梦幻奇缘。

对于不少日本人来说，"修学旅行"是他们人生中难忘的记忆之一。旅行中，有人交到了一生中最重要的朋友，有人明白了一生中最重要的道理。起源于 1946 年的"修学旅行"是日本学生最具特色的活动，发展到现在已成为日本文化的一部分。据 2008 年的统计，实施比例高中为 94.1%、初中为 97.0%、小学为 93.6%。"修学旅行"中，日本学生在与平时不同的环境中增长见闻，在接近自然的同时体验集体生活，体格和意志都得到充分锻炼。

《杜拉拉升职记》外景地随笔

被称为"东亚文化巨人"的韩国学者李御宁曾指出日本人善于"微缩"，他们把大山深处的神社缩小为可以肩扛搬运的微型神社——神舆，进而缩小为可以进入家庭的神社——神龛，然后再缩小为可以随身携带的神社——护身符。在他看来，此乃日本特色之一。

当我站在位于日本静冈县的富士山本宫浅间大社门前，看着高大雄伟的红色"鸟居"（中文大致可以译为"牌楼"），望着由此渐离渐远、铺陈散布的一栋又一栋殿宇的时候，感到日本人的"微缩"意识很多时候是出于岛国地域狭小的无奈，只要稍微有可能，他们内心还是希望能够扩大、扩大、再扩大的。

就像眼前这座 806 年兴建起来的浅间神社，到 1604 年经由德川家康之手增建了正殿、拜殿、币殿、舞殿，而到了 20 世纪 80 年代，又将其"富士山本宫浅间神社"之名改为"富士山本宫浅间大社"，悠悠 1200 多年的历史，从中显露出来的是持续的"造神运动"，也是持续的拓展延伸。

日本静冈县和山梨县一直为富士山属于哪一个县而争执不休，结果把富士山海拔 2700 米以上到海拔 3776 米顶端的山地都划归为浅间神社的"社地"，让它既不属于静冈县，也不属于山梨县，"共同开发"。这就是日本人解决土地所有权纠纷的智慧。

导游告诉我，中国电视连续剧《杜拉拉升职记》在浅间大社拍外景的时候，杜拉拉做了一个不应该做的动作——坐在神社门楼的台阶上。白领杜拉拉纯粹把这里当作了一个观光景点，她是来释放职场压力或者说是来演绎爱情的，她心中本来就没有神。

中国人到日本的神社，大概很难搞清里面供奉的究竟是何方神圣。何况，在日本也有"八百万之神"的说法，神之多，难以计数。更有意思的是，日本所供奉的神，也不都是"日本造"，比如，著名的"七福神"里，真正的日本神只有两个，其余的五个分别来自印度和中国。如今，日本人也不愿意承认日本神道在远古时受到中国《淮南子》影响的"元素"了。对这些，日本人类学家石田一良在《日本文化》一书中也说过，神道的特性之一就是频繁地改变容貌，犹如一个不断"变换服装的偶人"。

人们徜徉在日本神社之际，最感兴趣的可能就是那个木架子上密密麻麻挂着的"绘马"木牌。这种"绘马"，翻译为中文大概可以叫作"许愿牌"的。在日本，无处不在的大大小小的神社里面，都有可以悬挂"许愿牌"的地方。人的内心总是有渴望和祈求的，总是需要倾诉和流露的，这种"许愿牌"或许就满足了日本人的精神需求。

影片中杜拉拉与恋人王伟一起到浅间大社后，也在"许愿牌"上分别写下了自己的心愿。杜拉拉写的是"希望有一天还能回到这里，在下雪天，和他一起，幸福地泡在温泉里"，王伟则写道"希望每年都帮她实现一个愿望……"——读着这样诚挚的心愿，每个人都会感受到清纯恋爱的甜蜜与温馨，都会产生在一块木制"许愿牌"上写下自己心愿的冲动。

分布在日本全土的大约11万个神社，本来就是出于对大自然的敬畏或者说是恐惧而产生的。大和民族希望借助供奉在这里的神，来平息一切已经发生或者可能发生的不幸。但是，当它在明治时代走火入魔与曾经帮助它的佛教分离的时候，当它成为对外侵略战争道具的时候，它的作用就在渐渐地改变。如今，当它希望恢复到"原点"的时候，里面一座座"慰灵碑""忠魂碑"让其失去了这种可能。正因为如此，我在这个"统领"着日本1300多个浅间神社的"富士山本宫浅间大社"里面并没有过多地驻足和巡览，正殿门前左右分布的两面迎风飘扬的太阳旗让我心里多少有些异样，因为即使是在弥漫着浓厚血腥味和阴魂的东京靖国神社里面，其正殿也只有一面太阳旗。于是，在浅间大社，担心新的发现会搅扰了我尚且不错的心绪，除了抓拍几张"巫女"击鼓有色无情的动感照片以外，就是徘徊在"涌玉池"边了。因为，这里不仅有富士山融化之雪形成的一汪池水，更有一群群寻寻觅觅的灰色飞鸽。

池水与飞鸽，缓缓流淌与盘桓飞旋，犹似悠悠人生的一首歌。

京都的情愁哀伤

日本京都就如一幅水墨画。沾染淡墨，轻轻落笔，青墨色便渲染于纸上，水墨渺渺，娓娓道出"千年古都"的情愁哀伤。

清晨的京都连天都是青墨色的。等东边的光由弱变强，透射出薄云，京都的古貌便显现出来。观赏京都，需要一颗"闲"心，不焦不急不躁，方能体味出"京"的古色古香。

京都的美首先在建筑上。金阁寺的富丽堂皇，银阁寺的庄重素雅，东大寺大佛的气势磅礴，33间堂千手观音的变化多样都让世人沉迷其中。而"京"的古色古香还不只限于那些早已名声在外的古迹，更藏在那一条条起伏上下、曲曲折折的青石板道间。曲折通幽的小径更让人流连忘返。漫步其中，一株株青枝绿叶伸展到石板道上，从过往游人发梢间滑过。而青石板道两边林立的店铺也使出各种本领，吸引游人稍作停留。

京都的美还匿迹于文化物件中，常常不得不佩服京都人在揣测游人心理上下足了功夫。做工细腻的"清水烧"是历史元素和"萌"元素的完美融合，一件件瓷器上印有的创意图案着实让人心动。香料店里飘出来的"京香"，伞店里满挂的"日式"油纸伞都让人陶醉在京都的风俗民情之中。游玩累了，还可以在点心店要上一份精致小点心，喝上一杯抹茶，品一番京都的"饮食文化"。游玩于青石板道间，游人可以确确实实见到、闻到、尝到原汁原味的"京文化"。

京都的美同样也是由人表现出来的，而短暂停留的游人则担当了重要角色。租一套和服，踩上木屐游京都往往是很多游人的选择。小扇轻摇，一阵阵清风扬起和服的袖角，再配上木屐的"咯噔咯噔"声，人与景完美地融合。游人在欣赏京都美景的同时，不自觉中自身也成了这美景之一映在了他人眼中。可以看出，游玩京都时的各种文化体验在为游人提供了趣味性、观赏性娱乐的同时，也给在历史长河流淌过程中，部分逐渐消逝的"京文化"做了一个完美的补充。充满热情、热心的游人则成了补充"京文化"的最佳代理人。

京都的美还隐藏于生活气息里。游走京都时，笔者喜欢在散落于普通民居间的小旅馆落脚。不仅仅是因为京都的小旅馆价格低廉，而是其朴素、平易近人的风格更讨人欢喜。3 月的京都是多雨的。小旅馆内，支开小木窗，淅沥沥的小雨滴滴答答，一股微凉的风吹进来，还夹杂着泥土的气息。靠着窗子悠悠然然抹着面包的花生酱，耳边竟还能传来一声声犬吠。刚睡醒的脑袋还蒙蒙眬眬，一刹那间时空的错落感油然而生，整个人像是落入了"平安京"时代。小旅馆同样是结识新朋友的最佳场所之一。在小旅馆，同住的旅人之间心与心的距离往往会变得异常贴近，一个简单的自我介绍、一抹微笑、一声招呼往往就能让对方敞开心扉，成为共同旅行的伙伴。旅行中的朋友也往往真挚，白天可以共赏京都美景，夜晚则可以在"居酒屋"共酌一杯，谈一谈天南地北、说一说风俗乡情。不经意之中，京都的小旅馆也成了古色古香"京文化"的独特存在。

京都游是一次"闲"心之游，是一场"京文化"之游，是"人景交融"之游，是"交心交友"之游。

北海道玩出"雪文化"

读过日本诺贝尔文学奖获得者川端康成的小说《雪国》的人，都会记住开篇这样的经典句子——"穿过县界长长的隧道，便是雪国。夜空下一片白茫茫。火车在信号灯前停了下来。"

再往前走，人们大概就会想起日本电影《情书》中那段飘雪季节时对着天空的经典呼喊——"藤井树，你还好吗？"还有，渡边淳一的小说《魂归阿寒》中，在雪夜中那份世人难容的挚爱，都可以让人感受到真正地进入了雪的国度——北海道。

看过《非诚勿扰》的人已经了解，北海道一般是从 11 月开始就雪花飘飞了。但是，北海道真正的大雪是要从 12 月延续到 2 月底，而下雪的日子要到 4 月或者 5 月初才能结束。因此说北海道"一年倒有半年雪"应该是不夸张的。

全世界可能是共通的：下雪天，最高兴的是孩子。他们会堆雪人、打雪仗，北海道地区的一些学校还会组织每个班级的学生自己制作各种类型的雪雕，然后由老师担任评审委员进行比赛。据说，孩子们最愿意做的雪雕就是自己的班主任，大家拿着铁锹、铁铲，努力地塑造，一干就是几天。最后形成的雪雕，有的夸张，有的"丑化"，有的搞得像"四不像"，有的高达 3 米，但师生之间的和谐也在这里产生。当然，还有学校专门利用创造雪雕的机会让学生们模仿世界大师罗丹等人的作品，把这个"玩"的档次提高了。

对于学生来讲，雪季很难在校园里面活动，一般是在室内体育馆里玩玩篮球、排球。实在玩腻烦了，他们就会来一场雪中橄榄球，在雪上乱跑一阵。当雪地被这些学生的高腰鞋踩硬，一场新雪之后，校园操场又变成了白皑皑的雪原。在当地，学校里面还有一个"扫雪车"的称呼——每次大雪过后，第一个走过雪道的同学就被大家称为"扫雪车"。

"雪国"演变出文化。也许是北海道的大雪别有特色，许多日本小说家笔下都出现了这道风景。明治十八年（1885 年），小说家幸田露伴写出了第一部以北海道大雪为内容的小说《突贯纪行》。此后，岩野泡鸣的《放浪》、长田干彦的《零落》、国木田独步的《空知川的岸边》、德富芦花的《寄生木》，都对北海道的大雪做了细致的描述。

"雪国"里面真正比较有文化特色的，应该说是北海道首府札幌每年 2 月初举办的闻名遐迩的国际冰雪节。这期间，高达 15 米的大型雪雕、市民制作的小雪雕，各式各样以动画、世界各地历史性建筑为主题的国际雪雕比赛参赛作品，星罗棋布般分布在札幌市中心大道上。白天天气晴朗时，在蔚蓝天空的映衬下，各种白色雪雕个个显得宏伟壮观，而在晚上，灯光映照下的雪雕又呈现出另一番美景。札幌这个有着大约 180 万人的城市，每年平均降雪量为 480 厘米，为全世界大城市所罕见。如今，札幌市政府每年都有一笔名为"雪对策"的费用，大约在 150 亿日元。平均每个市民每年可以领取 8200 日元的除雪费。重要的是，他们没有把大雪当作负担，而是演变出了一个国际冰雪节，让札幌因为雪而享誉寰宇。

"雪国"里面最有日本特色的雪季之"玩"应该就是在大雪山的怀抱中泡温泉，体验那种"冰火交融"的感觉，这已经被誉为北海道雪文化的精髓。北海道温泉以"深山密汤"而远近驰名，温泉之乡涌出的温泉，顺着地势垂直而下，"汤烟"袅袅，给人一种人间仙境的感觉。看着飘然而落的片片雪花以及温泉中飘摇升起的热气，透过湿润的薄雾遥看水墨画般的远山，真的让人流连忘返。

就这样，日本北海道人把恶劣天气的产物——雪——变成了一种文化，变成了一种活动，变成了一种市场，其细腻、精致、深入，令人叹为观止。

香川改名"乌冬县"

位于濑户内海沿岸的香川县，是日本国土面积最小的县。别看此县面积狭小，人均收入不高，排在全日本各县第25名左右，但香川县在日本的饮食文化里可名气不小。香川县对乌冬面情有独钟，绝对称得上"日本第一"。

据权威机构数据调查，香川县一年人均消费乌冬面33.2公斤，是日本全国平均值15.7公斤的2.11倍。香川县民众把钱花在乌冬面上毫不"手软"，人均每年支出8523日元，是日本全国平均值的2.3倍。香川县甚至自行"改名"为"乌冬县"，因为"改名风波"，香川县成为日本大众的瞩目焦点，不仅在网络上，在现实社会中也引起了非常强烈的反响，实实在在火了一把。香川县的官方旅游网站甚至一度因为浏览人数过多近乎瘫痪。

香川县曾采用一套独特的宣传手法，以"新闻发布会"形式宣布"改名"。而发布会的视频也被挂在了世界最大的视频网站Youtube上，依靠网络的便捷性，香川县改名的消息得以迅速传播，名扬四海。此段视频制作精良，和平常在电视上看到的新闻发布会没有什么两样。而香川县也正是利用新闻发布会本身所特有的正式性和严肃性，一下子让视频观看者心中产生了疑惑和兴趣。但是，香川县宣传手法的巧妙更在之后。对视频产生疑惑的观众通过谷歌、雅虎搜索"乌冬县"时，搜索结果第一条便是"乌冬县"的官方特别网站。网站里不仅有"新闻发布会"的视频，还有电视台对县里从事各个职业民众的采访，可谓达到了以假乱真的效果。所谓"假作真时真亦假"，视频消息的"真真假假"让不少日本民众摸不着头脑，甚至有人专门打电话，或写信至香川县市政大楼询问"改名"具体情况。

其次，香川县通过和日本邮政合作，开展了"乌冬县副知事"征集贺年卡活动，使广大普通日本民众也参与到了"改名运动"中。普通日本民众只需在贺年卡上写"乌冬县副知事"几个字就能顺利将贺年卡送达。香川县在"乌冬县"官方特别网站里也提供了"乌冬县贺年卡"样板，供日本民众下载使用。3 个月间，香川县共收到来自全国各地的贺年卡 2600 多张，远远超过预期效果。香川县还要在这些贺年卡里抽出 10 名幸运儿，给他们压岁红包。如此，香川县不只是通过网络宣传自己，在现实社会里也造成很大影响。

香川县的宣传充分发挥了"明星效应"。"新闻发布会"里出演"乌冬县副知事"的正是日本知名演员要润。出身日本香川县的要润身形俊朗帅气，可以称得上是"杀手级帅哥"，个人魅力十足，拥有众多女粉丝。而其他视频里出演普通民众的也都是香川县出身的各著名演员、歌手。这个底气十足的"明星团体"里，有老有少，有男有女，算是照顾到各个年龄层的观众、粉丝了。香川县打的"明星牌"不可谓不高明！

操作这场"改名风波"，使香川县人气大涨，成为日本民众茶余饭后的谈资和瞩目的焦点。不少人表示想去香川县游览一番，尝尝乌冬面，见识一下濑户内海的美景。而已经去过香川县的不少人还在网上贴出"乌冬县游记""乌冬县观赏"等网络日志供人分享。香川县的旅游业得到了不小的发展。

"孝心旅游"连年走红

刚刚过去的日本盂兰盆节，32 岁的旅游爱好者山田携父母去了京都、大阪等地，旅行归来后，山田在博客里这样写道："这次愉快的行程令人难忘。小时候，父母牵着我们的手外出旅游，而今，长大成人的我们也要带着父母周游四方。"山田的做法并非个例，他的同学、同事、朋友们，在假期来临时几乎都会选择与父母外出旅行的方式来度过。可以说，这样的一幕幕场景，正越来越多地出现在日本社会。

日本旅行杂志《Jalan》最近在互联网上面向 20～79 岁的网民，开展了一项名为"Jalan 住宿旅行调查"的活动，调查发现携带父母的"孝心旅游"所占比例连续 6 年呈现上升趋势，其中 20～34 岁的女性携父母一同出行的比例最高。"3·11 大地震"发生后，旅游者人数一度出现大幅下滑，之后又慢慢恢复。2011 年 10 月以来；连续每个月都超过上一年度同期水平，2012 年 3 月更是较去年同期增加了 31.1%。深入探寻便不难发现，日本"孝心旅游"如此走红，其实有着深刻的文化原因和现实原因。

在日本，每逢母亲节、父亲节，幼儿园老师都会教孩子们为父母制作手工礼物。日本人一年用于孝敬父母的花费平均约 14 万日元，主要是为父母买礼物、一起吃饭和回乡探望。

上述调查中，20～34 岁的女性有一定的经济基础，暂时没有人到中年时需要面对的沉重的家庭负担，而她们的父母多处于五六十岁的年纪，身体状况尚可，这些因素使得"孝心旅游"成为可能。除此之外，"3·11 大地震"及其引发的海啸、核电站事故，是历史罕见的大灾难。这样的大灾难促使越来越多的日本人重新思考家庭的意义，认识到亲情的可贵，而外出旅游正是增进亲情的绝好机会。这也就不难解释为什么自 2011 年 10 月以来，"孝心旅游"连续每个月都超过上一年度同期水平。

眼下，"观光立国"承担着振兴日本经济的重任。"孝心旅游"比例连续 6 年上升，对日本的启示意义在于：相比注重培训、改进服务这样的细节和长期工作，最新出现并呈现增长势头的旅游趋势更具有方向性、更需要把握，只有抓住其中的商机，贴近游客需求推出适当的旅游产品，才能促使旅游业兴旺发展，真正实现"观光立国"。

对于旅行者来说，旅游是一个开眼看世界、增长见识、增进感情的过程，对于游览地及其所在国而言，更好地满足游客的需求，才能更好地促进旅游业的发展，使旅游业成为经济增长的助推器。这样的双赢局面，是"孝心旅游"带给我们的最大启示。

"灾区旅游"助力地区建设

一辆辆"观光巴士"开进灾区，来自四面八方的游客亲眼目睹大海啸洗荡后的街区，专心聆听当地灾民的现场讲解，真切感受世纪大灾难发生时的惊心动魄。在如今的日本东北三县，这样的场景已经越来越常见。2012 年五一黄金周期间，由日本铁道公司（JR）等单位联手筹办的大型观光活动"重建支援巴士之旅"和"讲述巴士"成为最热门的一项旅游项目。游客乘兴而至，满载而归，不仅通过购物为灾区捐了款，也收获了一份特殊的心情。

"3·11 大地震"之后，日本政府一直试图通过振兴灾区旅游实现地区重建。为此，日本政府采取了多种形式：放宽赴灾区旅游的签证限制、组团赴海外推荐、自行车爱好者穿越灾区进行宣传、微博营销等。近日日本政府正式将"灾区旅游"写入了 2012 年版《旅游白皮书》，希望东北灾区借鉴"神户 Luminarie"、石川县"能登故乡博览会"和广岛市原子弹遗迹的经验，利用"受灾记忆"体现地区魅力，打造具有灾区特色的旅游品牌。

地震发生的时间也许只有短短几秒，但这瞬间的破坏力却是巨大持久的，一座城市、一个地区的震后重建远非一日之功。灾区旅游可以就地取材，节约了人力物力，为当地民众就业提供新的机会，也可以让他们得到精神抚慰。而游客近距离感受的不仅是灾区民众的现实生活，还有灾区民众自力更生从废墟上站起来的不屈服、不言败的顽强精神。

而灾区原有的特色旅游项目也逐渐恢复运营，像遭受"3·11 大地震"冲击的日本福岛县磐城市，所开发的"夏威夷超级旅游胜地"近日已全面恢复营业。草裙摆一摆，手鼓敲起来。随着飘扬婉转的夏威夷民乐，草裙女孩儿优雅地舞动着身姿，传递出特有的柔情和妩媚。空气中也混杂着海风和夏威夷花的香气，沁人心脾、心旷神怡。

在日本东北这样一个寒冷之地，如果没有持续不断的热能，建设"夏威夷热带风情"简直就是天方夜谭。而当地对汤本温泉的开发则完美解决了这个问题。充分利用温泉热能，建设一个日本式的"梦幻夏威夷"，让众多日本国民不用走出国门就能体会到不打折扣的夏威夷风情。

大相扑选手为什么这么胖

在外国人的印象里，一提到日本相扑就自然会联想到胖子。就好比篮球是巨人的游戏一样，相扑就是胖子的乐土了。但是，仔细观察就会注意到，相扑选手的"胖"，与其他摔跤、柔道选手等的"壮"还略有不同。摔跤手们都是全身精瘦，倒三角的身材，可相扑手们的"胖"似乎是赘肉"流"满全身。

日本相扑手们的体重究竟是多少呢？不妨来看一组数据。2013 年"初场所"全胜折桂的横纲日马富士的体重为 133 公斤，是参加本次比赛的选手中最轻的一个。被称为中等身材的相扑手，平均体重起码也要在 150 公斤以上。而史上最重纪录的保持者是来自美国的"小锦"，他的体重有263公斤。

不要小瞧相扑手们的这一身"膘"，在相扑这个角力争胜但却没有重量级别的比赛里，块头越大、体重越重的选手自然就越有优势。两名相扑手在对战前有一个基本动作，就是面对面蹲在一起，然后以双拳触地为信号互相发起冲撞。这一撞可是惊天动地，如果没有点体重支撑，一下子就会被对方撞出直径仅为4.55米的赛场——土俵。

业内人士指出，这一撞很可能就决定了比赛的进程和结果。所以，相扑手们为了不输在这个"起跑线"上，只能增加自己的体重、锻炼自己的肌肉，还得练出不怕牺牲的强大意志。哪一方在冲撞时敢勇往直前不偏头，就很可能在下一个环节中先抓住对方的"迥"（腰带），从而占据主动。

在起手冲撞之后，双方往往习惯互相推对手的脸来确立优势，尽快抓住对手的"迥"。为此，相扑手需要屁股往后坐，将身体保持前倾的状态，并不断前进。这时，体重重的相扑手自然就占据优势。被人一推就失去重心的选手，想在后面挽回劣势是很难的。由于体形实在是太过庞大，很多情况下是只有一方能抓住对手的"迥"，借此发力进攻。

当然，相扑在冲撞时也有取巧的办法，那就是趁对手低头猛冲到面前的瞬间忽然闪开，让对方直接扑出圈外。这一招反而就是体重轻的选手占优势了，能达到四两拨千斤的效果，还能引起场内喝彩声一片。不要以为身份高的相扑手会不齿于这种行为，横纲白鹏就在正式比赛中用过这一招，只用1秒就结束了比赛，还顺势摆出一副无辜脸孔幽了观众一默。

为了能占有体重上的优势，"增肥"就成了相扑选手的一项日常功课。相扑手每天只吃中午和晚上两顿饭，几乎顿顿是火锅和烤肉之类的高热量食物。他们还有一种特殊的营养火锅，将肉丸子和蔬菜、豆制品放在一起煮。饭量大的人一顿就可以吃5个普通人的量。吃饱后马上睡觉。

不过，虽然他们看起来胖得行动不便，但实际身手却都相当灵活。大关鹤龙接受采访时就曾说，他拜入师门的第一天练习，师傅就在他压腿时狠狠地按了他一把，结果他疼得两个星期走不了路，但之后柔韧性就变得非常好。和鹤龙一样，所有的相扑选手都是采取相当激烈甚至是非科学的方法训练，先把筋肉撕裂，再用营养让它们成长，然后再撕裂、再成长。

虽然日本每个相扑手都要经过这些训练增加体重，不过相扑运动绝不是体重越重越好。虽然体重重的相扑手占有一定优势，但最终双方还是要比技巧。据说相扑运动有 100 多种技法，能根据自身情况灵活运用才是取胜之道。

《女子相扑——"狂野"的风景》外景地随笔

两个梳着抢眼发式、穿着兜裆布的女人在赛台上相互"角斗"，台下欢呼声、掌声阵阵。这种绝对让观众"赏心悦目"的运动项目，就是日本的女子相扑。虽然相扑作为日本"国技"闻名世界，但世人还是很难将这项"胖爷们"的运动，与娇弱温婉的日本女子联系起来。其实，日本女人也有很"狂野"的一面，这一点，从她们玩相扑就可以看出来。

说起日本相扑，人们熟知的都是由男人参加的"大相扑"。其实，日本女子相扑的历史，比"大相扑"还要久远。由舍人亲王等人于 720 年完成的《日本书纪》，是日本留传至今最早的正史。该书记载，雄略天皇（日本第 21 代天皇，456 年 11 月 13 日至 479 年 8 月 7 日）即位时，曾"令宫女脱其衣，去其裙，着以兜裆，令相扑之"。如此算来，女子相扑在日本已经有超过 1500 年的历史。

雄略天皇没有想到的是，他这一"脱衣去裙着兜裆"的体育"创举"竟开始在民间流行，而且还慢慢自成体系。到了江户时期，女子相扑更成为与舞蛇、杂耍同样受欢迎的民间"文艺节目"。其中，女相扑手与男性盲人相扑手（座头相扑）之间的对垒，更是备受青睐。当时，甚至幕府大奥（类似于中国后宫）里也经常举行女子相扑比赛。

不过因为女相扑选手在比赛中要裸露身体，明治维新之后，就被各界当作了树立社会新风的开刀对象，背上了有伤风化的恶名。以致 1995 年日本女子相扑组织在成立之时，选择"新相扑"这一称谓，意在与此前的女相扑做清楚划分。

新女子相扑在很大程度上，仍然采用男子比赛的规则。但相扑台有所变化，参赛的女选手们在塑料垫上进行比赛，以避免胸部受伤。参赛女选手的服饰也不同于男子，否则太有伤风化，但保留了传统的兜裆布。女子相扑运动的规则同男子也稍有不同：

其一，不准用头部撞击对方；其二，女子将按照运动员的体重分成若干级别，这意味着参赛女选手不需要人人都是膘肥体壮的巨无霸。

近年来，随着日本要求把相扑纳入奥运会项目的呼声高涨，越来越多的女性开始从事相扑运动。学过 7 年柔道的女大学生石谷，现在喜欢上了女子相扑。她说："因为相扑是纯粹的力与力的较量。而且，每一场比赛进行很快，你能马上知道自己是赢是输。"石谷每天下课后，就和其他业余爱好者一起到培养相扑选手的"部屋"进行相扑训练。在这里，她们接受与男相扑选手方式相同的训练。训练结束后，她们和男相扑运动员一起吃高热量的相扑火锅，以增加体重。在日本，像石谷这样的相扑女选手还有很多。

不仅是日本国内，女子相扑在国外也很受欢迎。自 1996 年日本开始有女子相扑比赛以来，全世界已有 17 个国家建立了女子相扑俱乐部，俄罗斯、乌克兰等都是女子相扑强国。2002 年 10 月日本青森县还举行了首届世界女子相扑锦标赛。依靠参加各种女子相扑比赛而赢得大笔奖金和声誉的俄罗斯名将科娃伦科就曾表示："我爱这项近乎疯狂的运动，也爱从事这项运动的那些选手。他们强壮、高大，却又非常灵活，精神和身体上都体现着阴阳结合之美。"

对于观众来说，观看女子相扑也是一种美的享受。现场观看过女子相扑比赛的中国观众邢华兴奋地说："女子相扑和我想象中的非常不同。女选手们不仅长得漂亮可爱，身手更是不凡。好几位身形娇小的日本姑娘就是凭借'四两拨千斤'的灵活技法将对手放倒。比赛不仅有让人血脉贲张的肉搏，还让人感觉到这是一项高雅的运动。撒盐驱邪、抬腿拍掌热身，女子相扑比赛的一系列规则和仪式蕴含着很多宗教和民族文化。观看这项运动，让我开始有意识地去学习与之相关的知识，获益不少。"

绝无仅有的旅游资源——艺伎

在时代翻滚的洪流中，许多老传统、老行当都濒临灭绝，比如中国的吹糖人、捏面人，茅山号子、西江月号子等。在日本，艺伎这一职业的衰退，已成为不争的事实。为了吸收新鲜血液，维持特色花柳界，日本各地也是招数百出，目前效果最明显的，是把艺伎变成正社员，把专门培养艺伎的"置屋"变成株式会社。

在新潟古町的花柳界里，就存在着一批被称为"柳都"的艺伎。她们都是正规的公司职员，享受带薪休假、健康保险、职工宿舍、产假、育儿假等。

在昭和初期，古町曾有过 300 多名艺伎，但到了 20 世纪 80 年代，人数却减少至原来的 1/5。还有过长达 20 年都没出过一个新人的情况，最年轻的艺伎都接近 40 岁了。再这样下去，从江户时代一直存在的新潟古町花柳界，势必会消失。

艺伎越来越少、越来越老的主要原因，是"置屋"的财力问题。从前，给艺伎提供住所，培养艺伎的"置屋"靠的是地方商贾、土豪地主来支撑。而这种结构在"二战"后被瓦解，"置屋"老板凭个人财力是支撑不下去的。

热爱艺伎文化的新潟某会社社长中野进，想出了一个解决方案，由当地企业联合出资，将"置屋"变成一家合资公司。中野说服了 80 多家企业，一共集资 7000 万日元，成立了"柳都振兴株式会社"，自己担任社长。在成立一年后，就有了 10 名年轻的员工，也就是新人艺伎。

日本泡沫经济的崩溃，给"柳都振兴株式会社"以不小的打击。为此，2000 年，当地又成立了"柳都振兴后援会"，加入该后援会的 80 多家企业每年每家要一次性支付 10 万日元做会费。这样一来，"柳都振兴株式会社"每年就能有 80 万～90 万日元的固定活动基金。后援会会长、北村制作所社长北村泰作说："做会员，没有任何特殊的好处，所凭借的，就是想为维护古町花柳界做贡献的心情。"

在日本，料亭和艺伎，往往是花瓶与花的关系，没有花的点缀，看上去再高档次的花瓶，也少了生趣。所以，年轻艺伎的出现，也为新潟的料亭生意带来了活力。从江户末期创业的料亭"锅茶屋"女将高桥墨说："那些有年头不来捧场的老客户又开始回归了。还有那些带客户来吃饭的年轻老板，最高兴的就数他们了，说是'总算见到了比自己年轻的艺伎'。"

"置屋"的公司化，还让很多对艺伎世界有兴趣的年轻人也可以尝试一把。"柳都"艺伎初音一边粉面含春玉手斟酒，一边告诉记者："自己是在高三那年，通过参加校方举办的就业说明会而走上艺伎道路的。在得知自己是去一家正式的公司上班，既是艺伎又是正社员后，家长也放心，学校指导就业的老师也表示支持。有固定的单位，就算是艺伎，也能申请信用卡了。"

新潟古町花柳界的成功，给许多有艺伎文化传统的日本地方都市以启发和刺激，参考"柳都振兴株式会社"而成立的艺伎支援机构也相继出现。1991年，福冈商工会议所里设立了"博多传统艺能振兴会"，募集、培养新人艺伎，定期举办"博多舞"，开展"体验和博多艺伎一起度过优雅时间"等活动；1996年，山形县成立艺伎培养、派遣公司"山形传统艺能振兴株式会社"，山形商工会议所、观光协会、料亭等都是其后援单位；2012年，岩手县盛冈市设立"盛冈艺伎后援会"，由岩手县知事和盛冈市市长担任后援会顾问，时隔19年为当地培养出了两位新人艺伎；2012年，静冈县商工会议所也设立了"静冈传统艺能振兴会"，不定期地举办"艺伎舞蹈鉴赏会"，制作专门网站扩大宣传等。

艺伎文化，其实在中国唐宋时代就盛行过，朝鲜半岛的高级"妓生"，也同属此类。但能把艺伎文化一直延续到今天的，就只有日本。为此，艺伎，也成为日本的一个独特的魅力符号，绝无仅有的旅游资源。

混浴与秘汤

在日本，温泉已经上升为一种温泉文化，包括养生文化，也包括休闲文化，温泉已经演变成温泉历史学、温泉宗教学、温泉医学和温泉博物学，以及温泉观光学、温泉地质学、温泉民族学、温泉文学等多样的学科。日本的温泉学者把温泉的效果和温泉的魅力结合起来，称为"温泉力"，将日本的温泉文化做了一种提升，也让我们能够更深刻地体会温泉文化背后的内涵。

《日本澡堂的洗澡方法》

"春寒赐浴华清池，温泉水滑洗凝脂。"在那个颓势已显、江河日衰的晚唐时代，现实主义诗人白居易时常追思盛唐的"现实"，把笔锋不止一次地指向"开元盛世"的缔造者与享受者——唐玄宗。那首脍炙人口的《长恨歌》，带有想象、甚至意淫般地描述着大唐后宫的香艳生活，更让后人从此知道，在那个岁月，中国人当然不是一般的普通中国人，就已经知道享受温泉了。

但是，当我走进位于日本爱知县浦郡市的"葵酒店"时，特别是进入有着"西浦温泉"美誉的大浴场的时候，我才发现日本人认为中国人是不懂温泉的。我猜，许多中国人听到这句话后，会跳着脚地蹦起来，坚决否认。

不要跳。看看吧，看看这里的"千人大浴场"，里面张贴着日本财团法人国际观光旅游联盟用日文、英文、中文、韩文书写的《日本澡堂的洗澡方法》。看后，我笑了，笑日本人不肯把"澡堂"与"温泉"进行区分，笑日本人就是这样对外国人传授日本的"温泉文化"。

《日本澡堂的洗澡方法》里面用中文写道：

第一，"必须在澡盆外用温水冲洗"。

第二，"在澡盆里浸泡舒服一下"。

第三，"在盥洗场把头发和身体洗净"。

第四，"再一次到澡盆里面浸泡"。

另外还有"请不要穿短裤和围着毛巾入浴""请把身体上的肥皂和洗发泡冲洗后进入澡盆"等要求，在"礼貌"一栏中，更是注明"请不要带毛巾进入澡盆""请不要在澡盆里洗衣服""请不要在澡盆里蹦跳和游泳""请不要带饮食进入澡堂"。

类似这种"日式中文"，我已经不止在一处看见过了。我常常在想：究竟是日本人不肯花个好价钱请中国人帮助他们在中文翻译方面把关呢？还是日本人不时地被一些中国人"忽悠"了，认定这就是最通顺、流畅、准确的中文？或者，两种可能都有吧。

说起中日温泉文化的差异，其中之一应该是中国人重视"洗温泉"，日本人重视"泡温泉"。一"洗"，一"泡"，看起来都是动词，但前者是更重于清洁，把身体处理干净；后者则是更重于休闲，让身心得到放松。而"洗温泉"，常常是个人行动；"泡温泉"，则通常是两人以上的集体行动。由此而带出来的不同影响，就不是一句两句可以说清楚的了。

我倒是觉得，今天中国许多城市街头几乎泛滥的各种"浴场"，似乎正在返回"温泉水滑洗凝脂"的原点——洗，退居其次；其他的隐性欲求，正跃向前。这样，不是温泉的可以冒充温泉，或者说，是不是温泉都无所谓啦。

这样说来，我觉得还是在日本"泡温泉"，舒服一些、干净一些。特别是这个"西部温泉"，更是温泉设施胜于"洗澡方法"的指导文字。

从洗澡间窥看武士的私密

日本历史题材的电视连续剧中常常会出现武士洗澡的镜头，令我感到不解的是日本武士入浴时身下总是裹着兜裆布。在我印象中，日本人应该全裸泡澡才对。最初我以为电影中武士穿"内裤"洗澡是为了拍摄需要，后来才知道，原来直到 1700 年，日本人泡澡都是穿着"内裤"的。其中，男士内裤叫作"风吕裈"，类似兜裆布；女士内裤则叫作"汤文字"，一块长布缠于腰间。大约半个世纪之后，人们才渐渐褪去泡澡装，全裸出现在浴池中。

近日到日本千叶县佐仓市的"武家屋敷"也就是武士住宅遗址参观，我发现了一个武士专用的洗澡间，隐蔽在正屋的侧后方。走近一看，不过是一只不大的木桶，人进去后无法躺在里面"平泡"，也难以坐在里面"立泡"，应该是不会特别舒展的。就是这样，女导游还津津有味地说："洗澡是武士每天最大的活动。"

不过，日本"武士道"讲究修行，武士认为人的一生应当是一种无休止的修行，不能够贪图安乐，不应该享受安适。作为一个武士，自始至终都要有"苦行僧"般清修的精神。一个武士切不可疏忽自己的日常之举，若是予人以可乘之机，身为武士简直可以称之为奇耻大辱。因此，武士平日极为注重这方面能力的培养，只要有一丝风吹草动就会立即警觉起来，不论昼夜。电视连续剧中武士把佩刀置于枕边，甚至连洗澡时都会将匕首暗藏在浴槽之中。我在洗澡间内仔细寻找了一番，竟没有找到藏匿匕首的地方，想必细心的武士是绝对不会让人轻易寻出机关的。倒是那个坐着搓澡的小板凳让人浮想联翩。

偶从闲书中看到，武家的洗澡间还是武士妻女们偷情的好地方。据说，由于武家文化特殊，武士夫妇间除生育之外很少有亲密接触，于是，武家的女人们想尽一切办法与其他男人偷欢。洗澡间空间相对私密，她们将情人藏匿于此，待一场翻云覆雨之后，从容不迫地沐浴更衣，生活依旧平静。尽管江户幕府政府明文规定武士对通奸的妻子和奸夫拥有斩杀的特权，但是，妻子红杏出墙终归不是一件光彩的事情。

一间间狭小的洗澡间，隐藏着不知多少日本武士的辛酸苦辣。

过新年温泉混浴

如今，日本人已经不过农历春节了。当然，这也可以看成是日本明治维新后追求"脱亚入欧"的绩效之一。这样，每年的新年，就成为日本人的重大节日之一。

新年伊始，日本人很重视一个"初"字。让人难以理解的是，不仅有"初风吕""初汤"——也就是新年的第一次洗澡，还有"初温泉混浴"。看看眼前的情景吧，这些日本男女1月1日在川原汤温泉的"圣天样露天风吕"里面惬意的混浴，欣赏着翩翩飞舞的雪花，小饮着这时才有的"雪见酒"。

2012年1月1日，我在日本北海道过新年，就在著名的登别温泉享受"初汤"。这里的温泉分为11种：硫黄泉、食盐泉、明矾泉、芒硝泉、石膏泉、苦味泉、绿矾泉、铁泉、酸性泉、重草泉、放射能泉。据说，这里的温泉不但能治疗某些病痛，还能起到减肥和美容的神奇功效。

新年了，位于日本横滨市青叶区的"儿童王国"公园里面摆出一个巨大的"镜饼"。其实，这个时候，日本每个家庭里面也都摆放着一个"镜饼"。这种镜饼，是日本用来祭祀的年糕，装饰在家中，祈求来年顺利平安。据说，早在日本的奈良时代，镜饼就已是新年祭祀神明的供品，是一种神物。

与中国南方很多地方习俗一样，日本人过年时也吃"年糕"。我曾在东京神保町"书店一条街"里看见商家高声吆喝着在"捣年糕"，然后卖给顾客。据说，这样做一是为感谢上天赐予五谷，并表达对新年的祈愿；二是希望吃了年糕能够得到神灵赐予的力量；三是为了迎接岁神的到来。

1月2日，商家开始营业。抢购福袋，就成为日本新年一道独特亮丽的风景线。年后日本百货商场营业的第一天，从清晨就可以看到身穿大衣、裹着围巾的抢购长龙。据说，在江户时期，就有了今天福袋的雏形。到了明治四十年，即1907年开始有了真正的福袋销售。而2012年新年福袋的畅销物居然是防灾用品。伤不起啊！

在中国，过年的时候，长辈要给小辈压岁钱。这或许是取"平安"之意吧。在日本，过年的时候，长辈要给小辈"年玉"，也就是日本版的压岁钱。这种"年玉"，原来写作"年魂"，两者的发音是一样的，但强调这钱不是长辈给的，而是"岁神"给的，要给孩子"新魂"——也就是新的生命力。

朋友来日本过新年，看见日本人都在发贺年卡，自己也就想买一张寄给国内的亲人。是的，寄送贺年卡，可以说是日本人过新年的一大特色。不过，日本的贺卡与中国不同的是，大家用的都是邮局发行的 50 日元的有奖贺卡，不用特殊的东西，故此日本也没有人专门去印制高价的贺卡。

12 月 31 日，许多日本导游在与中国游客分手时都说："祝你做一个吉利的'初梦'啊！"这个"初梦"，也就是新年第一个梦。据说，早在室町时代，日本人为了能够做吉利的"初梦"，睡前会在枕下塞一个纸叠的宝船。他们在"初梦"里最盼望梦见的：第一是富士山，第二是老鹰，第三是茄子。

最后要提到的就是日本版的"闹洞房"。在日本新潟县南鱼沼郡六日町，每年 1 月 6 日晚上 8 点，新婚夫妻要一起到八坂神社，接受"新郎被扔起"仪式。新娘要眼看着自己的新郎被众人大口大口灌下一杯又一杯清酒，然后一次一次地被高高地抛向空中，最后扔到雪地里。据说，此俗从 400 多年前开始，其目的是培养新郎的坚强！

裸身入浴 人天交融

一群人，男女都有，身上仅有一块毛巾遮住羞处，在洗浴场里旁若无人地享受温泉之水淋在身上，渗到心里，洗净身上的尘埃，荡涤心中的杂念，可以赏雪，也可以赏花……

说到在日本裸浴——混浴——这是绝大多数人马上就会在脑海里反映出来的一个词汇。"混浴"是过去日本人泡温泉的一大特色。至于"混浴"究竟发端于何时，无从探究。但是，据说一千多年前，到日本经商的宋朝商人曾这样记载："倭人体绝臭，乃以香膏之，每聚浴于水，下体无所避，只以草系其势，以为礼。"这里的"聚浴"显然是指男女混浴，不过这个"以草系其势"说明那时的日本已经知道"袒露"不妥了。

在德川幕府的江户时代，日本男女混浴算是个大发展的时期。混浴传统从荒山野岭进入了城市，在城市中兴起了混浴的潮流。日本有记录的最早的公共浴室是在 1591 年左右，相当于中国的明朝时期。人口急剧增长，而人口增长就意味着城市的扩张，江户时代的江户（即现在的东京）是各地大名以及商人聚集之所，人员密集，商业繁盛，这需要大量的水与场地以及木柴来满足日本民众的洗浴要求，而狭小的场地决定了这些浴场只有一个浴槽来满足民众的洗浴要求，这个满足的代价就是男女混浴。据当时到江户的明朝商人描述：这些浴室只有一个槽子，当然就是男女混浴了。

由于朱子理学不断在日本被广泛传播，日本政府开始限制这样有伤风化的"裸浴"。到了日本明治时期，特别是明治维新以后，随着人们对生活现代化的追求，政府屡次禁止男女混浴。不过，世界上的事情就是这样，越是禁止越是禁而不绝。可以这样讲，今天在日本，男女混浴的现象依然存在，有的是家庭在一起，有的是情侣在一起，依然可以男女混浴。

人们一想到"混浴"，马上就会与"性"联系在一起。这要"感谢"打破日本大门的佩里将军，他曾经在他的《日本远征记》中写道：……男女赤身裸体地在那里走动，他们（她们）自己都没有觉得自己是赤裸着，看着他们乱七八糟的混浴场景，这个国家的道德之心受到了质疑，与其他东亚国家比较虽然还可以，但是确实有些地方太淫荡……我所见到过的各个异教徒的国家中，我想这个国家是最淫荡的，如果是要从亲身体验来判断，我觉得讲他们不懂得掩饰自己一点儿不为过。女人们一点儿不知道把胸脯遮盖起来，随着她们的走动我可以看见任何部位，男人也是，在前面就是一块几乎遮盖不住的小破布到处走动，并且对自己这种服装一点儿没有感到不合适。在街头看见了裸体男女，这就是世界上的一般形象，大家就是这样去混浴的浴场……

这样一看，简直就把延续了日本传统习俗的混浴场演绎成性交易的"淫乱场"了。其实，日本的混浴是"性 less"（"无性"）的。一个著名的日本歌者曾经在自己参加的中文班上对中文教师说："混浴其实是一种交流方式，人们仿佛是完全敞开了心扉，在完全没有束缚的环境中交流，与大自然交流。"一番话展示了日本人混浴的内心快乐，也说明，混浴的本质是休息放松，根本不是两性交际或者调情。

说到日本的温泉，还不得不提到日本的温泉文学。的确，很多日本作家就是在这一池温泉当中，文思泉涌，写下了脍炙人口的作品。夏目漱石将日本最古老的道后温泉写入名作《少爷》；川端康成在成名作《伊豆的舞女》中，描写了他年轻时在箱根与艺伎邂逅的浪漫爱情，包括人们熟知的《雪国》，故事背景也是汤泽地区白雪皑皑之下的温泉旅馆，以女主人公命名的"驹子汤"至今吸引着络绎不绝的游客。包括太宰治、大江健三郎、永井荷风、渡边淳一等文学名家也都从温泉中获取灵感，妙笔生花，他们将深深的文学情结融入这一池温热的泉水之中，创作出一部部让人痴迷陶醉的作品。

说到日本的温泉，我还会想到"温泉文化"四个字。在日本，温泉已经上升为一种温泉文化，包括养生文化，也包括休闲文化。我注意到这样一本书，是日本温泉文化研究会编写的，名字叫《阅读温泉》。这本书告诉人们，在日本，温泉已经演变成温泉历史学、温泉宗教学、温泉医学和温泉博物学，以及温泉观光学、温泉地质学、温泉民族学、温泉文学等多样的学科。正因为如此，日本才有温泉文化研究会这样的机构。日本著名的温泉学者，也是日本札幌国际大学教授松田忠德，把温泉的效果和温泉的魅力结合起来，称为"温泉力"。这一创新的说法也是将日本的温泉文化做了一种提升，让我们能够更深刻地体会温泉文化背后的内涵。

说到日本的温泉，我们就必须要看到日本是一个温泉大国，据我从日本环境省了解，目前日本全国的温泉数量是 28154 个，其中 3157 个温泉配有住宿设施。相比之下，欧洲的意大利也是温泉大国，但数量仅为 300 多个，住宿设施更少。据统计，日本每年前往温泉地的人数为 13708 万人，相当于日本的总人口数。这说明，日本国民基本上每个人每年都会去温泉地泡一次温泉。值得一提的是，日本还是一个法治国家，在管理温泉方面也不例外。1948 年日本颁布了《温泉法》，2003 年又颁布了新版《温泉法》。

"秘汤热"渐流行

最近，日本共同社报道指出，"各地的混浴温泉开始越来越考虑女性的需求。可以裹着浴巾泡的温泉以及出租从膝盖到胸部的'入浴装'的设施不断增加。写有'可以裹着浴巾'项目的温泉手册也在陆续出版"。这番话，看起来有些不明不白。其实，说白了，就是日本的温泉重新流行起男女混浴，与以往稍有不同的，就是女性可以穿着"入浴装"来混浴了。

过去，日本一些温泉为了顺应"形势"，按照时间段分成"男用"和"女用"，然后在晚上 9 点以后可以混浴。但是，温泉的水毕竟是有限的，一些温泉的老板为了保证高品质的温泉供水，认为与其勉强地分为"男用"和"女用"，还不如恢复混浴。谁料，这种复古的方式，受到了日本女性的热烈欢迎。

共同社报道指出，位于日本长野县松本市白骨温泉的旅馆"泡之汤"是露天的混浴温泉。裹着青色浴巾的两名 20 多岁女性在温泉入口处兴奋地对记者说"简直像在烤暖炉"。这里的温泉以及可以饮用的优良水质受到游客的欢迎。家族 5 个人一起前来的大阪游客说："我们家人可以在这里一起泡温泉，真的很有魅力。"

据旅馆老板 54 岁的小日向真纪子向记者介绍，最近利用泡温泉的空闲在旅馆上网工作的单身女性变多。考虑到这种女客人的心理，旅馆特意选择了浴巾的颜色。"因为白色和粉红色无论如何都会吸引到男士的注意，所以选择了能融入背景的青色。"日本秋田县仙北市乳头温泉乡的"鹤之汤""妙乃汤"的混浴温泉也很受女性欢迎。所用的浴巾都是在温泉里不醒目的茶色。

日本女性为什么会重新喜欢混浴温泉呢？走遍日本国内外混浴温泉的温泉作家 39 岁的山崎真由美说："大约从 5 年前开始流行'秘汤（神秘的温泉）热'，对泉水质量要求甚高的行动派女性有所增加。为了能享受到优质温泉，混浴是必然的选择。"

还是刚才那句话，源泉流出的水是固定的。如果将浴池分为"男用"和"女用"，则需要大量的泉水，就必须加水、循环再利用，甚至要造假。所以理想的"100%泉水"多是混浴温泉。

日本青森市的旅馆"酸汤温泉"在 2005 年成立了"守护混浴之会"，目前拥有 1.2 万名会员。女性专用浴衣是稳重的灰色。这家旅馆介绍，从去年开始裹着浴巾泡温泉的男性迅速增加。旅馆温泉疗养咨询室的成田晴子说："即使都是男性可能也会害羞。也许是因为不知道澡堂的人越来越多了吧。"酸汤温泉允许穿专用浴衣但是禁止裹着浴巾泡温泉。由于还没有男性专用浴衣，日本的温泉旅馆正为男性的这一需求感到伤脑筋。

不久前，我去日本山梨县富士和口湖观光区采访，那里的一个温泉老板和我聊起混浴的事情，他说："在日本，男女混浴本来是很正常的事情，这也是日本文化的特色之一。就是因为日本总想成为国际大国，受西方的影响，才渐渐减少了混浴。我这里现在就恢复了温泉混浴。不过，我觉得真正不文明的是中国男性游客，他们总是直眼盯着混浴女游客，自己进入和离开温泉的时候，也不懂得用毛巾遮挡住前面。"

读书力

读书不仅仅是一种兴趣、一种爱好、一种方法，更应该是一种能力。这种能力可以形成改变思维的能力、提升交际的能力、构成个人"进化"的能力。

"读书法"强调的是一种单项技能，而"读书力"则是一种综合的能力。这就犹如中国的插花、书法、剑术、柔术、沏茶传到日本以后分别演变成为花道、书道、剑道、柔道、茶道一样，形成了一种含有精神文化的"道"。日本将来是否还会形成"读书道"尚不可知，但这种"读书力"高于"读书法"，应该是不存疑问的。

培养国民"读书力"

日本作家斋藤孝曾写有一本名为《读书力》的书，他表示，读书不仅仅是一种兴趣、一种爱好、一种方法，更应该是一种能力。这种能力可以形成改变思维的能力、提升交际的能力、构成个人"进化"的能力。

"书中自有千钟粟，书中自有黄金屋，书中自有颜如玉"，或许是最被国人广为认可的读书理由。不难发现，从古至今，读书在很多情况下是和某种功利目的联系在一起的，以致社会为此推出各种各样的"读书法"，却很少看到提倡培养"读书力"。"读书法"强调的是一种单项技能，而"读书力"则是一种综合的能力。这就犹如中国的插花、书法、剑术、柔术、沏茶传到日本以后分别演变成为花道、书道、剑道、柔道、茶道一样，形成了一种含有精神文化的"道"。日本将来是否还会形成"读书道"尚不可知，但这种"读书力"高于"读书法"，应该是不存疑问的。

或许因为有这种对于"读书力"的认识，日本社会对读书的培养不同一般。2010年"两会"上，全国政协委员聂振宁提出在"世界读书日"之外建立中国自己的"国家读书节"的提案，目前还没有结果。正当中国还在为一个"读书日"而讨论不已的时候，日本2010年已经迎来了第一个"国民读书年"。而这个"国民读书年"，是日本国会议员通过国会立法而实现的。

1999年，日本国会众参两院都通过了《有关儿童读书年的决议》。2001年，日本政府制定了《儿童读书活动推进法》。2005年，日本国会又通过了《文字·活字文化振兴法》（"活字"，即印刷体文字）。由此可以看出，日本近年来一直在"国家议事堂"通过国家立法的形式来推动青少年读书，特别注重对其读书能力的培养。

按照日本法律规定，凡是出版社出版的书籍，都有义务赠送给国会图书馆一本。也许是因为这样，依靠着全社会出书人的捐书，日本国会图书馆成为目前亚洲最大的图书馆。此外，日本六大报纸每天都在第一版到第三版刊登新书、新杂志的广告。这在中国是不多见的。

当然，曾有"读书大国"美名的日本，如今也是每况愈下。日本读卖新闻社2012年10月在全国范围内开展的一次读书调查结果显示，52%的受访者"最近一个月里一本书也没有读过"，这一数字较上次的调查结果上升了3个百分点，与20年前相比，更是攀升了14%。尽管如此，日本并没有放弃，而是从官方到企业、到民间，不断采取各种方式，不但呼吁多读书，更在促进"读书力"的提高。

重视对"读书力"的培养，特别重视对青少年"读书力"的培养，非常重要。因为"少年强，则国家强"，青少年具有"读书力"，这个民族的未来就具有"读书力"。说到底，"读书力"最终将转化成为一个民族和一个国家的"软实力"。

"读书节"从娃娃抓起

2012 年说起关于书的话题，就不能不提到日本作家村上春树和中国作家莫言两位知名作家角逐诺贝尔奖一事。虽然最终莫言胜出，但也有观点指出，这一成绩无法掩盖中国人读书贫乏、读书率世界排名靠后的现实，应该借莫言获奖的"东风"设立中国全国范围的"读书节"。

日本的"读书节"至今已走过 66 个春秋，其中的"从娃娃抓起"，尤其值得中国学习、采纳。在 2000 年年底 OECD 公布的国际学生评量结果中，日本中学生的阅读和科学、数学能力在 32 个国家中名列前茅，很有说服力地证实了阅读"从娃娃抓起"取得的效果。

日本社会如此重视儿童阅读，离不开对其作用的认识，就像 1999 年 8 月日本国会通过的一项正式决议中指出的：首先，儿童可以借着阅读学习语言、提高敏感度、促进表达能力、拓展想象力，同时更深刻地体验人生。其次，近年来校园暴力事件频发，青少年犯罪日益增加，令教育制度面临迫切的危机。出于解决这一现实难题的考量，推动儿童和青少年阅读被视为改善校园秩序、加强生命教育、提升学习力的良方。正是这两种原因，使日本政府在设施、立法、资金投入等方面做出了长期投入。

早在 1995 年，日本国会议员就开始推动设立国际儿童图书馆，并成立非营利组织协助规划。2000 年 5 月 5 日，日本国际儿童图书馆（一期）开馆。开馆日期适逢"男孩节"，足以说明日本社会对创设儿童专有阅读场所的重视。这一点更是能够从面积和藏书规模来印证：第一期开馆时，建筑面积约 2600 平方米，约收藏 4 万册图书；第二期开馆后总建筑面积增至 6600 平方米，共收藏了近 40 万册图书。馆内不仅有专门为孩子和大人开设的楼层，还为孩子和大人设立了"儿童书博物馆"。

除了设施提供，立法推进同样不遗余力。一是对已有法律的完善。早在 1997 年日本就修正了《学校图书馆法》，规定学校规模只要超过 12 个班级，都必须在 2003 年 4 月之前指派学校图书馆管理员。儿童和青少年一天的大部分时间是在校园度过的，图书馆进入校园，让他们近距离接触了阅读。二是颁布新法。2001 年 12 月，日本公布

这是位于东京千代田区三崎町的三崎神社。在江户幕府时期，三崎町是江户的城下町，集中居住着武家

日本的神社或寺院都修建在蓊蓊郁郁的树荫之后，沿着两旁排满石灯的神道一步步走近，心灵也随之沉静下来

富士山麓一座不起眼的稻荷神社，依山傍林，小桥流水，小憩于此就会生出不想走的感觉，日本的神可真会找地方啊！

有些寺庙里的绘马架特别大，大量形状各异、内容不同的绘马挂在一起，蔚为壮观

绘马和抽签都是祈福祈愿的方式。抽签就像我们中国人在庵观寺院中抽签撞大运一样，绘马内容也很多，有求情求爱的，有祈求考试顺利过关的，有希望顺利入职的等

在日本
处处可以看到
中国古代建筑的身影，
保存得非常好，
其中甚至用到了中国龙的造型

日本街头常见这种
小而精致的神社，
有的是祭祀稻荷大
神的，有的则在道
口，祭祀那些在交
通事故中殒命的灵
魂

京都街景

"乌冬县"香川县街景　　北海道特色雪景

日本发生"3·11大地震"后，
僧人们也开展了募捐活动。
为了吸引更多信徒，
他们几乎倾巢而出

福岛灾区旅游场景

大相扑选手
比赛场景

日本相扑手退役时要举行隆重的剪发仪式，剪掉相扑手头顶那一缕象征武士身份的发辫。剪发仪式现场气氛凝重，即将退役的相扑手留着眼泪送别自己的土俵生涯

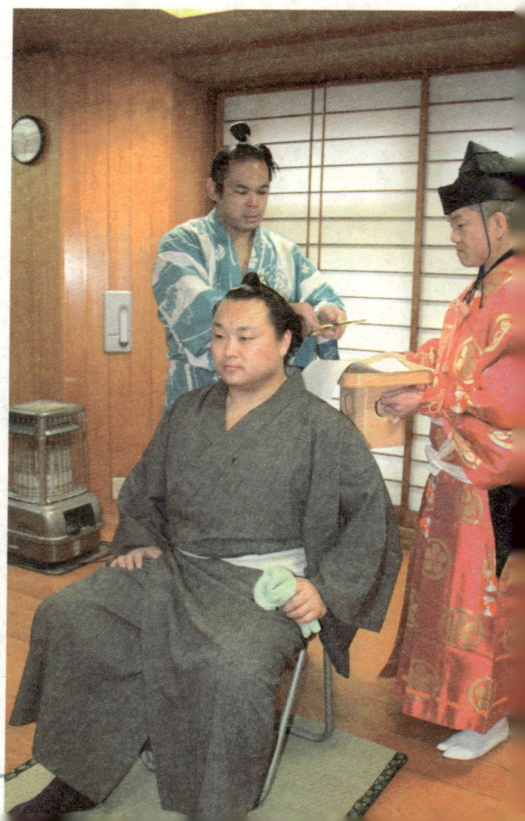

艺伎表演中的场景

爱知县葵酒店日本澡堂洗澡方法

长野县松本市白骨温泉的旅馆"泡之汤"

千叶县佐仓市的『武家屋敷』，武士住宅遗址

了《儿童读书活动推进法》，其中将每年的 4 月 23 日定为"儿童读书日"。一系列法律法规的颁布，在很大程度上使促进阅读成为带有一定强制力的活动，推行的范围、深度和广度得以保证。

当然，无论阅读场所的创建、维护还是增加藏书，都离不开财政支持。为此，虽然 20 世纪 90 年代日本经济开始呈现衰迹，《学校图书馆法》中还是提出下拨特别预算来改善学校图书馆的藏书与设备。《儿童阅读推进法》颁布后，日本政府投入 650 亿日元的巨资以改善儿童的读书环境。

这里特别需要介绍的，还有从"儿童读书日"发展而成的一年一度的"儿童读书周"。每年的 4 月 23 日至 5 月 12 日活动期间，总会有推进儿童阅读的方案被提出，各种表彰、纪念、演讲活动也在此时轰轰烈烈开展。比如 2010 年的读书周，日本读书推进运动协议会围绕"如何推进家庭读书"制定方案，并对营造家庭读书的环境提出了建议。文部科学省、国立青少年教育振兴机构等举办了"儿童读书活动推进论坛"，表彰为推动儿童读书活动做出贡献的学校、图书馆和个人。日本各地的公共图书馆举办了绘画交流会、戏剧表演和图书展示会等与儿童读书相关的活动。日本国际儿童图书馆则邀请了著名教育心理学家、儿童文学研究者，围绕读书和儿童身心健康发展的联系以及如何提高阅读能力等问题发表演讲。

一个人在童年和青少年时受到的教育，会在日后深刻影响其一生。日本阅读"从娃娃抓起"，使孩子们从小养成良好的阅读习惯并将其作为生活中必不可少的内容，自然会在全社会形成浓厚的读书风气。这一习惯得以代代相传，民族素质的提高、全球竞争力的增强，也是水到渠成之事。

日本街头如此多彩的读书风景

在"织围脖"的日子里，我刻意观察了一些日本社会的读书风景，时时感到绚丽多彩。今天，把它汇集起来，感觉也还有意思。

——经过日本东京城轨有乐町线的要町车站，在车站的 3 号出口处看见一个书架，上面有三排书，都是旧的。显然，这是乘客捐赠的书籍。旁边还有一个告示，上面用日文写着："这里的书您可以随便阅读。但是，请您在阅读以后归还。"我挑选了一本，随后就想，如果北京、上海等城轨车站也摆放上这种图书架，结果会是如何呢？

——不久前去东京池袋第二图书馆，看见幼儿园老师领着一队孩子进来。老师领着孩子去二楼儿童阅览室，有的孩子走路还不利索，简直就是爬上楼梯的。我随他们一起进入儿童阅览室，只见孩子们三五成群坐在地上，任意从书架上挑选自己喜欢的书籍。图书管理员还在旁边帮忙，没有表现出丝毫厌烦的态度。可敬！

——在日本的书店买书，售货员都会亲切询问："要不要给书包上书皮？"如果你点头，售货员就会麻利地为你刚买的书包上书皮，但并不额外收取"包书皮费"；如果你摇头，售货员就会把书放到纸袋或者塑料袋中，然后收取书费。当然，也不会因为没有包书皮而把书价便宜一些。这种包书皮，体现的是一种对书的敬畏。

——在东京池袋车站北口的出口处，每天晚上 7 点 30 分都会有两三个流浪汉准时地抬着两三箱书籍和杂志来销售。这些，都是他们白天在车站等处捡来的。一般来说，文库本的口袋书是 100 日元一本，近日出版的周刊杂志是 120 日元一册。这些流浪汉不是无家可归的人，而是有家不回的人。他们就这样靠捡书刊、卖书刊为生！

——日本东京街头不时地可以看到流浪汉。准确地讲，这些流浪汉不是无家可归的人，而是有家不回的人。让我感慨的是，时常在街头看见这些流浪汉在捧着一本书或者一本杂志在看。这个时候，书本知识对他们意味着什么？从他们散发着酸臭味的身边走过时，我常常这样追问。我想，书刊应该也是可以让流浪生活充实的。

——按照日本法律规定，凡是出版社出版的书籍，都有义务赠送给国会图书馆一本。也许是因为这样，依靠着全社会出书人的捐书，日本国会图书馆成为目前亚洲最大的图书馆。更为可贵的是，日本的国会图书馆对成年人读者没有任何限制，外国人也是可以随便进入的。我在想，什么时候能够有开放的中国人的大图书馆呢？

——在日本一些图书馆门口，经常可以看见摆放着一个书架，上面有可以自由拿回家的书刊，让读者挑选。这些书刊，有的是图书馆淘汰的，有的则是一些读者捐赠给图书馆，图书馆再次外捐的。稍微麻烦的是，拿走这些书刊的读者，需要填写一张表格，上面有姓名、住址。有时，姓名是可以不写的，因为它属于隐私。

——东京神保町有 150 多家书店，号称是"亚洲最大的书店街"。我逛书店街的时候发现，不少书店的主人就是一对七八十岁的老夫妇，他们有的不会使用计算机，还在打算盘呢。但是，他们对自己的书店里面都有什么书，非常清楚，甚至可以说是了如指掌。但是，他们面临着后继无人的问题，一些店铺不得不准备关张了。

——日本京都有一个"京都古书研究会"，2013 年 5 月 1 日至 5 日在京都市劝业馆举办了"春季旧书贩卖会"。8 月 11 日到 16 日在下鸭神社举办了"第 23 届下鸭纳凉旧书节"。10 月 30 日至 11 月 3 日在百万遍知恩寺举办了"第 34 届秋季旧书节"。这个"研究会"是由 42 家书店组成的，他们却要举办旧书市，为什么？

——前两天在大阪阪急古书街看到一家名为"梁山泊"的旧书店，主要销售文科旧书。从那里拿的宣传卡上看到，这家旧书店明确写明什么样的旧书"难以收购"。这其中包括启蒙书、教科书、百科辞典、世界文学全集、日本文学全集、畅销书等。其原因要么是出版数量过大，要么是里面眉批过多。这，也是一种透明！

——位于东京都千代田区神田神保町的"新日本书籍"店实际上是一家旧书店。它不仅卖旧书，还收购旧书，这些，都不算是什么新鲜的了。引人注目的是，它还打出"帮助您整理藏书"的广告，告诉你：我这里可以像送外卖一样，到你那里去收书、去卖书。旧书店，帮助人整理藏书，听起来就有一种温馨洋溢的感觉。

——日本六大报纸每天都在第一版到第三版刊登新书、新杂志的广告。这在中国是不多见的。我一直在琢磨这是为什么？比如，今天《日本经济新闻》第一版就刊登了东京大学出版会、青林书院、创元社、财经详报社、TKG 出版社、清文社等出版社的书籍广告。为什么不刊登那些大企业的广告呢？那多来钱，多提气，多有面子！

——日本没有卖书号的，但有帮助自费出版的。据说，对于想出书的人，这些自费出版社的编辑可以提供一条龙服务，帮助拟定提纲、整理文字、挑选照片、设计封面、选择印刷、送进书店。当然，这些都不是免费的，一个步骤一个价钱。这种做法，是好是坏，不说也明白。也许，日本的文化繁荣，与此就有关系。

——东京每年秋季在神保町举办盛大的书市，当然，主要是卖旧书。原来，我以为东京每年就这一次书市呢，后来有一次路过八升堂旧书店，得知 4 月 21 日到 29 日举办第 11 届池袋西口公园旧书节。据说，这个旧书节有 50 万册旧书出售。看来，日本的地方也还有"书市"。

——在日本，如果想处理自家的旧书，不仅可以找到专门回收旧书的书店，还可以利用亚马逊、雅虎等网站。在亚马逊卖旧书，该网站每次收取成交费的 15%；在雅虎卖旧书，首先要成为它的会员，然后每月缴纳 346 日元的会费，接着就可以自由地进行交易了。当然，从网络上卖书，售书款进到银行自己的账号上，是需要一点时间的。

——日本各家书店的工作人员也不闲着。2004 年，他们推出名为"日本全国书店大奖"的图书奖，至今被评定为"日本平民文学奖中最具影响力与市场价值"的图书奖项。本奖由书店（包括网上书店）工作人员在自己过去一年中读过的、觉得"有意思""值得推荐给顾客""希望在自己的书店销售"的书中投票选出。

——"日本全国书店大奖"可以说是"奖中有奖"，里面还设有一个"发掘奖"，目的在于盘活旧书市场，选择范围是所有已经出版的旧书中的作品，同样由书店员工阅读并投票选出。这种书店工作人员为旧书评奖、着眼于激活旧书市场的做法，在我们中国似乎还没有。所以，我认为中国是应该对此加以借鉴和学习的。

——日本的大学生不喜欢读书，这不是我说的，而是日本全国大学生活协同组合联合会去年对学生生活实态开展问卷调查后得出的结论。这项调查发现，受访的日本大学生每天平均读书时间只有 27 分钟 4 秒。有 37.8% 的受访大学生则表示"根本就不读书"。为什么会出现这样的状况呢？经济越富裕就读书越少？反比例发展？

——日本全国大学生活协同组合联合会有一份面向大学生的读书杂志，名叫《读书之泉》，至今已经 40 年了。目前，每期免费在 227 所大学发行 8 万份。1970 年 3 月这份杂志创刊时，是一份介绍基本图书的目录形式的杂志，20 世纪 80 年代改为让学生能够理解图书的书评性杂志，现在变为读书讯息杂志。他们就这样与时俱进。

——在日本，目前每天发行大约 5035 万份报纸。这其中 94% 的报纸是每天早上在固定时间段送到读者居住地的。负责这项工作的是分散在日本全国各地的大约 2 万家"新闻贩卖所"——报纸销售店，他们拥有大约 40 万名从业人员。这些"新闻贩卖所"不仅仅从事送报和收报费的工作，还积极参加各种各样为地域社区做贡献的社会活动。

——为了鼓励日本各地的"新闻贩卖所"为地域社区做出贡献，日本新闻协会从 2007 年开始设置"地域贡献大奖"。结果，此举促进了日本"新闻贩卖所"在各地开展诸如预防犯罪巡逻活动、向福利设施赠送轮椅活动、植树优化环境活动、地域清扫义工活动等。一个在我们看来简简单单送报的事情，日本怎能搞出如此多的花样？

——日本从 1980 年开始对小学生实行减负教育，减少了义务教育的时间和内容。

从 2002 年开始实施中小学每周放假两天的制度，教学内容比以往减少了 30%。国际经济协力开发机构的调查证明，日本小学生的"学习到达度"已经从 2000 年的第 1 位降到 2006 年的第 10 位。结果，日本准备从 2011 年开始给小学课本内容"增量"25%。

前首相也在书店买漫画

日本前首相麻生太郎不喜欢读书，把日文汉字的发音经常读错，已经是人所皆知的了。其实，这样说也有点儿冤枉他，他只是不喜欢读文字的书，对漫画还是很喜欢的，在海外留学的时候，就经常叫妈妈给他寄漫画的包裹呢。麻生的另外一个特点是喜欢说，口无遮拦，因此又有"大嘴麻生"之称。不喜欢读书的人加上爱说的嗜好，搁在平民身上也就算了，搁在所谓政治家身上，那就会地位难保。

另一前首相鸠山由纪夫是否爱读书，还真的说不清楚。麻生在海外留学的时候，是让老妈从国内给他寄漫画；鸠山在美国斯坦福大学留学的时候，是做了一次"小三"，横刀夺爱，硬是把人家的老婆变成了自己的夫人。这样，本来应该继续在美国读博士学位的鸠山，没有继续下去，在美国举办婚礼以后就回国了。

2010 年 1 月 11 日中午，身为首相的鸠山由纪夫到东京丸之内一家书店里面逛了一个多小时，一下子买了 25 本书，支付了现金 50287 日元。

有意思的是 1 月 18 日日本国会就要召开了，在问题如山的时候，鸠山有时间静下心来读书吗？这是日本大众的疑问。不过，鸠山看起来比较悠闲，特地请书店的工作人员介绍新书，当听到有关资本主义问题论述的新书时，鸠山说："我倒是要看看今后是实施'超资本主义'还是实施'新资本主义'，这书有意思。"说完，就决定购买了。这次，鸠山所购买的 25 本书中还有两本是漫画。显然，掌握日本权柄爱看漫画的，并不只有麻生太郎一个人。

据说，鸠山离开书店的时候说："一下子要读这么多的书，太多了。现在脑袋里都是满满的。"

在我看来，买书总比不买书的强；读书总比不读书的强。何况，2010 年是日本历史上第一个"国民读书年"，首相在年初做点榜样，也好。

"图书馆列车"

自 2009 年 10 月 17 日，日本"忍者"的故乡——三重县伊贺市的伊贺铁道公司推出新颖别致的"图书馆列车"，让乘客可以在车上自由自在地读书和看漫画。此事虽小，却可以从中看出当今日本的一种创新活力，很有借鉴的意义。

首先，这次创新的第一提案人是在日本同志社大学就读的二年级学生森喜骏，今年只有 20 岁。他向媒体介绍说："我在上高中的时候，就每天乘坐这趟列车。那时就想，如果能够把自己看过的漫画也留给乘客们看，其他乘客也把看过的漫画给我看，该有多好啊。"就是这样一种经历、一种想法，导致了日本全国第一个"图书馆列车"的出现。由此可见，创新并不一定都要大资本大投入，并非都要高精尖，小人物同样可以多元化思维做出大创新，关键看你用心不用心。

其次，这次创新还有当地市民的积极参与。如果说大学生森喜骏是作为"个体"参加创新的话，我们还可以看到一个"群体"——"伊贺铁道之友会"也参加了这个活动。据报道，"伊贺铁道之友会"亲自参加了这个创新的整体策划，并且第一次就提供了 40 多本藏书，其中大多是反映"忍者"历史的漫画。与东日本铁道公司、西日本铁道公司相比，伊贺铁道公司实在是一个微不足道的小小的铁道公司。但是，就是这样一个小小的铁道公司，却专门组织了"伊贺铁道之友会"这样的兴趣爱好小组，彼此互动，结果促进了一项创新的产生。目前，还没有听说中国哪家铁路公司有这样的"友会"，尽管伴随着航空事业的发展，"铁老大"的位子已经不在，但"铁老大"的架子依然存在。另外，这种"友会"与中国东方航空公司等那种完全依靠积累点数的、充满商业利益的"东方之友"的组织也是有所不同的，它的作用和效果自然也不同。

最后，伊贺铁道公司对这种创新的采纳和推广也值得一提。"取之于民，用之于民"，伊贺铁道公司把来自"伊贺铁道之友会"的创新策划应用到实践中，不仅是对市民的一种鼓励，也是对日本传统忍者文化的一种弘扬，同时创出一个"日本第一"，无形中也做了一次很好的免费广告。这种社会效益与经济效益双重组合的创新，实在是可圈可点。与此同时，伊贺铁道公司并没有采取蜂拥而上的方式，而是在一列挂有两节车厢的列车上进行试点，准备今后逐步扩大，其积极稳妥的实践方式也值得借鉴。

曾有评论指出，日本的忍者（NINJA）与寿司（SUSI）、艺者（GEISHA）一样，正在成为国际通用语，正在成为日本文化软实力的组成部分。从这件事情可以看出，日本文化软实力就是这样一点一滴地积累起来的，创新也就在这种积累中产生。

那些讳莫如深的禁书

爱读书之人，其猎奇心也必然旺盛。圣贤书要看，"民间珍品"也不能遗漏。什么叫"民间珍品"呢？就是民间长期流传的，诸如《剪灯新话》《品花宝鉴》等既流芳百世又声名狼藉的禁书。

中国有所谓的十大禁书，日本自然也少不了。据统计，仅在第二次世界大战前，日本因"坏乱风俗"而被有关部门下令禁止发行的书就达1万册以上。

有些书籍为逃避遭禁的命运，往往抄袭中国模式——"此处删减×××字"或用"□□□"代替。比如，"女人们越发娇媚了，眼前这个就把□□□起，将我的和自己的□□向□□间。"（节选自《拉斯普金》）文中用□代替的部分分别是"裙子卷""手伸""两腿"。只可惜，这本《拉斯普金》尽管满页都是四方框，但还是在刚出版一个月的1929年7月，就被下令禁止发行。

据国际日本文化研究中心副所长井上章一透露，当时的出版社为了通过审核，将有关部门可能关注的关键字都用□代替。但实际上呢，通过邮购还是有可能买到无删节版的。

还有些书籍为逃避遭禁的命运，故意取上一个冠冕堂皇的名字。比如1930年由画家伊藤晴雨出版的《论语通解》。虽名叫《论语通解》，但里面全是伊藤晴雨的弟子佐藤伦一郎所作的春宫画。其中还包括在墓地里集体强暴女性的场景等。

再比如同期出版的《圣经》，外观都装裱得跟真的《圣经》一模一样，但翻开里面全是日本版的"亚当夏娃欢爱录"，赤裸裸的文字描述令人咂舌。

也有部分同类书籍的作者，一开始就清楚自己的作品是无论如何都不能通过发行审核的，压根无法"惠泽众生"。于是他们干脆就只面向少数的、腰包富裕的爱好者们限量出版。这样的书，在日本又被叫作"地下书"。

日本爱媛县宇和岛市多贺神社（俗称"凸凹寺"）的第一代宫司（相当于寺院住持）久保盛丸，就是这样一位专门撰写"地下书"的主儿。

1922 年，久保盛丸编撰了一本《生殖器崇拜话集成》，里面全是他自日本各地搜集来的关于生殖器崇拜的故事。该书还介绍到，日本的所有信仰都来源于生殖器崇拜。就连人们耳熟能详的日本民间故事《桃太郎》也是如此。据久保盛丸诠释，桃子是女子生殖的象征，和桃太郎一同前往魔鬼岛为民除害的小猴子是男子生殖器的象征。神社的鸟居其实是女阴，而"安忍不动如大地，静虑深密如秘藏"的地藏菩萨竟然是根阳具。幸好这本"地下书"很快就被有关部门没收了，不然所有的和尚还不都得抱头痛哭。不能因为是光头就被看成阳具啊！真是毁人三观啊！

久保盛丸的兴趣不单单局限于日本国内，凡古今中外的有关生殖器崇拜的故事他都喜欢。1931 年，他编撰了一本名叫《凹》的书，就专门介绍国外的有关女性生殖器崇拜的故事，里面居然还收录了一则杨贵妃的秘闻。据该书介绍，杨贵妃的下体毛发拉直的话，长度能达膝盖。当然，这本书后来还是被日本有关部门发现，并纳入了禁书之列。

到了 1960 年，久保盛丸的儿子久保凸凹丸（看看这名字起得）又子承父志，将老爹的遗稿整理出版，取名为《大恶书》。这《大恶书》可是一本地地道道的手抄本，里面都是久保盛丸从日本各地收集到的带颜色的民间故事。比如冲绳有一位妇人，因为在丈夫那里得不到满足，遂将爱马"破格提拔"为情人，最后为了这匹马殉情自杀了。对于研究日本民俗学的人士来说，倒真是难得的好材料。

到了昭和后期，日本政府逐渐放宽了书籍出版审核规定，部分禁书得以"重见天日"。像 1931 年香川孟所著《裸体女店员》、海野不二所著《性爱十日物语》，1932 年墨堤隐士所著《女魔的怪窟》，1934 年佐田魔理男所著《贞操大盗》等，如今都能在日本国立国会图书馆的网站上看到。

值得一提的是，在日本禁书之列里，还有日本第一个"基友亲睦会"——"阿多尼斯会"发行的会刊《ADONIS》。作家三岛由纪夫、中井英夫等都加入了该会。

御宅与宅

御宅族（Otaku オタク）原指热衷于次文化的人，后来被误用为热衷动漫或电游及电脑硬件技术的人。而"宅男宅女"这样的用法大致就是从此演变而来：由"宅"这个字联想到"宅＝家"，进而联系到"整天待在家不肯出门""不善与人相处、生活圈只有自己一个人"……

越来越"宅"的日本年轻人

"宅文化"，是日本人发明的，其文化的果实是日本社会中衍生出大量的"御宅族"。如今，"宅文化"还在不断地扩容，"宅倾向"则日益严重，日本的年轻人不仅"宅"在家里，也喜欢"宅"在国内。

2013年4月初公布的一项调查结果显示，在日本高中生中，希望去海外留学的不足五成，在日、美、中、韩四国中最少。而且，即便是那些愿意留学海外的学生，也希望在两年内完成学业，尽早回国。

另一项调查结果显示，2009年前往海外留学的日本人比2008年减少了6910人。2010—2011学年美国大学中的日本留学生人数较上一学年减少14.3%，总人数不及10年前的一半。自2004年后，日本学生海外留学已经连续数年呈现下滑趋势，人数比峰值时减少了 2 万多人。

尽管目前日本求职就业环境严峻，但日前一家媒体针对 200 多名将于 4 月入职的日本学生的调查表明，大约有 3/4 的人不希望到海外工作。

对于日本青年为什么喜欢"宅"在国内而不愿出国，调查给出了多种答案。有的解释为经济原因——日本经济衰退，家庭收入大幅缩水，其中用于教育的支出也必然受到影响，选择在国内上学，可以节省很多开支；有的受访学生认为，日本大学的教育水平不比国外差，不需要舍近求远；53% 的受访学生回答"在自己国家更容易生活"，对一个人生活在外没有信心，"觉得麻烦"的学生大有人在；而在不想去海外工作的毕业生中，很多人对自己的外语水平缺乏信心，"语言学习问题"是他们最大的心理障碍。有些毕业生强烈地感到在海外工作很可怕，甚至对近些年来的全球化潮流感到畏惧。

至此，人们发现，在要不要出国留学和工作的问题上，日本人正处于一种纠结之中。一方面，日本经济全球化的步伐在不断向前迈进，越来越多的日本企业开始走向海外，急需拥有国际化背景的后备人才。为此，日本政府制订了一份"5000 名大学生和高中生海外留学"的宏伟计划，还将进一步扩大奖学金的覆盖范围。但另一方面，日本的年轻人"不想冒险"，很少谈"雄飞世界"的话题。这样的趋势或阻碍日本国际竞争力的提高。

还需要指出的是，无论是日本的灾后重建，还是这个国家的复苏振兴，都需要年轻人具有不怕吃苦和勇于接受挑战的精神和毅力，就如同战后一代日本人在废墟上重建国家时一样。然而现在，日本高中生和大学毕业生连海外学习和工作的困难都不敢面对，又如何能在未来的国家建设中担当大任呢？

"宅"，并非是错误的。但是，日本年轻人选择"宅"在家中和国内，从某种意义上说，抛弃的是对国家和社会发展的责任。正如日本综合科学技术会议成员、东京工业大学前校长相泽益男所说："中国、韩国等国家的年轻人正不断地在世界各地发起挑战。日本则正陷于'高龄少子化'和人口减少的困境之中。人口中比例相对减少的年轻人如果继续终日碌碌无为，日本的未来将难以预料。"

为何难"跳跃"

　　走在东京街头，可以看见一群群着装统一的小学生；坐在电车上，可以看见一个个黑灰西服的上班族；就连那些看起来浓妆艳抹的时尚少女，其实也都是一个"味"。在日本，你很难分清一群人中谁是谁。整齐划一成了日本的世界"名片"。依托于此，20 世纪 60 年代中期，以松下为代表的一批日本企业建立了独特的企业文化。企业为家、服从、按部就班是日本企业文化的核心。

　　伴随着 20 世纪 70 年代日本经济的腾飞，日本企业文化被世界瞩目，各国争相效仿。就在日本人为终身雇佣制、年功序列制（日本企业的一种传统工资制度，其内涵为工资随着员工年龄和企业工龄增长而增长）扬扬自得之时，1991 年泡沫经济的崩溃给整个日本浇了一盆冷水。固然，这其中有这样那样的原因，但日本企业文化中的一些负面因素肯定起到推波助澜的作用。笔者认为，按部就班的日本企业在发挥团体优势的同时，湮灭了员工个人的想象力和创造力，阻碍了年轻人的发展。

　　在日本，动漫电玩流行，很多年轻人都爱不释手。为什么？因为很多日本年轻人在现实生活中像精准的机器，按照同一种模式在生活。他们在真实世界中找不到自我，就只能在虚拟的世界里去发挥想象，寻找理想。公司里，等级森严的上下级关系，一次次的统一意见，日本年轻人慢慢产生了思想惰性，什么都喜欢随大流。在美国，一个普通年轻员工有了新奇想法可以直接去敲老板的门。在日本这是不可想象的，更别说越级提拔。

　　按部就班的晋升方式和工资制度基本封闭了日本年轻人"跳跃"的空间，对日本经济至少有三方面的负面影响。

　　首先，由于日本年轻人掌握的社会财富有限，从投资和消费两方面抑制了日本经济的发展。因为工资多少一般是由员工年龄和工龄决定，这就导致了日本社会财富主要集中在高龄人群手中。据日本 2007 年的统计，日本 60 岁以上人群的储蓄占到了整个社会储蓄的 54%！因为面临养老、生病等各种不确定因素，高龄人群普遍存在着高储蓄低消费的倾向。日本长期萎靡不振的国内消费市场就受累于此。此外，很多日本年轻人因为手中没钱，创业资金没有着落，想买东西买不起。甚至很多年轻人因为没钱，不敢结婚。日本 2011 年发布的"白皮书"显示，日本年轻人不结婚的主要原因是没钱。长此以往，本已严重的日本老龄化问题还将"雪上加霜"。

其次，由于年轻人无法发挥更大的想象力和创造力，日本信息产业长期滞后。信息产业作为世界经济的"火车头"，是一个"年轻人的行业"。只有形成让年轻人大胆创业，敢于突破的社会氛围，日本的信息产业才跟得上世界的脚步。美国和中国的富豪榜上，年轻的 IT 精英比比皆是。再反观日本，别说年轻人，就是出身 IT 界的也如凤毛麟角。日本"失去的 20 年"中，信息产业发展滞后是很大的一个原因。如果日本再不迎头赶上，失去的将不仅仅是 20 年。

最后，由于人才流动受到限制，日本企业无法积聚优秀的青年人才，形成核心竞争力。在日本待过一段时间的人都知道，日本的跳槽现象很少。一方面是因为日本文化中忠诚等因素在起作用，另一方面是社会缺乏宽松自由的环境。日本年轻人在跳槽时被问到的第一个问题往往是，为什么要离开原来的公司。日本社会对人才的流动始终没有一种开放的心态。因此，日本只有真正从各个方面鼓励青年人才流动，做到"人尽其才"，才能达到人力资源的有效配置，使日本经济"活"起来。

日本已失去宝贵的 20 年，能不能把握住未来的 20 年甚至 30 年，就要看现在的日本社会能不能让年轻人"跳"起来。

"不知饥饿"后的沉沦

据日本《Post seven》近日报道，日本文部省发表调查结果称，在日本中学生对未来的设想出现两极分化，一部分人"求稳、求安定"，仍然憧憬公务员和教师等安定职业。而另一部分人则对未来毫无计划，认为工作无所谓长命百岁就行，人生只有一次，想做什么就应该做什么。

众所周知，战后日本能够迅速崛起，成为世界第二大经济强国，与当时年轻一代的辛苦付出和自我牺牲，有着直接的关系，他们有着很强的集体观念和国家意识。而今，他们的后代，正变得越来越自我，越来越消沉，越来越缺乏斗志，越来越没有方向……因而被称为"消沉的一代"。他们心目中的英雄是赛车手、喜剧的电影电视演员；他们不喜欢数学和自然科学，立志成为美容师和电脑游戏制作者；他们经常炒掉老板改换工作；他们打扮得更像"外星人"。与此同时，越来越多的日本青少年却追求安逸生活，以自我为中心，对国家和社会缺乏责任感。其中，有部分日本青年缺乏奋斗精神。

在日本，98%的日本孩子会进入高中学习，日本现在共有约 337 万名高中生。但目前，这个群体却被广泛认为是"丧失活力、丧失热情、凡事都漠不关心"的一代，处于令人担忧的消极精神状态中。为此，日本社会正在大力呼吁和设法改变这一现状。

日本青年的传统文化意识弱化，有相当一部分日本青年的业余生活显得较为贫乏，其内心世界更趋于封闭，缺乏对家庭的责任感。色情行业、色情书刊和音像制品的泛滥，更是引发了诸多社会问题和青年问题，导致日本青少年犯罪率不断升高，"二进宫"现象明显。

日本青少年育成国民会议提供的一份资料显示：只有 48.2%的日本青少年愿意为国家做贡献，愿意"为社会献身"的青少年很少；对政治关心的青少年只占日本全国青少年的 37.2%。

另据日本研究机构公布的数据显示，在接受调查的日本高中生中有 1/3"感到孤独"，2/3 的人认为"自己是废物"，7/10 的人表示"人生没有目标"。

有些日本大学生毕业后不找工作，仍吃住在家，不愿意出去赚钱。有的整天沉溺在网络游戏里，对出去工作的想法嗤之以鼻。还有一些日本青年，他们既不去工作，也不去上学或接受培训，人们称他们为"NEET"一族。

日本许多青少年成长分析家认为，日本青少年之所以与他们的父母有如此大的差别主要是因为"他们不知道饥饿的滋味"。尽管日本现在面临着经济衰退的问题，但"消沉的一代"却过着日本历史上最奢侈的生活。

日本一位经济学家不得不用"寄生虫"来形容他们。随着越来越多的年轻人不愿意工作，以及人口老龄化等因素，日本的劳动力资源将面临枯竭的危险。有日本经济学家预测日本的熟练工人数量将会锐减，经济发展潜力也会下降。显然，这对于谋求复兴的日本来讲，是一个很坏的消息，青少年的状态将决定日本未来的样子。

"逃离"城市的背后

《日本经济新闻》最近的一项调查显示，575名接受调查的20～30岁的年轻人中，有47.3%的人表示"想生活在乡下"，显露出了对城市生活的疲态。

在中国，处于这个年龄段的年轻人，正朝气蓬勃、勇往直前地往城市里"挤"，即使也承受着巨大的生活压力。而日本的年轻人似乎厌倦了城市里的喧嚣、拥挤和压力，欲"逃离"城市的诉求明显。

很多日本年轻人认为，在乡村可以有宽敞的居住环境，可以亲近大自然，还可以自力更生地务农养活自己。但因此所承受的机会成本是很大的。乡村没有优越的购物环境和热闹的夜生活，亦缺乏完善的生活服务设施，且社会上的大多数资源都是集中在城市里的。

其实，日本年轻人对大城市里的生活，表现出的是一种无奈的厌倦，已经疲乏了。近年来，日本年轻人中"光棍"不断增多，打算一辈子不结婚的人也不少。很多人选择晚婚或不婚，为的是避免承受太多压力。他们对未来的不确定性表现出一种强烈的不安。

现在日本"80后"中间有一个概念非常流行——"嫌消费"，嫌弃消费。他们坐电车不买车；不买手表看手机；不买房子租房子。他们是日本年轻人中的主流。有人担忧，如果引领今后日本经济的年轻人被茫然的不安所束缚，在消费上无动于衷，那么通过扩大内需来实现经济复苏就会成为"纸上谈兵"。

日本年轻人不关心社会、不关心政治，甚至连生活都不怎么关心了。专栏作家加藤嘉一认为："日本社会是一定程度上现代化了的成熟的社会。在此情况下，个人逐步对国家、社会等事务失去兴趣，集中料理自己的事务，是自然而然的。每一个现代社会都是这样。"

而实际上，原因恐怕并非全然如此。随着日本国内经济不景气的趋势不断加剧，许多年轻的工作者遭遇到了裁员和减薪的困扰，尤其是在一度十分繁盛的制造业。

在日本国内，许多20～30岁的年轻人陷入了就业困境。这一点与20世纪90年代日本发生经济危机时的状况相同，大量年轻人找不到稳定的、良好的工作。如今，有相当一部分的日本年轻人为了维持生计，不得不接受低收入的工作。

另外，尽管理论上任何一个日本人都可以竞选国会议员，但亲朋之中没有政治家的话，则很难打开通向政坛的大门。这种情况让年轻人觉得，自己的一票并不能解决国家的问题。而现实政治中，老者居多，这也让年轻人对政治望而却步，对政治提不起兴趣。

城市工作的巨大压力和对失业的担忧，也让许多年轻的日本人逐渐意识到在城市工作并非唯一选择，许多人开始对乡村，对农业产生了兴趣。虽然说，在生活条件上乡村远不如大城市，但自己可以活得潇洒，没多少压力，何乐而不为呢？

青少年成为"网络控"

长时间沉迷网络，吃饭或走路时也忘不了玩手机，这是眼下相当一部分人生活状态的真实写照。随着电子产品越来越智能化和普及，加之互联网的发达，不但成年人对电脑、手机的依赖程度越来越高，这种依赖性还在呈现低龄化趋势。日本青少年就是如此。

在日本某综合研究所不久前对 785 名小学生进行的调查中，约一成平时使用智能手机和平板电脑，近三成最想得到这两样礼物。小学四至六年级的男女学生每天分别使用电脑 39 分钟、27 分钟，玩游戏的平均时间分别为 2 小时 19 分和 1 小时 8 分，看电视普遍超过 3 小时，而每天看书的时间分别只有 34 分钟和 54 分钟。

而 Video Research 公司近日的调查显示，617 名被调查的青少年电脑使用率为 44.2%，其中接触网络的比例高达 86.4%，80%浏览网页、查询资料，40%观看、下载视频，30%玩网络游戏。此外，八成以上的青少年母亲表示非常在意子女上网做什么，约六成母亲在孩子上网时会陪伴，约五成母亲会采取措施避免孩子浏览有害网站。

虽然接受这两项调查的青少年都不足千人，也有相当比例的家长关注子女的上网情况。而且，在生活节奏日渐加快、新事物层出不穷的现代社会，网络强大的链接功能满足了青少年强烈的求知欲，使他们得以便捷地获取信息。但由于自控能力较弱等因素，青少年过多接触电脑和网络仍然是一件令人担忧的事情。

日本文部省从 1979 年开始进行学校保健统计调查，2010 年调查时，日本小学生视力不满最低标准 0.3 的比例已经增至 7.55%，而 1979 年调查时这一比例仅为 2.67%。此外，视力不满 1.0 的小学生比例高达 29.91%，幼儿园青少年视力不满 0.3 的比例也上升至 0.79%，同比增加 0.18%。

造成如此结果，小型游戏机和手机的普及是主要原因。接触电子产品不仅易于产生视疲劳，户外活动也相应减少。而户外活动不足、用眼过度等因素都可能诱发近视。除了给个人生活带来不便，近视高发还会在未来对日本一些制造业的发展形成视力制约，迫使日本向海外转移产业，增加支出。

但与此相比，更加不容忽视的是对网络传输的内容缺乏监管致使不良信息泛滥，因此导致的性犯罪高发并且低龄化。

据日本警察厅数据，2012 年日本全国青少年色情犯罪案件同比增加 9.7%，1596 起的犯罪数量创下历史最高纪录。青少年色情犯罪受害者共计 1264 人，小学生所占比例高达 56.3%，低龄青少年受害的倾向进一步加剧。此外，65448 名少年触犯刑法这一数字虽创下"二战"以来最低纪录，但性犯罪的少年人数有所增加，中学生超过六成。455 名少年犯有强奸、猥亵罪，同比增加 31.5%，中学生则占到 287 人。

性犯罪高发并且低龄化的原因多种多样，如正处于性成熟阶段、学校和家庭性教育的缺失、社会不良风气的影响。日本情色产业高度发达众所周知，随着智能手机、平板电脑成为网络信息传输的端口，情色内容肆意流行且使用者低龄化趋势明显，可想而知，电子产品必然对性犯罪低龄化起到推波助澜的作用。结果就是，缺乏自我保护能力的低龄青少年成为犯罪目标，受不良内容诱惑的青少年犯下罪责。

有研究证明，一个人在幼年时期成为性犯罪的对象，由此产生的焦虑、恐慌、抑郁等精神障碍终生都难以消除，不但日后更容易对他人实施暴力行为，而且会形成固化的变态人格。现在这些遭遇情色犯罪的日本青少年，未尝不是未来潜在的犯罪者乃至社会的不稳定因素。

青少年是国家未来的希望，少子化趋势有增无减的日本也不例外。他们从小受到的教育、接触的内容、成长的环境，对一生都会有难以磨灭的影响。在这个意义上，如何加强对网络不良内容的监管、对青少年使用电子产品和网络的引导，日本不能不多加考虑。

电子游戏无孔不入

有人这样说，"世界上有两大'电子游戏大国'——美国和日本"，但是美日究竟谁是"世界第一电子游戏大国"，却是难以界定的。显然，这应该与日本电子游戏的娱乐业市场占有率有关，街头四处可见的游戏厅、游戏机让人感到电子游戏无处不在，而美国发行的所有街机电子游戏，又有九成是从日本来的。再加上日本在电子游戏研发方面的大力投入，都让日本与美国在电玩方面难分伯仲。

还有这样的分析，电子游戏产业已经成为日本国家经济的重要支柱之一，从 20 世纪 60 年代初"街机"上市，到六七十年代之间开发"家用游戏机"，再到八九十年代的"掌上游戏机"，经过 30 多年的耕耘，日本已经把电子游戏这棵"摇钱树"，培育成为第一时尚娱乐产业，在全球业界曾经产生过垄断性的影响。

在日本，更有这样的认识：把电子游戏称为与电影、文学、美术、音乐等艺术形式并列的"第九艺术"。尽管有人指出从发展历史和社会地位来看，电子游戏还是不折不扣的"小字辈"，但它已经借助图像处理等高科技手段，大力吸收其他艺术门类的精华，进步之神速、发展之迅猛，都让人刮目相看。其传播能力更是不容小觑。

但令人头痛的事情也是有的。据日本媒体报道，每天放学以后，日本小学生几乎都是每人拿着一台便携游戏机，如痴如醉地玩游戏。而中学生则是 80%有手机，每月只要交几百日元就能够玩各种电子游戏。此外，绝大多数学生家里都有电脑，网络游戏更是中学生的最爱。许多不爱学习的小孩儿过着"游戏人生"，平均每天玩两三个小时司空见惯，最多可达七八个小时，久而久之成了"游戏脑"。

日本心理专家指出，"游戏脑"的特征是大脑发育迟缓，甚至分不清现实世界和虚拟世界；没有表情，非常健忘；感情控制能力差，容易突然发怒。据日本《读卖新闻》报道，一名曾经连续袭击了 20 多名女性的少年，目的就是为了验证电子游戏中女性的叫声是真还是假。更有调查表明，很多犯罪的日本青少年都曾沉湎于暴力游戏。

当然，电子游戏也在被因势利导地引进教育的殿堂。不久前，日本东京女子学院把电子游戏引入课堂，帮助学生提高英语水平。上课时，学生们都不再听老师讲课，而是全神贯注地盯着各自手中的任天堂 DS 游戏机。学校正在尝试把电子游戏机和英语教学软件结合在一起，从词汇、书写和听力方面对学生进行每周辅导。游戏机中的软件以游戏的方式，要求学生通过拼写单词或词组来获取分数，整个学习过程因此变得更加轻松起来。学校的英语老师表示，随着英语学习的深入，学生们的英语水平开始变得参差不齐，使用"一对一"的电子游戏教学，能更好地让学生在自己的基础上取得进步。

值得注意的是，日本的电子游戏对象已经不是单一地锁定在青少年身上了，而是在不断地扩大游戏消费群族，"依照不同消费人群设计出不同的游戏机种，使每个人都能投入到享受玩游戏的美好体验中"。笔者最近到日本福冈去采访一位将近80岁的日本老人，他说儿子今年送给他的生日礼物居然是电子游戏《三国志》老人版。一位日本家庭主妇则向笔者"诉苦"，说是丈夫下班回家以后，几乎是脱了西服就一个人在房间里面打游戏机，一直要打到清晨两点钟左右，还自认为这是减轻职场压力的最佳方法。由此可以看出，日本的电子游戏正在渗透到日本社会的每一个角落，其功能也从简单的娱乐发展到老年消闲、白领减轻职场压力等方面。

电子游戏是否会成为"第二个好莱坞"，还一时难有定论，但日本电子游戏凭借着其独特的传播力渗入到社会生活的各个角落，却是任何媒介都没能够做到的事情。

萌 "萝莉" & "痴" 大叔

身着宽松制服、双眼闪烁着无辜的女生被
称为"萌"系少女，一件小小的物品、一
句风趣的话会被认为"好萌""萌点""被
萌到"……由日语衍生而来的"萌"成为
中国年轻人一个必不可少的"潮词"。"萌"
在日本究竟是何含义？在什么场合使用？
"萌情结"如何在日本大行其道？日本人的
"萌情结"究竟有何文化根源？

"萌文化"为何大行其道

最初，"萌"是日本动漫族之间的通用语，"萌"的对象特指动漫作品里那些年幼、
单纯而漂亮的小女孩即所谓"小萝莉"。她们的特点是"犹如萌芽般"的娇嫩、单纯
和可爱，并以大眼睛、制服、超短裙、长筒袜、兔耳朵等为特征。这种"萌"的感情
既包括怜惜的爱，也有性的欲求，甚至可以演化成畸形的恋幼情结。后来，日本人"萌"
的范围扩大到一切美少女和美少男的形象，而且不再限于可爱、帅气者。顽皮、呆板、
冷酷甚至说话带口音（特别是关西口音）等统统都被归到"萌"的谱系里。"萌"最
初仅限于形容"虚拟角色"，后来又被形容真人、小动物、物件等。到最后，"萌"被
人们用来形容一切能让自己产生喜欢、倾倒、兴奋或执着等感情的东西。只要你觉得
什么东西好，好得"打动人心"，就可以来一句："好萌啊！"日本社会广泛流传的"萌

文化"的对象应当是人或者拟人化的动物或物品，它所包含的也是一种"内心燃烧"般的共鸣。"萌"与"可爱"不等价，因为除了"可爱"外，也可以由其他特点引发萌的感觉。从这一点上说，"萌文化"在中国多少偏离了本意。一些日本学者从心理学角度研究"萌"现象，并称之为"萌学"。有些学者认为，在传统日本社会，各种限制和约束使得人的情爱受到了压抑，这使得他们反而对于刺激的、有吸引力的东西更加渴望，换言之，"萌"是一种"希望得到刺激和激发的愿望"。

"萌文化"约在 2003 年，以东京秋叶原为中心开始流行开来。2004 年和 2005 年，"萌"当选为当年日本全国第一新潮用语。很多日本年轻人不再用"喜欢""可爱""精彩"之类的词汇，而一概代之以"萌"。2006 年，20～24 岁的男生，15～19 岁的女生中不少人表示自己"言必称萌"。有些年长的日本人抱怨，"萌"在古日语中是高雅词汇，而现在却是"最被滥用的俗语"，用起来没有任何章法，还衍生出一系列如"萌系""萌点""萌战"等五花八门，却让人迷惑的"萌词汇"。

有人说，"萌文化"在日本人的生活中是一种调味剂，从某种意义上说能给人们"减压"，让他们对于枯燥、痛苦的事情一笑了之。最近，日本老牌政治家龟井静香出了本书，一看封面就知道是专找"萌点"贩卖，连自卫队招募新兵也用"萌"来做宣传，号称自卫队是最"萌"的上班地方。可见，日本文化大有泛萌的趋势。

在日本历次政治选举中，为了让对政治冷淡的民众关注，一些娱乐杂志通常会将明星候选人过去的"囧人囧事"列出，并评选出谁的故事最有意思，谁的长相和性格最"萌"。前首相小泉纯一郎、麻生太郎和鸠山由纪夫、国民新党党首龟井静香都曾被冠以"萌"的称号。在日本大地震后，日本一家游戏公司特别推出一个超萌卡通形象：一个可爱的小姑娘头上顶着一节黑炭，鼓励首都的民众要自觉节电。民众反映说，这个"萌形象"调节了气氛，让人们暂时忘却了地震的痛苦。同时，日本也有很多"萌法律研究所""萌经济研究所"，这些机构通常用漫画、戏剧等生动的方式向人们传播相关知识，让人们省去理解和学习复杂专业概念的痛苦。在日本商界，找民众的"萌点"被视为是一条基本原则。日本人森川嘉一郎在其《萌的都市秋叶原》一书中写到，在未来，东京等城市的布局将不能再用景观论、规划论和共同体论来解释，而将按照人们的兴奋点，用"萌"的原则来组织城市。

日本御宅族和动漫迷们已经将"萌文化"逐步推向社会主流，甚至出现了"萌产业""萌商标""萌经济""萌股票"等说法。大量"萌"系漫画、杂志，给低迷的日本出版业带来巨大效益。不光中小企业争相投资"萌产业"，日本各地都迫不及待地将"萌"与观光紧密结合，"萌寺庙""萌神社"等如雨后春笋般出现。此外，日本大型电器公司正在开发"萌家电"，将电视、风扇、空调、音响等拟人化，使"主人"一到家便可以感受到浓浓的爱意。据统计，日本"萌市场"规模已经达到888亿日元。还有专家表示，"萌"市场的总规模将达到数万亿日元。

"美少女文化"兴盛千余年

中日关系磕磕绊绊，中国人对待日本的情感潮起潮落，日货不时在激愤的民情下遭遇抵制。但是，有人调侃地说："即使最坚定的中国'愤青'，也不会把日本美少女列入他们抵制的名单。"究其原因，可以说，在樱花、相扑、插花、茶道之外，"美少女"已经成为日本文化、经济、人性的重要符号。

常接触日本当代流行文化作品的人，往往会惊异其中的"美少女文化"，即这类作品中充斥着各种美少女的形象和元素。她们或是作为具有特殊属性或超能力的女主角，在虚拟的时空中大杀八方，或是作为男主角身边不可或缺的重要"配搭"奔前跑后，或是作为情节、画面中引人注目的"重要道具"被着意渲染。她们是女学生、女忍者、千金小姐、古代公主、魔法学员，甚至其他奇怪的身份。

万变不离其宗的是，她们大多具有大大的眼睛、姣好的面容、可爱的造型、相对感性和单线条的思维模式，以及被戏称为"圣母情结"的泛滥同情心。更重要的是，她们几乎都是介乎女孩和成熟女性之间的高中女生年龄，日本称之为"高校生"。简而言之，无论动漫还是影视作品中，娇小可爱的童颜萌妹子是最大卖点。对日本美女来说，妩媚、性感都属于剑走偏锋，萝莉才是王道。只要身材娇小、童颜粉嫩、一双大眼睛如梦如雾，最好再带点儿傻乎乎的天然呆，那就是人们最爱的自然萌了。

维基百科上说，日本创世之初，父神伊弉诺尊曾言："喜哉，遇可美少女。""美少女"一词，则是来自20世纪上半叶日本作家太宰治的短篇小说《美少女》。笔者对此并无详细考证，但可以说明的是，作为日本"无赖派"文学代表人物之一的太宰治，写《美少女》这篇小说的时候，正是把自身锁定为处于"排除与反抗"时期的"市井小说家"。这种潜在的"排除与反抗"，或许构成后来日本"美少女文化"的潜质之一。通俗地说，"美少女文化"是一种用美色、异色、青春之色夺人眼球，凭此颠覆旧有观念、情感、秩序的文化。

日本打造"美少女文化"是从娃娃抓起。国民美少女大赛是日本全国性的挖掘和培养明星的权威赛事，从25年前开始不定期举办，近年基本稳定在每3年一次，参赛人员限定在12～20岁。2012年的第13届国民美少女大赛，报名人数达10多万人。

据不完全统计，东瀛列岛拥有千余种选美比赛。从区域看，除了全国性的"日本国际小姐""日本小姐"和"日本环球小姐"三项顶级选美赛事以外，还有北方的"冰河小姐"、南方的"芙蓉小姐"等。国有国选，县有县选，市有市选，甚至两三百人的小村庄里，还有"最美村姑"评比。从年龄段看，小学里有"甜美小天使"，中学里有"最美少女"，大学里有"校花"，半老徐娘们也不甘落后，参加"美熟女大赛"。日本最有人气的偶像组合AKB48，就由全国海选出的几十名14岁左右的青春美少女组成，被誉为"日本第一国民女子天团"。

让无数粉丝拜倒在石榴裙下的女星更是多有美少女，星野亚希、佐佐木希、小仓优子都是其中的佼佼者；火了十数年的"早安"少女组，每期成员都是十几岁的女孩；新近爆红的网络红人陇泽萝拉，靠着一张萝莉面孔和可爱的自拍照，成为日本的"国宝级美女"。

这种文化还一直在输出。中国香港曾流行的电影"逃学"系列，台湾地区的《流星花园》《恶作剧之吻》等"学园少女戏"，以及众多韩剧"高校戏"，都可追溯到日本"美少女文化"的根，有些甚至是痕迹明显的照搬照抄。

日本美少女文化之所以能够流行，有历史的因素，最早可以追溯到《源氏物语》（1001—1008）时期，甚至更早。日本古代的贵族、武士普遍蓄养大量后宫，渲染宫廷和"大奥"（将军的"后宫"）生活的文学作品层出不穷，贵族、武士的家宅成为美少女聚集的场所，被传统雅文化津津乐道。这也成为苦于生计、成家立业无着的贫民和渴望往上爬的野心家们津津乐道的话题。由于悬殊的等级制度，贵族、武士后宫的真正场景，以及美少女们的真实面目，普通人其实很难得知，因此凭想象渲染后宫场景的"俗文学"在市井不胫而走，思而不得之下，那些让美少女"走入民间"的公主落难或女忍者的故事，也就成为"俗文化"里的重要章节。

　　一些最终爬到高位的小人物一旦有了条件，就会迫不及待地"搜集"高贵美少女的"真身"。笔者查看资料，发现一些贵族、武士的妻子多是 10 岁左右结婚。大名鼎鼎、出身寒微的丰臣秀吉，爬上关白（日本古代职官）高位后，便娶了许多年纪幼小、身份高贵的美少女。德川家康 30 岁出头就当了祖父，年逾六旬还有一位 10 多岁的侧室添了一个儿子。

　　明治维新后，日本大力推行西式教育和衣着，少女进入学校，并且以近乎统一的、水兵服变种的校服形象示人。和传统日本女性厚实严密的衣着不同，高校女生校服清新大方，"暴露"较多，容易引起男性的丰富联想。而在西化背后，日本视妇女为男性附属品的传统文化并无根本改变。妇女虽获得更多读书、就业机会，但社会仍习惯性认定其结婚后的最终归宿是丈夫和家庭。因此"制服时代"就成为青春文化甚至情色文化自由度最高的时段。

　　进入现代，日本流行文化的读者乃至许多作者，本身要么是高中、大学学生，要么对这个阶层的生活十分熟悉。对他们而言，将"水兵服少女"设定为幻想系文化的女主人公，既容易接受，也是最熟悉的创作元素。流行文化说到底是商品文化，既然商品的客户群和制造者都是对"高校少女"最为熟悉的群体，出现"美少女文化"潮流就成为必然。这和美国当代流行文化里常出现摇滚青年造型，香港 TVB 剧中刻画出色的女性角色往往带有中环白领女性特质，道理是共通的。

　　从社会心理看，我们以往都认为日本是男尊女卑的社会，女性的社会地位低下。但是，正如美国学者埃德温·奥·赖肖尔在《当代日本人》一书中所说："日本妇女的地位其实比日常所看到的更重要。……现代日本家庭的核心是母亲而不是父亲，起主导作用的也是母亲而不是父亲。……男孩非常依恋和依赖母亲，是日本人的一个重要心理。"这或许也是日本"美少女文化"的社会基石之一。

　　御宅族的出现、"电车之狼"的流行、独特的秋叶原文化和漫画文化，也都对这种美少女现象推波助澜。他们会改头换面，出现在架空、玄幻、情色、打斗、魔法等诸多平台，但"水兵服少女"的本质却宛然可辨。

少女陪大叔散步很黄很暴力

身穿中学校服的未成年少女，挽着五六十岁的大叔旁若无人地走在大街上，亲密地有说有笑。最近，东京的秋叶原、新宿等繁华地段出现了一道道"温馨的风景线"。

不过，他们可不是父女。或许仅仅在几十分钟前，他们还是互不认识的陌生人。但自从有了"高中女生陪散步"这项服务，万千日本大叔就堂而皇之地和小萝莉"走到了一起"。近日，日本媒体就对这一新兴事物进行暗访，结果却让人大吃一惊。

"虽然天天陪和我爸差不多年纪的人散步，但我绝对不能让我爸知道。我跟他说在超市打工。"16岁的小A告诉记者。不就是陪大叔散个步嘛，有什么见不得人的呢？这其中还真有不少猫腻。小A在一家"JK服务店"打工，陪大叔散步是店里新近开展的业务。

在日本，"JK"是高中女生的代称。顾名思义，"JK服务店"就是高中女生提供服务的店铺。它们在东京各闹市区的街头巷尾若隐若现，为高中女生们提供着"打工机会"，为有需要的顾客提供着"特殊服务"。小A所在的"JK店"以前就是做按摩的。毫无按摩经验的她有一次和朋友逛街，被某个"伯乐"发现，高薪诱惑之下加入了这一行。

"说是按摩，其实根本不需要任何按摩技巧。店长跟我说，只要你手指和身体准确触碰那些男顾客，他们就激动得不行，根本不会在乎你按得好不好。有些客人还会肆无忌惮在你身上游走，这种情况下是不能作声的。因为我们所谓的按摩可不值他们付的钱。没有附加服务，谁会来。不少客人还会约你出去那个，我们缺钱时就会答应。"小A在"JK店"做了一年多，已经算是这一行的前辈了。

至于开发"JK陪散步"这一新业务，和警方的打击有关。2013年2月，东京警方开展大扫荡，发现80多家让未成年人从事色情按摩的"JK店"，并当场搜出100多名高中女生。自此以后，"JK店"的按摩服务就一蹶不振。不过，"JK店"的老板们可不会坐以待毙，他们运用手中资源，很快想出了"JK陪散步"这一新服务，让警方无从下手。像小A这样的"JK按摩女"就开始从店内走向店外，成了"陪散步JK"。

小 A 说："和按摩比起来，陪大叔散步绝对是一个更有挑战性的工作。以前在店里按摩时，客人一般都是行动多说话少，你也不需要怎么说话，配合他们就行。但陪散步，两人不说话可不行。你得找出客人感兴趣的话题，然后时刻察言观色。这不仅需要更多知识，还要准确把握大叔们的心理。不过拿到的钱是以前的两三倍。"

小 B 则觉得转向"散步"业务后，大叔们更猴急了。"以前做按摩时，一般要在店里，即使想出场也没那么方便。现在都是出店赚钱，很多客人走着走着，就把你带到那些情人宾馆去了。他们会问你想不想赚更多钱。不想多赚钱，谁会来干这个。一看你松口，他们就和你谈好价钱，飞快将你带到情人旅馆。这哪是散步，简直是跑步。"

有的"JK"还被居心叵测的大叔带到家里，身陷险境。小 C 就遭遇了这终身难忘的一幕。她接待了一位自称"大学教授"的大叔。散步时，这位大叔知识渊博，而且从不动手动脚，颇有风度。很快，小 C 就对这位"教授"有点儿着迷了。第三次散步时，小 C 毫不犹豫地答应"教授"去他家做客。谁知，刚进家门，"教授"就露出狰狞面目，拿刀威胁小 C，并将其捆绑起来囚禁在家中。在遭遇了三天无日无夜的性虐待后，半死不活的小 C 趁"教授"睡觉时，挣脱绳索逃了出来。警方将"教授"抓获后，小 C 才知道他是一个已经失业的图书管理员，对这次"捕获"少女行动，他策划了很久。心有余悸的小 C 现在已经"金盆洗手"。她说："陪散步这活，钱是比以前按摩时挣得多，而且人也轻松。但人身安全却得不到保障。我还这么年轻，万一出了事，赚了钱没命花又有啥意思呢？"

现在，"陪人散散步就能赚大钱"的广告传单，还在被人不断塞进日本高中女生手里，不少人为此动心。但她们不知道的是，"JK 散步"其实已成为色情、犯罪的温床，稍不小心就会掉入万劫不复的深渊。

大叔如何"捕获"萝莉

倪匡的儿子、周慧敏的丈夫倪震，在香港有"幼齿男"的"雅号"，是个爱萝莉的怪蜀黍。他曾在专栏中大谈 40＋男如何勾引年轻女学生——"我们看见猎物，从来懂得优序，从来懂得抽空。渔翁撒网，以静制动，用最低的成本，做低调的投资，耐心等收成，这是中年人都懂得的方法。"他还奉劝，年轻女孩子对40岁往上的男人，最好避之则吉，尤其是那些聪明的。

可惜倪震的奉劝没有吹入日本女孩子的耳中。通过日本扶桑社实施的问卷调查结果可以得知，在20多岁的日本女性中，有20%愿意和50岁以上的男性结婚。而在50岁以上的日本男性中，有60%想和20多岁的年轻女性结婚。

喜欢"幼齿"的日本大叔甚至还掌握着很多"捕获"萝莉的秘诀，并且在日本的《信使周刊》中大谈特谈，造福同好。

一名53岁的餐饮店老板说，听话听音，光听女孩子们讲话，就能分辨出她们是不是"萝莉爱大叔"。只要她们在对话中主动提起老爸，就代表她们有迷恋大叔的倾向。在交往中，如果萝莉一谈到老爸就全是赞美，那就得多向他老爸方向靠拢。如果萝莉说的全是老爸的坏话，那就注意不要犯相同错误。归根结底，最有可能被大叔"捕获"的，就是谈话里爱主动说起老爸的萝莉。

年届六旬的服装公司部长说："从我个人经验来看，初、高中都在女校读书的萝莉，基本上不大会拒绝大叔。这些萝莉在青春期里，接触到的都是中、老年男教师，身边没有同龄男子。她们的思春对象，很可能就是比自己大一轮、乃至大两轮的男教师们。所以在跟萝莉搭讪找话题时，最好是从问她哪所学校毕业的开始。"

在退休后又被返聘，经常"捕获"年轻女员工的64岁大叔说，自己不失手的诀窍在于会分辨。要想找到爱大叔的萝莉，关键就一个——zhuang！看她们的化妆和服装。大浓妆、暴露装的年轻姑娘无疑是轻浮的。但她们一般都对大叔"不感冒"。跟她们搭讪，等于自取其辱。反而是那些娥眉淡扫，夏天长裙飘飘的不晒肉型的，才是真正容易得手的。

56岁的出租车司机说，每天在将车放进车库后，会立即到酒吧去，为的就是邂逅喜爱大叔的萝莉。最好"捕获"的，莫过于在深夜一个人走进酒吧的年轻女孩。"她们一般都是受过小男人的伤，爱找老男人安慰的。我交往过的都是通过这种方式认识的。所以呢，要捕获萝莉，首先得有个经常去的酒吧，最好能和酒吧的店员们搞好关系。说不定他们还会帮你留意呢。"

除此之外，这些日本大叔甚至还揣摩出萝莉的心态，认为搭讪最有效的就是赞不绝口。而最受欢迎的赞美方式，就是说眼前的女孩和某某女明星很像。当然，大叔们也不可能认得几个女明星，所以惯用手段就是："那个，就是那个特有感觉的女明星，那个，你看看，我一下子也说不出名字了，小姑娘你和她长得真像。你朋友都这么说吧。"而一般被表扬的女孩则会一边脸红一边说："你说的是绫濑遥吧。"

那些喜欢大叔的萝莉更是出来现身说法。在金融公司工作的 23 岁女孩说："我就喜欢大叔，年龄不是问题，但得跟得上时代。像那种穿 Polo 衫还把衣摆掖在裤子里的，绝对免谈。"

21 岁的女幼师说："我是公认的爱大叔，不管是秃顶的还是凸腹的，我都能接受。就只有一样不能容忍，那就是老人味。"

20 岁的牙科女助手也说："个人卫生真的很重要。别看我喜欢大叔，但从上高中开始，我的衣服就和老爸的衣服分开来洗了。那些像对自己下属或女儿一样，对女朋友说教个没完的大叔绝对免谈。任他年龄再大，在恋爱中也是平等身份。"

在日本这样一个"老龄化"国家，大叔的竞争还真激烈呢。

大叔为何自扮"萝莉"

日本社会流行"男扮女装"已经很久了。除了那些一心想做女人的男人以外，"比女人还美"的男人也成了人们茶余饭后的话题。很多陪酒店居然推出"女装男"服务，据说生意甚至比只有女孩儿的陪酒店还要好呢。

最近一段时间，日本社会又出现了这么一群人。不少中年男人因为自己的兴趣爱好而穿女装，但是他们却不化妆、不塑身。也就是说，看上去就是一群大叔把自己打扮成了萝莉。

一天晚上，我走在东京涩谷的街头，远远看到前面一个金发美女，身材高挑修长，皮肤黝黑，一身高中制服看上去极其合身。结果"她"一回头却吓了我一跳，这不就是个大叔嘛？！最可恨的是，他连胡子都没刮！后来，一位在新宿上班的日本朋友告诉我："你还算运气好的，遇到个背影看上去像女孩儿的。"他说自己夏天时经常看到那些虎背熊腰的"汉子"们穿着比基尼，脚上蹬着一双"凉拖"，就那么招摇过市，那叫一个难过。

日本女孩儿之间非常流行"女子会"，这些女装大叔也经常凑到一起聊天。他们的据点可以是漫画店、录像店甚至是保龄球馆。想象一下在保龄球馆里，旁边的球道就坐着这么一群人。他们情绪极高，互相讨论着时尚、恋爱等话题。有一个身穿天蓝色水手服、头戴披肩假发、画着淡妆的胖胖的大叔打出了全中，"她"高举双手兴奋地在球道上跳来跳去，裙子也随着一上一下……

池袋有一家叫"OWL"的录像店，推出了面向女装大叔的优惠政策。他们明码标价："男性 1500 日元 2 小时，女装男·变性人 1500 日元 3 小时，洗浴免费。"正因如此，这家店已经成了大叔之间的热门话题，很多人都把这里当成换衣化妆的地方。

但是，社会上对这样的大叔却有两种截然不同的称呼。一种是好意的"女装家"，另一种则是有些嘲笑的"女装癖"。其实很多大叔表示，他们穿上女装只是在玩一种"恋爱游戏"。他们穿衣的主题，就是他们心中"理想女友"的样子。比如到涩谷去玩时，就要打扮成金发短裙的"涩谷系"；到秋叶原去时，穿上一身女仆装是最应景的。总之一句话，有一个"理想女友"一直陪在身边，那种感觉要多幸福有多幸福。

不过，很多大叔以前并不敢这么大摇大摆地将女装穿上街。曾几何时，这样的人上街是会被群众的目光"杀"死的。不过现在理解他们的人越来越多，他们也就不用只在漫画或游戏中寻找快乐了。

另外，他们认为自己对时尚的追求已经超越了男女的界限。女孩的服装无论从种类还是色彩上都更丰富多样，比男装更能满足他们的爱美之心。他们穿上丝袜长靴，让自己的腿看起来更瘦；他们戴上假发和假睫毛，认真地学习化妆。因为他们还占有身高优势，一些"妖艳型"的大叔真是比女人更女人。

现在真是"林子大了，什么鸟都有"，这些把自己打扮成"理想女友"的大叔，也开始有了追求者。他们经常被那些真正"重口味"的同性恋者搭讪甚至骚扰，这让他们纯洁的心灵很受伤。但他们也不乏善意的支持者，一名在"OWL"录像店做前台的普通男性坦言，他自己就非常喜欢这些大叔的打扮。

目前，为了迎合越来越多的"女装家"大叔，很多专卖店都推出了特大号的女性服装。每隔一段时间，还会有专卖女装的跳蚤市场营业。虽然社会还不是完全接受他们，但谁说大叔就不能有一颗少女般的心呢？

"暴走老头"吃嫩草有何损招

"即使死也要最后抱一下青春少女。"最近，日本媒体刊登的一组介绍老牛如何吃嫩草的专辑，招致板砖无数。虽然日本社会有很多"萝莉控"的色老头，但由于他们手段不那么堂堂正正，一直处在遮遮掩掩的状态。此次公然在媒体上大肆渲染，引发巨大争议也在情理之中。

一位65岁的家庭主妇愤怒地说："这种报道让人看了就生气。那些用心不良的老男人，也不照照镜子看看自己多大了，还想靠着所谓的用钱技巧、用情技巧来俘获青春少女，并毫无廉耻地拿出来交流。好色也应该有个限度！"

"我真是得再认识这些老男人。他们所谓的泡妞技巧，简直叫人叹为观止。既然有这么多精力花在年轻女子身上，怎么不去多关注一下身边的妻子和同龄女性呢？"一位女性陶艺家说。

她开办的陶艺教室对学员年龄没有太多限制，很多年轻女子报名参加。但一群60岁左右的男人了解到教室这一信息后，也接踵而至。在陶艺教室里，这些"色老头"可谓丑态百出。他们入会，说是为了接受艺术熏陶，其实明显就是冲着年轻女性来的。上课时，他们的目光不是放在陶艺上，而是在年轻女子身上乱转，下课后也尽是色情和性的话题。

在教室待一段时间后，他们与年轻女学员熟络起来，便以讨教陶艺为名，邀约年轻女学员一起吃饭和喝茶。这个过程中，他们会千方百计了解"猎物"的家庭和生活情况。经济条件不好的，"色老头"们会首先赠送各种陶艺材料，然后是小礼物，最后越来越贵重，让对方慢慢被金钱物质腐蚀。如果是空虚寂寞的，这些老头又会摆出一副过来人的面孔，百般安慰引导，争取成为对方的"心理医生"或"精神导师"，然后再伺机下手。

很多年轻女性涉世不深，很容易被他们的金钱和精神攻势打倒。但真要走到发生关系那一步，大部分年轻女性还是从生理和心理上都有排斥感的。这时候，"色老头"们就开始撕破脸皮，以归还财物或泄露隐私威胁对方，逼其就范。

不少年轻女性就这样掉了进去，与"色老头"们有了"一夜情"或"多夜情"。最无耻的是，这些老头公然在陶艺教室里交流经验、互相炫耀，还彼此取了"摧花老手""老情郎"等外号。

女老师不愿自己的陶艺教室变成这种乌烟瘴气的场所，便去提醒年轻女学员，并帮助已经陷入泥潭的人摆脱"不伦关系"。谁知，"色老头"们知道后，不仅大发雷霆要求退会费，还在上课时捣乱。对于已经被"捕获"的年轻女学员，他们使出了绝招——公开"不伦关系"。年轻女学员们不管是未婚还是已婚，对声誉全毁的后果还是非常害怕的，最后要么继续维持关系，要么赔钱息事宁人。

陶艺教室负责人对这种事忍无可忍，最后选择报警。谁知，警方告诉她，已经接到很多同类报警，一般都发生在年轻女子集中的花道教室、茶道教室、料理教室等。但处理起来警方也非常为难，一是没有当事人的举报很难立案，二是这些"色老头"的行为虽然突破了道德底线，但属于灰色地带很难定罪，最后都是不了了之。

陶艺教室负责人万般无奈之下，只好退掉会费将这些"色老头"赶走。谁知不到两个星期，她发现，那一张张熟悉的面孔，又出现在了离陶艺教室不到 500 米的料理教室里。

"痴汉"暴露社会法制文化变态

据日本《产经新闻》报道，2011 年 4 月 15 日，因为涉嫌偷拍女高中生裙下风景，神奈川县警方逮捕了 32 岁的青森县政府水产振兴科技师井川庆之介。本来，他是到横浜参加针对福岛核电站事故而举行的放射性物质测定法研修会的，谁料，15 日下午 5 点 30 分左右，他在横浜车站的电梯上把一个微型相机伸到一位 17 岁女高中生的裙底了。

4 月 16 日，日本福冈县博多警察署以涉嫌犯有抢劫罪，逮捕了九州大学大学院 22 岁的研究生黑濑雄太。具体原因是其患有"内衣癖"，为此他居然在 3 月 19 日凌晨偷袭一位 25 岁的女性，用暴力行为把对方身穿的内裤扒下来占为己有。

"3·11 大地震"刚刚过去一个多月，灾区的民众正在为失去家园悲伤，避难所里的人们正为何时能够返乡而惆怅，整个日本也还笼罩在福岛核电站事故的阴影当中。

此时此刻，某些日本人居然还有心情偷窥女孩裙下之风、为一条女性内裤而实施抢劫，实在令人不解。

然而，仔细想想，也不难解释其中原委。

首先，不良性文化滋生大量"痴汉"（流氓）。日本的性文化过于开放，而政府的监管不力，更助长了大量不良性文化作品的泛滥。不少 AV 录像中不但有性行为的露骨描写，还常常以角色扮演、现场模拟等方式，传授各种尾随、偷窥、突袭等变态行为的实施方法，令许多心智未成熟的日本男人很容易在某些特定场所、针对周围的女性产生性幻想，把自己带入某部 AV 作品的情境当中。在大量不健康性文化作品的影响下，日本社会滋生了一大批潜在的"痴汉"。他们平日里和正常人一样，从事着各自的职业工作，但是只要出现他们认为是下手的时机，就会走火入魔，在一时冲动下非礼女性。真是"人格不要紧，美眉才是真。抓了一痴汉，还有后来人"！

其次，受害女性胆小不声张，助长了"痴汉"行为。日本警方为了对付"痴汉"，采取了很多措施，从选派漂亮女警察组建"美女扫狼队"，到在人员稠密的场所加装高清摄像头，但收效并不明显。主要是受害女性因为胆小怕事，或者碍于颜面，遇到"痴汉"实施侵犯时，不敢义正词严地给予制止或大声向周围人求助，事后大多也不愿意向警方报案，这既增加了警方直接取证的难度，也助长了"痴汉"们的侥幸心理。

最后，还应注意到，近年来，被抓获的"痴汉"群体中，军人、警察、教师等国家公务人员的身影日渐增多。2011 年 2 月，千叶县警察署的一名高级警官，在一列晚间列车上面对一名年轻女子脱下自己的裤子，露出下体。3 月 1 日晚间，埼玉县警方逮捕了一名 44 岁男子。该男子在列车上将手伸进身边一名 19 岁女生的裙子里，触摸了整整 10 分钟。事后查明，他竟是东京警视厅大崎警署的一名主任。另据媒体消息，日本文部科学省公布的一项调查报告显示，近年来"色狼教师"不断增加，大约四成"色狼教师"对自己的学生下手。他们的行为包括摸女生身体、偷拍学生换衣服或上厕所，甚至与女学生发生性关系。

这些公务人员平时生活在一个单调、沉闷的官僚体制中，对未来前途的无望使他们放弃了正确的人生理想和追求，法律观念和道德水准的缺失让他们无法同心灵中的邪念做抗争。为了排解心中的空虚、压抑和郁闷，他们只能借助吃吃花酒，甚至行为出轨，来寻求一种所谓的精神刺激。这也使得这些原本应该维护正义和法律、打击色狼、"痴汉"的军人警察，自己却成为"痴汉"中的一员。

"痴汉问题"已成为日本社会久治不愈的顽症。治疗这个顽疾，还需要在根除社会不良性文化、提高女性防范意识和加强公民法律道德观念等方面下很多功夫。要走的路还很漫长。

专心阅读的
儿童

神保町
书店街一隅

东京池袋一年一
度的旧书市

旧书市现场热闹有
序，摊位整洁敞亮

"读书节"上的人群

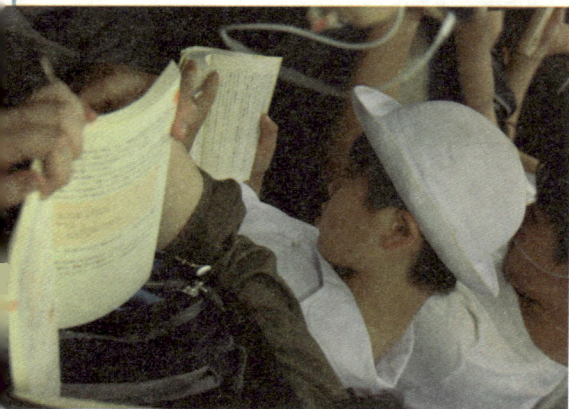

街头的
读书风景

"图书馆列车"

日本国民体育大
会上，小朋友们
表演团体操

日本孩子从小就被
灌输以严格的纪律
教育，这对他们未
来的成长大有裨益

东京的"动漫圣地"秋叶原街景

日本街头
沉迷于动漫、电游的
年轻人

日本的社区组织经常给所在地的
居民组织亲子义卖活动，给孩子提
供一个接触社会的机会

日本乡村的春意

这样的日本"兔爷"，您见过吗？

体现"萌文化"和"美少女文化"的器物

能把猫头鹰做成这种憨憨胖胖的样子，恐怕也就只有日本人了。日语对猫头鹰的称呼与中文的"不苦劳"非常相仿

男人也"爱美"，
这种怪异打扮在
日本街头不少见

这样的日本"兔爷"，您见过吗？

体现"萌文化"和"美少女文化"的器物

能把猫头鹰做成这种憨憨胖胖的样子，恐怕也就只有日本人了。日语对猫头鹰的称呼与中文的"不苦劳"非常相仿

男人也"爱美"，
这种怪异打扮在
日本街头不少见

肉食女 VS 草食男

戴着一副大眼镜，身穿不太合体的休闲西服，公文包上挂着便宜的小玩偶，走起路来响个不停。嘴里都是网络语言，深夜还在电视机前看动画片……这就是日本的标准"童贞男"形象。

长期以来，日本"童贞男"如小白鼠般被"砖家们"研究来研究去，女性一般也对他们敬而远之。但最近，这种情况发生了巨大变化。日本的"肉食女"们，开始凶狠地扑向"童贞男"。

日本夫妻生活进入女尊男卑时代

羞涩地含胸垂首、亦步亦趋地跟在男人三步之后。人们印象中的这种日本传统女性，现在已经很难看到了。随着社会不断进步，男尊女卑在日本开始成为过时的代名词。近年来，日本女性越来越受重视，男女平等已被大多数人认可。

但最近，日本又开始了新的男女不平等。这回和以往不同，是长期被压抑的女性骑在了男人头上。她们在就业、结婚、公共服务上享有各种优先权利，以致不满的男人们大叫"日本已进入女尊男卑社会"。但最让日本男人受不了的是，他们居然开始失去性生活的主动权，被迫接受"女尊男卑"的现实。

日本厚生劳动科学研究所最新发布的男女生活意识调查显示，16～49 岁的夫妇中，性生活频率在 1 个月以上的夫妇占到 40%。夫妻间的这种性冷淡，虽然双方都应该负同等责任，但只听得到女性在四处抱怨"男人不好"的声音。

　　"丈夫很少主动向我要求，每次等来等去都看不到他行动，一点儿都不考虑我的感受""从年轻时到现在就是一个姿势，我已经完全厌倦了，他为什么就不懂得学点新技巧"……不知从什么时候起，性生活不和谐完全成了日本男人的责任。

　　再看看日本男人怎么说。一位 46 岁的银行职员说："每次我想要的时候，如果她兴致不高，就不会有任何表情。不管我怎么动作，她就和死鱼般一动不动。有一次，我就快到达兴奋顶点时，她居然望着卧室的吊灯，跟我来了一句'那个灯要换了'，我一下就冷了下来，并留下了心理阴影。而她想要时从来也不说，全靠你自己观察分析。我又不是专业心理分析师，不可能那么准，弄错了往往会自讨没趣。一旦不满足她，她就会发一些莫名脾气，让你不知所措。"

　　一位 43 岁的男店主则遭遇了另一种情况。他说："为了增加夫妻生活情趣，我有时会有一些前戏之类的，但被她说'你哪学的这些乱七八糟的，是不是在哪有了婚外情'。到了下一次，我什么技巧都不用，她又会说'你有没有把我看作妻子，交流都没有，就知道猴急'。而一旦她性趣高涨时，往往将你折磨得半死，有时候还会玩 SM 之类的，全然不顾及你的感受。有一次我多问了一句'你怎么喜欢这些'，第二天我的零花钱就被减了，而且回家时冷锅冷灶的，在外面吃了一个多月便当。"

　　还有一位 39 岁的政府职员比这位男店主更惨。他和妻子已经多年没有夫妻生活了。而他屡屡被拒的理由居然是"那个太小了"。他说："新婚的第一年，她平均一两天就要一次，搞得我双腿发软，上班都无精打采。开始我认为刚刚结婚，夫妻生活是恩爱的表现，所以全力满足她。可是第二年还是如此。她天天在家，我可是要上班的，所以就委婉拒绝了她三五次，并跟她讲了道理。谁知自此她再也不和我那个了，我问她为什么，她居然说'你那个太小不能满足我，今后你没资格向我提要求'。我开始以为她说的气话，可有一天她居然弄了一大堆资料给我，要我去做增大手术，让我愤怒至极。难道我是她的性玩具？"

　　女人们，让男人怎么做才能满意？不少日本男人都发出了这样的悲叹。在各方面给予女性照顾和优先，本来是为改变男尊女卑、实现男女平等而采取的措施。但如果过了头，反而会造成新的不平等。以往在家里唯唯诺诺、为丈夫宽衣解带的日本女人，如今在性生活上都开始说三道四、掌控男性，这或许正是物极必反的表现。

"肉食女"为何扑向"童贞男"

俗话说，一切不以结婚为目的的恋爱都是耍流氓。但扑向"童贞男"的日本"肉食女"绝对不是耍流氓，她们就是奔着结婚去的。

32 岁的"肉食女"朝香是一家化妆品公司职员，在交往了 6 个帅哥男友后，她最后选择和貌不惊人的"IT 男"幸助步入婚姻殿堂。

5 年前，朝香正和公司的一个帅哥谈恋爱。每次和男友出去，朝香都感觉特别不爽。

"我没钱请你了，咱们 AA 制""不要在我面前摆那副臭脸"，男友经常毫不顾忌地训斥朝香。即使过生日，朝香也没有收到过男友的礼物。而在公司内，朝香还要防范男友和其他女同事玩暧昧。

成天惶惶不安的朝香某一天参加聚会时，认识了同学的弟弟幸助。第一次接触时，朝香感觉从未谈过恋爱的幸助索然无味，毫无与女性相处的经验。

但第二次接触，朝香就感觉到了这个"童贞男"的气场。当时，她很在意的一只耳环丢失了，非常着急。而幸助不知什么时候就从聚会人群中消失了。第二天，朝香接到了幸助的电话："你的耳环找到了。"原来，幸助打车到他们去过的每一个场所搜寻，直到凌晨 4 点才在一家卡拉 OK 店找到耳环。幸助对朝香说："我没有谈过恋爱，也不知道什么样的女人好，什么样的不好。但我知道，你就是我想要的那个。"就这样，朝香坚决甩掉了前男友，选择了这个让她踏实的男人。

朝香说，如果将久经情场的帅哥比作"风险投资"，那么"童贞男"就是"定期存款"。他们虽然不会花言巧语，但不会拿你和别人比较，一旦认定了，你就是他们的一切。

年轻时非常讨男人喜欢的亚纪，现在是关西的一名家庭主妇。10 年前，她和"童贞男"的丈夫结了婚。婚后两口子过得很幸福。她说，以前和帅哥交往时，总是刻意打扮，说话也小心翼翼，生怕给对方留下坏印象，就这样渐渐丧失了自我。现在和丈夫一起，想哭就哭，想笑就笑，心里感觉特自由。虽然丈夫很多时候不懂女人的心思，但是非常愿意学习，与他交流后，他会马上改正。都说男人永远是小孩，亚纪觉得，"童贞男"更像那种讨人喜欢、听话的小孩。

不少人担心"童贞男"毫无性经验，是否会影响夫妻生活。其实，与"童贞男"结婚的"肉食女"很"性福"。6 年前，曾做过多年模特的淳子和"童贞男"结了婚。阅人无数的淳子，早早为平淡的夫妻生活做好了心理准备。但丈夫的表现让她大吃一惊。淳子用"热情、体贴、学习、感谢"来形容丈夫。她说："夫妻生活中，热情远比技巧重要。丈夫的热情，能传递到你的每一个细胞。而且由于没经验，丈夫什么都虚心请教、非常体贴，能让人得到最大满足。完事后，丈夫还会感谢我教会他那么多东西。"

看来，日本"肉食女"纷纷将目光转向"童贞男"，绝对不是一时冲动，而是很多人已经尝到了甜头。锁定"童贞男"作为她们的最终归宿，绝对是非常聪明的选择。还好，日本的处男"货源充足"，否则这些"肉食女"可能又要你争我夺一番，让羞涩的"童贞男"们不知所措。

出现"草食男"缘于女性变化

如今，在日本像高仓健那样气质阳刚、沉稳坚韧的"酷男"已经难寻难觅了。代之而来的是"宅男""草食男"，看起来阴柔秀美，听起来女腔女调，一副不男不女"中性人"的样子。据说，早在 30 年前，美国著名未来学家托夫勒就曾预言过世界发展的十大趋势，其中就包括性别的"中性化"。至少这一点预测，在日本是出现了。

日本一家周刊的问卷调查表明，受访女性 70%感到身边存在"草食男"，24%表示"不存在"，16%表示"不懂什么叫'草食男'"。所谓"草食男"，就是像食草动物一样，在职场，没有出人头地的欲望，能够做好上司安排的事情，却绝对不会主动做上司没有安排的工作；在婚恋关系上，缺乏男子汉应有的主动，不会积极追求恋爱或性爱方面的事情；在家庭里面，喜欢自己独居独处，自娱自乐，不愿意和亲人们交流来往；

对金钱比较细心，不希望花别人的钱，也不愿意让别人花自己的钱；在性格上表现得友善温和，不易和人发生冲突；在打扮上，喜欢使用化妆品，喜欢购买高档服装，甚至喜欢女性服装。

问题在于日本社会为什么会流行这种"草食男"？早稻田大学社会学部二年级学生川岛惠子告诉我说，"草食男"的产生是社会男女平等的一种新的表现形式。过去，男人的性别角色以及农业社会、工业社会的发展过程，都需要"男主外"，男女自然是不平等的。现在，社会已经进入"后现代化"时代了，日本也进入"少子化"时代，连孩子都不愿意生的女性在生存上不存在问题，在性欲上也没有过高的要求，这种"女强"才带来"男弱"，才导致"草食男"的出现。女性感觉到了一种平等，并不讨厌"草食男"，这也是"草食男"蔓延的原因。男性的社会偶像实际上都是按照女性的需求出现和打造的。如果女性普遍不喜欢这种形象，这种男性形象就不可能存在下去。因为社会毕竟是需要男女并存的。

日本东芝管理本部的佐藤贤二明年即将退休。他对我说："现在公司里面的年轻人与自己当年入社时的年轻人完全不一样。他们把工作当作维持生存的饭碗，而不是当作事业或者自身发展的途径。所以，他们也不会和上司发生冲突，几次听着不顺耳，就会辞职不干。现在，反而是上司害怕这些年轻人。因此，在公司里面只要说谁是'草食男'，上司都要让他三分的。"

日本"草食男"还有一些令人倒胃口的习惯。比如，和女性一样，喜欢坐着小便；喜欢化妆，使用的化妆品种类一点儿也不比女性少；甚至喜欢胸罩，喜欢包括裙子在内的女性服装。日本家庭主妇中岛惠子对此表现得很宽容，她说："日本'草食男'开始喜欢坐着小便，应该是马桶改革的结果。和式厕所让男人只能站着或者蹲着小便，而西式马桶如果站着小便的话，常常会把马桶周围搞脏的。所以，日本许多家庭妈妈让儿子从小就坐在马桶上小便。另外，年轻女性穿牛仔裤时，一般都在前面有拉链，这是过去男裤的象征。因为女性有了这些服装的变革，才会对'草食男'的服装变革表现出容忍。"

这样看来，日本男性的"中性化"，的确是来源于女性的变化以及女性的容忍与宽容呢。

新一代男性不"好色"

据日本国立社会人口问题研究所最近发表的"出生动向基本调查"显示，2010年18~34岁的未婚男性之中，"还未体验过性经验"，也就是"童贞"男性比例达到36.2%，而在未婚男性之中有60%的人还没有女朋友。

在日本的"童贞"男性中，大都有个特别的称号，叫"草食男"，这是一个诞生于2006年的词汇。难以想象，在日本这个性文化比较发达的国度里，竟然"草食男"盛行。就最近几年的统计数字可知，日本童贞男的数量小幅攀升，没结婚意愿的人比例较大。"草食男"的盛行，颇引人关注，这个新现象正在对日本社会乃至民族性，产生潜移默化的影响。

在第二次世界大战中，日本人就是凭借意志狂热悍然和整个太平洋沿岸的邻居们开战。这场战争力量对比的悬殊大大超过以往，当时的日本，孤身一国与美、英、中、苏、法、荷、澳等26个国家作战。在战场上，很少有被俘虏的日本兵，他们往往战斗到最后一刻也拒不放下武器。战败之后，日本曾涌现过一阵"举国玉碎"，以全民族的生命为代价拼到最后一刻以抗拒投降的精神冲动。日本整个民族是极具战斗力和攻击性的，且危机感极强，然而，这个民族的男性荷尔蒙，似乎正在降低。

"草食男"的出现与流行，于无声中消解着日本的社会文化。温柔腼腆的"草食男"对待工作仍然像以前的日本男性那样一丝不苟，但在谈恋爱方面的进攻性则远不如以前的"肉食男"。他们温顺，年龄在二三十岁，注重个人形象，作风和女人有点儿类似。这类人往往上进心不强，对女性也没多少兴趣，更谈不上承担家庭责任，这对已进入老龄化社会的日本来说，不是什么好消息。

而且，日本年轻男性越来越女性化，和女人一样爱美。一些"草食男"说，如果他们的指甲看起来很漂亮那么自信心就会足很多。很多"草食男"都会去指甲美容店做指甲护理。除爱美之外，日本男性还有一些行为开始与女性接近，比如日本一家主要的坐便器生产商进行的调查显示一半日本男人和女性一样是坐着小便，而为男士设计的胸罩也开始于2010年11月面市，销售情况还不错，位于东京练马区的内衣专卖店"Wish"发售了男性专用胸罩，发售一年就创下 1 万以上的销售纪录。

男性胸罩的销售数量与安全套的销售是成反比的，自 2009 年起，日本安全套的销售量呈下降趋势。很多"草食男"认为性行为是一件很疲惫的事情，更难想象他们会去组建家庭。据日本共同社报道，在日本年轻男性中正在兴起一种男扮女装的"伪娘"热。聘用"伪娘"服务员的咖啡店、茶馆及相关指南不断问世。在东京的街头，身穿裙子的男性屡见不鲜。

"我觉得有男性气质的男人最好的例子就是战场上的勇士，但让男性像男人一样去行动的社会压力已经逐渐消解，因为过去 60 多年来日本人生活得比较安宁，经济环境总体也不错，驱使男性往勇猛方向发展的社会价值瓦解了，男人没必要那么勇猛，因此就成了'草食男'。"日本大阪大学哲学教授森冈正博说。"草食男"所表现出的男性女性化，某种程度上也消解着日本的民族性。男性还在，而男人没了，或正在没了，就连"男人好色"这样的铁律似乎也在被扭转。而类似的现象，又何止在日本才有……

处男率为何不断拉升

据日媒报道，日本最大的保险套生产企业相模橡胶工业实施了日本最大总规模的关于"性"的调查，此次调查涉及了日本 47 个都道府县的 14100 名 20～60 岁的男女，调查中涉及了"你是否有过性经历"等性生活方面的具体问题，调查显示，有 40.6%的 20 多岁的男性仍为处男。

日本是个性产业大国，与发达的性产业不同的是，日本的处男率在近几年处于上升趋势。这确实是一个值得探究的问题。有意思的是，日本年轻人不仅性趣下降，就连接吻体验率也随之下滑，着实让人感到不可思议。早在 10 年前，日本"草食男"就是日本社会的一个新现象，而今有蔓延之势，"草食化"现象进一步加剧。

当然，需要从主观和客观两个方面来分析日本处男率的上升，因为日本男性保留处男之身，一部分是主动选择，而另一部分则是被迫选择。

从主观方面来看，主要是日本社会观念的改变。日本以往的"见食不食是呆汉"

的观念正在逐渐发生变迁。日本婚姻专家白河桃子认为："日本当今许多年轻男性都觉得向女方示意性爱是一个很麻烦的过程。"在以前，日本年轻人，尤其是学生群体，有着"处男很丢脸"的观念，谁要是成年了还是处男，被别人知道后是要被嘲笑的，会被认作是没有魅力或能力。

而现在这个观念当然转变。随着草食群体的不断扩编，传统的观念也在更新。甚至，相反，处男反而被认为是纯洁的象征。怪不得有日本恋爱女作家表示："实际上，近年与异性一起旅行、同居一室的年轻男女比例一直在增加，但是彼此发生过性关系的却很少。"以前处男是耻辱的象征，可时下，则近乎是一种荣耀了。毫无疑问，观念的转变会提高日本的处男率。

从客观方面看，日本处男率的提高深受日本经济的影响。经济状况的低迷，导致日本很多男性囊中羞涩，很难约到女性。没有钱连夜店都去不了，更别说结婚了，这无疑大大增加了日本年轻男性保持"处男"身份的可能性。

日本专家森永指出："曾经的终身雇佣制，确保了大家在经济方面的安定，有的男性即使是不受欢迎至少也能结婚和一位女性维持性生活。现在随着非正规雇佣制的蔓延，很多人经济拮据结不了婚，所以，这些男性将面临终身'处男'的危机。"

显然，这是个让日本隐忧的事情。日本男性也面临着严峻的性爱"贫富差距"，有钱人身边美女如云，享受着优质的美女资源，而贫穷男则无人问津，两极分化由此产生。可见，日本社会也存在由贫富差距引发的性爱资源分化。倘若这样发展下去，日本社会的少子化危机有进一步加剧的风险。

日本年轻男性兴起"伪娘"热

日本有媒体报道，"伪娘"越来越多。一项对日本全国 2000 名男女开展的调查中，当问到"日常使用哪些护肤美容用品"时，在 20～30 岁的男性里，有 57% 的人回答每天使用洗面奶，有 35% 的人坚持每天修眉，有 18% 的人每天打粉。

其实，"伪娘"一词，无论在中国还是日本，出镜率都是很高的，屡受关注。中国有高校男生，甚至组成了"伪娘团"，靠扮演伪娘赚钱。"伪娘"在日语中被称为"男の娘"，"娘"在日语中有少女的意思，所以，"男の娘"翻译成汉语就是"男少女"。

仔细追究，"伪娘"一词也是几经变迁的。2000 年年初，它在日本诞生，主要是指动漫作品中的女装形象出现的人物，后来，角色扮演流行，人们不满足于只在动画中观赏，而是去亲身体验，并举办相应的社交活动。

2006 年 9 月，相关同人社团举办了"男少女 COSH"同人志即售会，并且自此形成了每年举办两次的固定模式。2009 年 9 月，即售会的名称也因"伪娘文化"的流行而改为"男少女"同人志即售会。2009 年 5 月，日本三和出版社的《"男少女"俱乐部》杂志创刊，日本青少年对"男少女"形象的追星热潮开始为社会所认可。

随着"伪娘"文化在社会上的逐渐流行，带动了相关产业的发展，甚至已经成为当今日本文化的又一新特色。其影响力早已溢出动漫行业，以"伪娘"为主题的俱乐部、服装店、餐厅、居酒屋等陆续在各地出现。毋庸置疑，"伪娘文化"正在由动漫界向其他产业延伸。

日本年轻男性中兴起"伪娘"热，相关商家更是敏锐地嗅到了商机。2010 年 12 月 7 日开通了首家男扮女装专卖网"larangel"，引起日本社会的广泛关注，这是一家男扮女装时尚声援网站，专为解决"想扮女装可是不知该在哪儿买""买不到合身的衣服"等女装爱好者的烦恼而开设。

"伪娘"盛行带动许多产业发展，对于日本经济是有利的，说不定还真能散发些提振经济的正能量。"伪娘"刚出现的时候好玩，在一定程度上流行的时候好看，带动多产业发展可喜，但是，凡事都有度，若泛滥成灾，那就值得警惕了。

事实证明，男性喜欢当"伪娘"时间久了，在思维方式和行为习惯上，亦将会女性化。几个男人女性化了是宝贝，要是很多男人都女性化了，那就是危机了。日本年轻一代女性化的比例竟然如此之高，一定意义上也解释了日本社会所出现的年轻人不恋爱、不结婚问题。

倘若，一个男人只会涂脂抹粉，在众人面前学女人状，搔首弄姿，必会导致男性荷尔蒙退化，由表面上的女人变成心理上的女人、性格上的女人，最终就雄不起来了。"伪娘"没有错，可泛滥成灾就真有问题了。

年轻男人学女"艺"

日本女性追求文化修养。这样，日本大都市街头四处可见的芭蕾舞教室、插花教室、制作点心教室里面，大多是女性学员。但是，最近时尚的风潮好像发生了变化，在这个修养学艺的女性世界里面，男性学员的身影也开始出现了。

在一家芭蕾舞教室的涩谷教室里，我在女性学员中看见 6 名男性学员身穿 T 恤和短裤一起学习。女性讲师认真地讲解着"如何优美地伸展你的背和腿"。看起来，男女学员都学得兴致勃勃。下课后，我与一位 26 岁的男性学员闲聊，他说是因为对欣赏花样滑冰感兴趣才开始想学习芭蕾舞的。另外，在公司里面每天都是对着电脑工作，没有什么表现自我的机会。现在，学习芭蕾舞后感觉到能够展现与日常生活中不同的自己，真的是很开心。

据说，这个芭蕾舞教室从 2008 年开业时就有男性学员来参观学习。现在，90 位学员中有近半数是男性，他们平均年龄 35 岁，有九成是公司职员。对此，一位 20 岁左右的女性会员表示，有男性学员一起参加学习，学习气氛会变得更加热烈。看来，这也验证了那句"男女搭配，干活不累"的俗话。

在香味弥漫的糕点烹调俱乐部里，我看见身系围裙的伊藤次郎正在进入制作蛋糕的最终工序。当他喊出"终于成功了"的话时，周围的女性学员也对他的成功展露出祝贺的笑容。平素非常喜欢烹饪的伊藤次郎表示："我在这里能够与各行各业的人进行愉快的交流，感到很刺激，可以获得与工作中不一样的成就感。"

到现在为止，日本公司男性职员主要参加的是与工作有关的英语会话、商务法律和会计方面的培训学习。一位女性分析家指出："原本是女性学员为主的烹饪教室，从去年年底左右开始男性学员逐渐增加。"她同时说："由于经济不景气，企业内部升职会变得很困难。这些男性学员认为在与工作不同的世界里展现自己，可以保持良好的心理平衡状态。"

此外，在日本"艺"男的群体中，学生的比例也在不断地增加。在大阪市内的青木丰久小原流插花教室里，留着茶色染发的大学四年级学生栗田活树表示："我喜欢欣赏绘画和花草，自己周围也有学习烹饪的男性朋友，所以不会在意其他人的看法。"

研究消费者心理的日本法政大学教授稲増龙夫分析指出："现在，人们的价值观已经多样化了。所谓'男人要干男人的事情，需要有男子汉气概'的观念也发生了变化。现在，不少男性开始慢慢地从女性的一些爱好和她们喜爱的商品中寻找新的乐趣。作为日本男性新的兴趣爱好的选择，我想这种现象是会继续下去的。"

"绮丽男"，日本的又一道新风景

"每到周末，我都会去趟美容院，修修头发做个脸，最近也开始做指甲……"这是日本大阪市男糕点师宫城克人一周中的生活。在日本，像这样美容意识高涨，天天涂脂抹粉的男性，有一个响亮的名称——"绮丽男"！

2011 年，日本知名调查机构 RECRUIT 实施了一项"美容意识"调查。调查对象是居住在首都圈内的 500 名 25～49 岁的男性。调查结果显示，在 25～29 岁的男性当中，有 37%的人对美容很在意，曾经有过描眉打粉；有 18%的人在乘坐电车时会拿出镜子化妆。而在 30～34 岁的男性当中，也有 28%的人对美容很在意。

刚才提到的"绮丽男"这个标签，就是该出版社为这些男性们贴上的。那么是什么催生了日本的"绮丽男"呢？

篇首的那位糕点师宫城克人说："理由嘛，刚开始自己也觉得挺不好意思的，但是从美容院出来后，整个人的状态都不一样了，就觉得很有自信。而且我给客人包装蛋糕、递蛋糕的时候，客人的视线就会落在我的手上，做指甲也是想给客人留个好印象。"另一名 28 岁的男性公司职员说："我每天都带化妆包上班，里面有我的润唇膏、小镜子和修眉刀。理由很简单，就是要给客户留个好印象，这也是工作的一部分。"某报社广告部经理 34 岁的小林回答说："我每隔两三天，就会做一次面膜，对外表有自信，才能更积极地跟人交往，干我们这一行，人际关系是第一生产力。这就是我的理由。"

原来，日本的"绮丽男"还都是些自我要求严格的"工作狂"，在他们看来，有个清爽整洁的好形象，能够增添工作上的自信，在和客户打交道的过程中，也一定可以为自己赚到不少分数。美容，只是业务投资的一种。

中国有句流行语是这么说的："女人，对自己下手一定要狠！"而在日本，"绮丽男"对自己也绝不心软。据日本总务省实施的"2011 年度家庭支出调查"结果显示，34 岁以下的日本男性每月用于购买护肤品的平均金额是 11000 日元，比 2010 年增长了 33%。扶桑岛上"绮丽男"的增殖速度已经超出想象。

有需求才能有市场，对于眼下的日本电器业和百货业来说，"绮丽男"的大面积增殖现象就仿佛《福音书》一样，为他们指出了一条新的活路。

2011 年 9 月，东京东急 HANDS 百货的男性化妆品场地扩大了 1.5 倍。脱毛液、鼻毛剪、瘦脸面膜等都是该场地的热销商品。2011 年，日本松下电器推出了一款女性专用的头皮按摩器。但是该公司在之后的销售调查中发现，前来购买该款按摩器的人当中，居然有三成以上都是男性。为此，该公司趁热打铁，又在 2012 年 4 月推出了同类按摩器的男性专用款，上市一个月后，销售额就达到了原先预计的 1.5 倍。

2012 年夏天，有 180 多年历史的日本老牌百货公司高岛屋也敏感地觉察到了"绮丽男"出现的现象，于是在全国店铺里都新增设了男性太阳伞专柜，为"绮丽男"准备了 40 款不同风格的太阳伞，销售额一跃增长了 3 倍。比高岛屋更厉害的是日本大丸百货，男性太阳伞专柜的设立，让该百货 6 月的销售额增长到了去年的 5 倍。

但是日本女性对"绮丽男"的出现又是如何看待的呢？资生堂男性护肤品专柜的一名 23 岁的女性售货员说："他们的皮肤看上去比我的还好，真让人沮丧。"而商场里的另一名 40 多岁的家庭主妇说："最近的小伙子们是越来越好看了，把自己收拾得清清爽爽的，我看着也舒服。"看来，"绮丽男"的"面子"功夫还真没白下！

日本酷暑引发"阳伞男"逆袭

2013 年 7 月一个月，日本最高气温达到 35℃以上的日子一共有 27 天。仅这一个月里，日本全国上下就有 22000 多人因中暑被紧急送往医院。而在这些患者中，有近四成是成年人。

俗话说，时势造英雄。而今年日本这非同寻常的炎热，造出的却是一批批的"阳伞男"。

在东京的金融中心日本桥附近，一位 62 岁的白领男士村上信哉先生，手持一把银灰色的男士遮阳伞，飒爽地走在炎炎烈日下。他，就是"阳伞男"。

村上先生说，自己是从两年前就开始坚持使用遮阳伞的。"刚开始打伞时，很怕走在自己身后的女性笑话。但现在却已经离不开它了。"

尝到打遮阳伞的甜头后，每每看到有穿西装系领带，还顶着个大太阳蹙眉疾走的白领男士，村上先生都会在心里说一句："别硬撑了，打把伞再上路吧。"

其实，早在几年前，日本就出现了男士专用遮阳伞。然而其销售情况并不乐观。有需求，却没市场。然而，2013 年的这个酷暑，实在是让很多日本男人都大呼顶不住。

从 2009 年就开设男士遮阳伞专柜的东急 HANDS 反映："今年，打电话来咨询有没有男士遮阳伞出售的顾客特别多。"该百货的售价 3990 日元的男士遮阳伞，在全国各分店的销售总额是去年的 134%，主要购买群是 40 多岁的男性。

日本高岛屋日本桥店也表示，"与往年不同的是，今年的男士遮阳伞柜台前，聚集了不少亲自来挑选的男性顾客"。而且，"制造男士遮阳伞的厂家也正在逐渐增多。跟去年相比，无论是设计还是功能都有很大提高。从前都是黑色和深蓝色为主，没有图案。但从 2013 年夏天开始，出现了斑马纹和千鸟格的设计。就连价格都上升至 5000 日元至 15000 日元不等"。

尽管如此，也还是有不少年轻的白领男士"有心无胆"。他们在乎的是日本女人的目光。那么，对于使用遮阳伞的男士，日本女人又是怎么看的呢？村上信哉先生的二女儿在接受采访时说："周末全家人一起在银座和日本桥散步，我老爸就打着把遮阳伞，但我没觉得有什么不好意思的。"记者问道："如果是你男朋友要打着遮阳伞跟你一起散步，又会怎么样呢？"她说："刚开始肯定会吓一跳，但这么热的天气，OK 啦。"

现在，就连日本环境省都在劝告男人们："如果打遮阳伞的话，因暑气而带来的不适感会减轻两成。"一家从 5 月就开始大批量开发、出售男士遮阳伞的"网购生活"公司，更是喊出了一个给力的口号——"让男人也打遮阳伞的时代来临吧"。

其实，男人们打遮阳伞的时代，在日本的历史上还真的来临过。据东京都中央区立京桥图书馆地域资料室的菅原健二先生介绍："江户时代的男'町人'间，就曾流行过打漂亮的遮阳伞，大家还特别喜欢攀比。为此，幕府为呼吁节俭，分别在宽延、文政、天保年间，三度发布'遮阳伞禁止令'。"

　　看来，日本"阳伞男"的出现，不仅是基于生活需要，还是一种日本潮流的复古和时代的逆袭。

人性与民情

60 年前，日本就宣称"一亿人口，一亿总中流"，属于橄榄型的社会结构。然而在过去的 40 多年间，日本经济经历了由停滞至衰退的过程。尽管如此，大多数日本人依旧对个人生活感到"底气十足"，且"知足"，就只是，他们的花钱方式都发生了变化。这不仅源于民族性格的底色，也离不开社会制度的保障。

成为"老铺"的三种武器

在经济持续低迷 20 年后，日本政府在 2013 年推出了强刺激的"安倍经济学"，犹如给虚弱的病人下了一剂猛药。日本经济因此再次进入激烈变化之中，市场竞争开始空前白热化。凋落的名门、勃发的新贵，日本企业都在思考：如何才能在激变中生存下来，并成为百年企业。最近，日本媒体就此对 30 多家百年老铺开展了大规模调查与分析。

日本家电业的象征松下公司马上就要迎来成立 100 周年。百年屹立不倒，还逐渐发展成为巨型企业，确实是非常了不起的成就。不过，这种百年老店虽然在世界上为数不多，但在日本却并不罕见。

日本百年企业的特征是，不仅追求利益还追求社会贡献。日本企业家们认为，一个公司如果不能兼具收益性与社会性，即使短暂繁荣最后也只能是昙花一现。企业在回报社会的同时，也从社会获取更多资源，公司要持续发展必须将内生动力与社会环境结合起来。

从日企的发展经验来看，能否生存50年以上与公司的社会性息息相关。创造更多就业机会、满足社会需要，只有完成了这些任务，企业才能得到消费者的稳定支持。日本首富柳井正创办的"优衣库"成立于1963年，至今整整50年。"优衣库"最新公布的财报显示，截至8月，公司2013年的销售额已突破了1万亿日元（约合人民币630亿元）。"优衣库"不仅是日本服装零售业的老大，而且在海外开设了760家分店，雇用了2万名员工。20世纪90年代，日本服装市场充斥着昂贵的高档服饰，低价高质的衣饰奇缺。"优衣库"想方设法提供平价休闲装，满足社会需要，也因此取得民众信任，才有了今天的成就。

顺应时代率先变革，是日本企业能否"长寿"的第二个决定因素。只有随时关注时势变化，并迅速采取果敢行动，才能抢得先机生存下去。日本丰田公司现在年销售额220641亿日元（约合人民币14341亿元），员工333498人。80年前，当时的"丰田制造所"刚发明日本第一台自动织布机，是拥有上万名员工、在日本独占鳌头的棉纺厂。但丰田喜一郎在考察欧美后，敏感意识到汽车时代即将到来。他毅然放弃欣欣向荣的棉纺厂，转而制造汽车。当时这一冒险举动让人觉得不可思议，而80年后丰田成了世界最大的汽车制造商。

日企生存百年的第三个秘诀是拥有坚定的核心理念。有些企业在发展初期，因为拥有天才式的领军人物而迅速突起，一旦这些灵魂人物离开，企业就开始走下坡路。所以，坚定的核心理念才能让企业长治久安。成立于1870年的三菱公司，在一百多年中起起落落、分分合合，但到现在仍是全球最具品牌价值的公司之一。三菱的标志最初是岩崎家族的标志"三段菱"和土佐藩主山内家族的标志"三柏菱"的结合，后来逐渐演变成今天的三菱标志。"三片菱"分别象征着集团的三个理念：努力实现社会贡献、保持不偏不倚的态度、立足于全球视野。正是依靠对三个核心理念的一贯坚持，由40多家公司构成的三菱集团不管由谁主导，都通过了各种时代考验，出现在世界每个角落，被评为日本最具"长寿力"的企业。

日媒的调查显示，不管风云如何变幻，百年企业基本都具备了以上特征中的一到两点，三点兼具的企业往往也是发展得最好的公司。不过，调查也遗憾地发现，最近20年，日本基本已很难看到百年企业的"后备军"。

清晨早起多赚钱

日本有句老少皆知的俗语，叫作"早晨起得早，多赚三文钱"。不知道是不是这句话所带来的"洗脑"作用，根据日本总务省的调查报告，日本人每天平均起床时间在清晨6点39分。

2012年4月，日本某饮料公司也曾做过一项相关调查，"完全早睡早起型"和"相对早睡早起型"的日本人分别占总体的27.6%左右，加在一起就等于是有半数以上的日本人都是"早睡早起型"。同时，在"晚睡晚起型"里面，也有50.9%的人希望在今后调整为"早睡早起型"。

就像"早晨起得早，多赚三文钱"一样，在近年来的日本社会，各行各业都开始在早晨的时间里挖掘商机，真的将早起和金钱、利益挂上了钩。

日本清晨的上班高峰在8点到8点30分，但是周一到周五的东京临海线品川站附近的大型超市里，却是每天7点就客流奔涌，人头攒动。前来购买商品的都是身穿西装手提公文包的上班族男女。他们一般是来这里购买早餐和中餐。一名20多岁的男白领说："在早晨9点前购买，有特殊的打折优惠，可以便宜5%。一个饭团子才93日元，比24小时便利店要便宜20～30日元，所以我喜欢在早晨来这里买。"

这家超市宣传科人员介绍说："来这里购物的顾客有六成是白领，四成是老年人。"所以自2012年6月1日起，超市就把营业时间由原来的9点提前到了7点。营业时间提前两小时后，平均每月销售额增长5%。

一直市场低迷的日本快餐产业也盯上了早晨的时间。比如日本国内店铺总数最多的牛肉饭连锁店SUKIYA，也从2012年5月开始强化早间菜单，以200日元的特价在早晨5点开始卖鸡蛋盖饭。据SUKIYA的经营总部相关人员说："自从早晨5点推出特别菜单的鸡蛋盖饭后，客人增多了1～2成，其中半数以上的客人都是来点鸡蛋盖饭的。"

2012年下旬，汉堡连锁店MOS BURGER也将部分店铺的营业时间从早晨9点提前到了六七点。全国共 1382 家连锁店里，有约 300 家变成 6 点开店，另有 20 家店铺从 7 点开店。MOS BURGER 的宣传人员称："从前我们公司一直努力提高晚间的客流量，但从整体趋势来看，早晨来店的客人越来越多，所以我们公司改变指导方向，开始努力在早晨多集结客人。"

快餐连锁店 royal host 的客人里，早晨开车送孩子上学的主妇和老年夫妇为多，于是自 2012 年 3 月开始，它们也推出早晨特别套餐。此后，客人总数增加了 5%，人均消费额增加了 3%。

不仅是超市和快餐店，就连健身馆也都推出了早间特别利用时间。在日本全国有 44 家分店的 Gold's Gym 从早晨 7 点开始就面向上班族营业。据 Gold's Gym 运营总部社长手冢荣司介绍说："尤其是大城市里的健身馆，有很多上班族都在早晨 7～8 点前来做 1 个小时运动，然后冲个凉再去公司上班。8 点过后就是老年人比较多了。"

东京的大众浴室——神田水屋江户游也将营业时间调整到了早晨 5 点。据该店店长介绍说："早晨有很多大学生和老年人喜欢绕着皇宫跑步、做晨练，所以经常是还没到 5 点，门外就排起了 20～30 人的长队。"

日本经济评论家福田俊之也分析称："日本社会不断向着老龄化发展，喜欢早起的老年人还会越来越多，也就是说，早间的客户群还会不断扩大。今后，日本人整体的生活方式都会向着早起型发展，这毫无疑问。Morning business 不会只短期性的流行，对于各种各样的企业来说，这里面还蕴藏着非常大的可能性。今后也会不断诞生出新的商机和业种。"

揭秘日本商家隐语

在日本旅游，除了尽览风土人情，遍尝琳琅小吃之外，置身当地语言环境中，感受异国的语言也是一大乐趣。日语吐字发音优美轻盈，时而清脆，时而厚重，时而连贯，时而跳脱，就算不明其意，仅是听一听也是种享受。

如今，到日本旅行的自由行游客，很多人都会一些日语。走进日本的景点、商场、饮食店等地方时，总会通过对方的语言接收到一些信息。需要注意的是，与中文的表意抒情相近，日语里也多用隐晦、含蓄的表达方法。当对方有事不明着说的时候，就只能自己去意会了。

在日语表达里，流行使用各种各样的隐语，只不过这些词句不是为了含蓄地表达或描写，而是某个拥有相同意识的群体的"内部语言"。它不同于暗号，没有很高的"记号特征"；它又不同于术语，最多算是群体内部限定的"语言游戏"。比如一个男人被朋友称作"怪兽猎人"，可千万不要沾沾自喜，以为自己有多威风。这绝对是因为昨晚聚会酒足饭饱后，他带了最像怪兽的女孩儿回家的缘故。

除了这种开人玩笑的话语之外，还有很多隐语是被日本商家专门造出来用来守密的。这里面就分两种情况了，一种是为了客人着想，编制善意的谎言；另一种就纯粹是用来遮羞了。比如日本很多饮食店都是开放厨房，在客人面前做料理。厨师如果要上厕所，要知会其他人却又不方便当着客人的面说时，他们就会使用隐语："我去打个电话。"

游客走进日本的景点、商店、饮食店等地方时，可千万不要上这些隐语的"当"，反而可以理解为员工的对话和店内的广播，十有八九都是隐语，不能听信。不过，如果能听出这些隐语代表的意思，也是很有乐趣的。下面就来介绍几种外国游客接触最多的隐语。

外国游客们下了飞机，基本上第一个目的地就是酒店，放下沉重的行李好轻松出游。可如果飞机晚点，无法在约定时间到达酒店，也无法电话联系时，酒店习惯叫你"No show"（有预约但没到场）。等你匆匆赶来时，你的称呼就变成了"Late show"（迟到）。相反如果你不约自来，会被酒店称为"幽灵"。很冤枉吧，只是没有预约就要被叫幽灵。

再来说说商场，进入日本的商场会听到很多不同的音乐和广播。其实每一首歌或每一句话都代表着另一个意思。比如下雨时，商场里会播放《Rhythm Of The Rain》（雨中的旋律），告诉那些在地下一层生鲜食品卖场的员工"赶紧打折把货都卖出去"。再比如听到广播里说"请从东京二番町来的伊藤先生到三楼服装卖场来，有要事相告"，真正的意思是"三楼服装卖场有人偷东西，呼叫保安员"的隐语。不知道有没有歪打正着过，叫去真正的伊藤先生。

最后来说说东京迪士尼乐园吧。这个乐园里的所有事情都是日本人关心的话题。

据一位主妇讲，有一次她带着一对两岁的孩子去排队，结果工作人员好心，带着她们从贵宾通道进去。到检票口时说了句"是 GOC"，就没有人拦了。后来网民展开了热议，说这也许就是迪士尼乐园员工的通行暗语。

这些暗语不仅每天被从业者挂在嘴边，还是日本网民们津津乐道的话题。不少人甚至分门别类，做出警察、自卫队等敏感机关的暗语集，在网上以此互相交流，过一把当兵的瘾。

其实，不仅是直接与顾客接触的行业和公司，日本的各行各业都存在着诸如此类的隐语。而且还有可能精确到部门不同，使用的隐语也不同。所以当员工入社时，隐语教育也是初期教育的重要一环。看来，要是到了银行或证券公司这样的地方去工作，那就要养成张嘴不说实话的"好习惯"了。

日本"农民工"如此转型

日本有一点与中国很不同，就是在每个大都市里面都看不见"农民工"独特的身影，常听到日本人满怀骄傲地说："在日本，没有城乡差别""日本现在的农民，个个都是有钱的富翁"，等等。来自日本厚生劳动省的资料表明，1955—1975 年，日本平均每年有 72.5 万的"农民工"进入城市，转入非农产业部门工作。这期间，"农民工"占就业总人数的 64%。当初，日本"农民工"进城以后，也是绝大多数从事建筑业，大部分从事制造业。统计表明，1971 年，东京横浜一带的"农民工"占全体劳动者的 47.4%，京阪神地带则占 15.8%。"农民工"中九成为男性，大多是没有成家的年轻人。

日本当初的"农民工"也面临着从工资到保险与城市工劳动条件不平等的问题，欠薪事件等经常发生，从事高速公路、隧道、水库建设的"农民工"还身染"尘肺症"等职业病，有的甚至因此死去。日本用 20 年的时间完成了"农民工"的转型，或者说是在 20 年的时间里化解了"农民工"。更进一步地说，就是"农民工"最终没有构成日本社会矛盾、社会动荡的问题点。那么，他们的具体做法是什么呢？

简单来说，首先是日本的户籍制度决定了"农民工"的移动自由。在日本，不存在所谓"城市户口"和"农村户口"问题。也没有户口本，只有所谓的"誊本"。一个人准备长期出行到外地的时候，只要把自己的"誊本"从当地政府登记迁出，再于14天之内到所到地政府登记即可。这种自由往来的户籍制度，没有地域差别，也就不存在地域限制。它在相当程度上促进了劳动力的流动，促进经济的发展。

其次，日本城市的住房制度也让"农民工"安定下来。在日本的城市里面，有公营住宅、住房公团等对中低收入家庭居住进行保障住房的制度。这种住宅中有的当初就是为了接收"农民工"而兴建的。

再次，日本采取的是全民保险制度，进城的"农民工"都要加入养老保险、医疗保险、工伤事故保险、雇佣保险等。这种一视同仁的保险制度，看起来是增加企业的负担，实际上确保了企业的劳动力来源，让企业不至于出现"劳工荒"。

然后，最为重要的应该是日本的教育制度。日本实施九年义务制教育，学龄儿童转迁之后，必须在3天内到当地教育委员会报到，然后安排入学。他们不存在借读问题，也不存在赞助入学问题，更不存在要回到当地参加高考的问题。

最后，对中小企业的政策支持也起了重要作用。日本的中小企业占企业总数的99.7%，就业人数占总就业人数的66.4%，他们创造的产值占GDP的5.4%，所以中小企业的就业问题一直是日本政府非常关心的问题。据说，美国中小企业的平均寿命是40年，日本中小企业的平均寿命是30年，中国中小企业的平均寿命是2.9年。在解决中小企业招工难的问题上，日本政府一方面是在法律政策方面给予支持，制定《中小企业基本法》《中小企业劳动保护法》等，从法律上确立中小企业的地位，指出他们不是需要扶助的"弱者"，而是让市场充满活力的必要元素；另一方面，日本政府在金融和财政政策上也给予支持，因为中小企业只有在资金上没有困难，才可能拥有劳动力。目前，日本有5家专门为中小企业提供服务的金融机构，包括中小企业金融公库、国民金融公库等；第三个方面，就是推出促进雇佣和培训政策。日本民间有许多团体从事人才培训工作。如中小企业政策审议会、中小企业事业团、商工会、中小企业协会等，它们为中小企业提供指导、诊断、人才培训等。

重要的在于，日本这些化解"农民工"的制度并不是在日本经济发达以后实施的，而是在日本经济起飞阶段就开始逐步实施。因此，说这些制度促进了日本经济的发展，应该是公允的。

"计划生育"与"鼓励生育"

众所周知，当前日本是典型的老龄化社会，面临着日益严重的人口老龄化、少子化、总人口减少等问题。回顾历史，日本的人口政策也是经过几次重大变革的，这其中既有旨在限制人口增长的"计划生育"政策，也有当前实施的"鼓励生育"政策。

"二战"期间，日本对周边国家展开疯狂侵略，战线延伸到中国、菲律宾、印尼、越南、泰国、缅甸、柬埔寨、老挝、新加坡、中国香港等国家和地区。为补充因战争造成的人口缺口，日本政府制定了鼓励生育的政策，鼓励早婚多生，并在贷款、就业、税收、物资供应、补贴、精神鼓励等方面制定了立体的激励措施。"二战"结束时日本人口已超过 7000 万。

1945 年"二战"结束后，在很多国家都出现了"婴儿潮"。日本也不例外，1947—1949 年的第一次的"婴儿潮"期间，日本年均出生 260 万～270 万人，1949 年，日本人口迅速增至 8177 万人。日本政府感到人口快速增长的压力，开始实施"限制生育"的政策，如放宽对人工流产的限制等，在此前的 1869 年，日本明治政府明确公布了禁止堕胎的政策。1952 年，日本厚生劳动省发布《受胎调节普及实施要领》，1954 年，成立日本家族计划联盟，实施非强制性的"计划生育"政策，避免生育过多的孩子。同时，女性口服避孕药等各种避孕措施更为普及。伴随着日本经济快速发展和人民生活水平的提高，日本人口于 1967 年突破 1 亿大关，日本先后强化了稳定人口规模的各项措施。日本家族计划联盟的会长先后获得日本"一等瑞宝章"勋章以及联合国人口奖。

1990 年前后，日本生育率急剧下降，人们开始关注人口下降的问题。尽管日本政府着手制定了各种鼓励生育的政策，但直至今日，也没有能够有效改善日本人口下降的趋势。早在 1995 年，日本政府就完善了育儿休业制度，保障女性在生育前后可以获得足够的假期保障。2003 年，日本正式设立了负责"少子化"问题的国务大臣。2003年，日本通过《少子化社会对策基本法》，旨在明确政府和地方机构职责，为生育孩子提供安定的环境。至今，日本不断推出各种鼓励生育的政策，当年内阁少子化担当大臣小渊优子就在任职期间生了两个孩子，"身体力行"地倡导生育。

遗憾的是，当前日本总人口下降的趋势没有得到有效抑制，2012 年，日本总人口减少近 22 万。日本国土交通省预测，如果人口按目前势头继续减少的话，到 2050 年，日本人口将降至 9515 万人。更有日本网民大胆预测："到 3000 年，日本将只剩下 1189 人，当年将只有 8 个新生儿。到 3122 年，将不会有新生儿出生，到 3222 年，日本人口将减少至零。"

人口下降已经给日本社会带来多方面的冲击。美国《财富》杂志指出，"安倍经济学"需要解决其一直减少的劳动力。人口减少影响经济增长，经济问题反过来影响人口增长。日本和中国国情差异巨大，但其在人口政策方面的经验和教训仍然是值得中国参考的。

中产阶级的底气在哪里

2013 年年底，《日本经济新闻》的最新调查结果显示，依旧有约 80% 的日本人认定自己是中产阶级，但其中的 40% 将自己定义为"中偏下"。另有 66% 的被采访者表示，在最近 5 年间，自身所属的社会阶层并没有发生变化。

众所周知，20 世纪 60 年代，日本就曾讴歌过自己是"一亿人口，一亿总中流"，属于橄榄型的社会结构。然而在过去的 40 多年间，日本经历了经济由停滞至衰退的过程。尽管如此，依旧有大多数日本人对自己的个人经济情况感到"底气十足"，且"知足"，就只是，他们的花钱方式都发生了变化。

今年刚刚 30 岁的新明智，是东京一家 IT 企业的董事，可谓同龄人中的翘楚。他天天乘电车上下班，喜欢买优衣库、GAP 等大众休闲品牌，拒绝考驾照，也不肯买私家车。他说："不管是电车还是私家车，不一样都是交通工具吗？为什么会有人想开高级跑车，我搞不懂。"

在如今的日本，像新明智这样的年轻人很多。通过日本总务省实施的"全国消费实态调查"结果就可以看出，1999 年，在未满 30 岁的单身男白领中，私家车的普及率是 63.1%。而到了 2009 年，在未满 30 岁的单身男白领中，私家车的普及率降至 49.6%。

是因为日本年轻人收入少，没钱花吗？其实不然。据日本总务省 2013 年的调查结果，日本未满 30 岁的有固定工作的单身男女，平均每月可自由使用的金额为 21 万日元以上，男性比 10 年前减少了 1 万日元，女性则比 10 年前增多了 2 万日元。但这些本应引领消费市场的日本年轻人，如今却集体失去了购物兴趣，变得和新明智一样，不再追求房、车、牌子，成了日媒口中的"低燃料"人群以及"草食消费者"。

他们都把钱花到哪里去了？日本电通总研通过大量的数据调查分析，在 2013 年 3 月给出了这样一个结论，日本 15～29 岁的年轻人，是把手里的钱全部化为"兴趣费"和"交际费"，收集动漫模型，和朋友频繁聚会，建立自己的小圈子，外出旅游等。至于衣物、生活用品等，则大部分靠货比三家的网购。

那么，日本的中年人又如何呢？据日本厚生劳动省的"薪金构造基本统计调查"结果显示，日本平均年收入最高的，就是 40 岁以上人群。然而这一人群的主要投资对象，是子女的教育。

从日本政策金融公库的调查报告获悉，自孩子进入中学后，一个日本家庭平均每年要支出的教育费用在 1912000 日元左右，占年收入的 38.6%。这么高昂的教育费用如何保障呢？有六成的受访家庭回答，靠"节省教育费以外的开支"。其中，选择"节省旅行、业余娱乐费用"的家庭最多，其次是"节省购买服装的费用"和"节省伙食费"。

日本的小学生，一般是从四年级就开始上补习班。虽然有的家长会觉得孩子太小，没有必要。但是孩子在看到同学们、玩伴儿们都开始去补习班后，就会自己主动提出要去。再有，看到班级里的大部分孩子都上补习班，而自己的孩子没有去，做家长的面子也挂不住。女儿正在读小学六年级的宇野浩一郎家就是如此。

宇野的女儿在上小学四年级那年，磨着家里要进补习班。宇野的妻子耐不住女儿磨，就想反正四年级学生的补习费也不贵，就送她去了。结果，随着学年的增长，补习班的花样越来越多。什么模拟考试、寒暑假集中补习等，费用是一个劲儿的上涨。到了小学六年级，每年只是为女儿交补习班费，就需要 100 万日元以上。作为一个普通的中年上班族，宇野浩一郎的收入再怎么增长，也跟不上学费的上涨。面对想打退堂鼓的宇野一家，补习班的老师说了："这不就是半途而废吗？会让你女儿之前的那些教育投资都打水漂的。""总之，这是上了'贼船'了。"宇野的妻子说。

只是养个小学生就如此困难，更不要说大学生了。居住在东京丰岛区，经营二手书店的田代一家透露，小儿子从小学到大学读的都是日本私立学校。光是学费，也至少投入了3750万日元。其中，小学6年是950万日元，中学3年是500万日元，高中3年约350万日元，大学4年又拿出了650万日元。在大二那年，学校还安排儿子去了一年国外做交换留学生，为此，全家又另准备了1300万日元。没办法啊，在"全球化"的眼下，儿子要是英语不好，毕业后就不能进大企业。

日本金融专家畠山雅子也称："教育投资已经把日本的很多家庭都逼成了慢性'困难户'。"

由于学费的增长速度远远超出了普通家庭收入的增长速度，中年父母们不得不节衣缩食。就是大学生，零花钱也在缩水。在过去的10年间，日本大学生一个月的零花钱由90450日元，降低到了69780日元。租房后半年间购置家电、家具等耐久性用品的支出，也由60600万日元减少到17000日元。另据东京大学综合教育研究中心教授小林雅之介绍："有不少日本大学生的学费，也由从前的由父母支付，变成了父母和大学生本人共同负担。所以，现在就连大学生中间也出现了贫富差距。"

日本年轻人倾向于有钱不爱花，中年人是有钱投教育，老年人的情况又如何呢？事实上，日本最为富裕的，就要属老年人了。

目前，日本的个人金融资金总和在1500兆日元左右。其中，占六成的900兆日元都掌握在60岁以上的老年人手中。再加上日本的养老金制度比较健全，因此，日本老年人过世后，平均每人留下的现金在3000万日元以上。真是钱在银行，人在天堂。

尽管日本老年人手头阔绰，但其花钱的方式，却主要体现在医疗费方面。日本一年的国民医疗费总额为37兆4202亿日元左右，其中，有近六成都来自65岁以上的老年人，平均每名老年人每年至少要支出医疗费702700日元以上。

如何能让老年人"睡"在银行里的储蓄流入市场，刺激消费，就成为日本政府和日本商界的共同课题。三得利推出了符合健康标准的老年人威士忌，Mi-Look手机拥有GPS卫星定位、老人活动记录器、紧急感应绳等多项智能设备。丘比公司推出了老年人更易嚼的"温和菜谱"系列袋装熟食，大型连锁游戏厅除为老人提供毛毯、开设专门的游戏讲座外，还特别推出"怀旧游戏"以满足老年人的需求。连锁便利店、干洗店、快餐店等也都推出了为老人送货上门、取货上门服务……真是在"银发经济"战略上下了不少功夫。

但是经日本厚生劳动省调查获悉，老年人最优先使用金钱的地方，除自身的医疗保健外，就是孙子、孙女。看来，要想让日本老年人心甘情愿地变"死钱"为"活钱"，就只有打"亲情牌"了。为此，2013 年 4 月，日本政府又推出一个有时限的政策。如果老年人能在生前一次性地将 1500 万日元赠予孙子、孙女做"教育资金"，就可免交这部分的遗产税。该优惠政策将截止到 2015 年 12 月。这一笔笔"教育资金"会为日本经济带来何种效果，目前我们还不得而知。

我们所知道的，就是日本自民党政权自上台以来，连续给日本经济下了三剂"猛药"，期待其能重新崛起，尤其是在这后半年。但目前的结果却是让日本国民们大呼吃不消。

干松鱼薄片价格在最近上调了 10%～20%，煎炒芝麻等芝麻产品价格上调了 5%～15%，面包涨价 2%～7%，黄油每公斤涨价 15～20 日元，家庭用面粉涨价 2%～7%，普利玛火腿株式会社也将价格上调了 7%～13%，蛋黄酱也提价 2%～9%，富强面包粉每 25 公斤涨价 145 日元等，这哪一个不是与人们日常生活息息相关的？

东京新宿区的纯手工制面包店店长宫腰进更是为难地表示："我们已经收到批发公司寄来的信函，说是情况严峻，面包粉不得不涨价。在我的记忆里，这么多原材料一起涨价的情况还真是没有过。国家明年还可能提高消费税率，到那个时候，店里的面包也不得不涨价了。真是很难应对啊。"

一家位于东京涉谷的盒饭店，其销售的盒饭内容是米饭、酱汤和每日变化的配菜，价格为 500 日元。每到午饭时间，周边许多公司职员都来这里买盒饭，生意很好。但是，在最近两个月，店里使用的油涨了 10%，原材料也将上涨 15%～20%。就在前几日，供货方还刚下了通知，塑料饭盒的价格要上调 10%，真无异于雪上加霜。

店主说："500 日元的价格，是一个让人容易购买的价格，如果涨价，可能客人就不会买了。我们也想坚持走低价路线，但是今后能做到什么地步，心里真是没谱啊。"

日本综合研究所研究员小方尚子也在采访中表示："最近半年来，涨价浪潮已经涉及人们生活的方方面面。对于生活品相关产业来说，企业在努力消化原材料涨价部分，但继续涨下去，大部分企业会扛不住而不得不涨价。进入夏季后，涨价会扩展到各类产品，民众生活将不堪重负。"她进一步分析称："到了年末发奖金时，民众收入能涨多少还是个未知数。但在年末之前，薪酬未涨而物价先涨，民众生活负担增加显而易见。对于已经习惯通缩的日本民众来说，无异于当头一棒。"

与乌鸦坚决斗争

东京的乌鸦已经不是成队成群那种"有限公司"的阵容了，正在呈"批量型"增长趋势，构成"集团公司"的方式。究其原因，大致可以分为这样几个方面。第一，植树绿化的结果。日本在20世纪六七十年代大搞植树绿化，尤其珍视和爱护自然界的各种动物。几十年过去了，效果非常明显，鸟的种类和数量都有所增加，乌鸦的数量当然也同步增长。第二，城市改革垃圾处理方式的结果。1994年，东京都政府在城市垃圾处理上开始推行一项新的措施，用以碳酸钙为原料的可燃性垃圾袋，来取代以往的黑色塑料袋，因为前者有利于环境保护。后来，发现乌鸦的数量急剧增多，就是因为以碳酸钙为原料的袋子呈半透明状态，看得见里面的垃圾内容，乌鸦以垃圾袋里的生鲜垃圾为食物而不断繁殖。第三，饮食结构改变的结果。据日本动物专家研究，现在，乌鸦的脑容积比30年前增加了一倍，智商提高了很多，这主要跟日本人的饮食水平大大提高有关——食物中的蛋白质和脂肪成分增加，乌鸦吃了这些有丰富营养的垃圾，聪明程度和繁殖速度都跟着提高了！

任何动物，多则成灾。乌鸦在日本因为数量过多而渐渐成为城市里面的"犯罪者"。公寓的阳台成了乌鸦的嬉戏玩耍之地，许多人家不敢在阳台上晾衣服；乌鸦啄破垃圾袋，寻食找吃，把垃圾搞得满大街都是，从而影响市容卫生与景观；衣着鲜亮的女士刚出门，就被从天而降的乌鸦粪弄脏了衣服。乌鸦的"横行"还导致黄莺、燕子等益鸟日趋销声匿迹。我听一位朋友说，在东京上野公园的喷水池边，经常可以看见大群的鸽子，时飞时落，但那里的鸽群都是灰鸽子，而没有白鸽。他说："这都是乌鸦干的。灰鸽子被认为是同类，所以存活了下来，而白鸽就被乌鸦消灭了！"

日本的电视还播放过这样的新闻画面：树上有一个乌鸦窝，窝里的小乌鸦们正在抢着吃妈妈带来的食物，树荫下一个妇女走过，老乌鸦警觉起来，突然俯冲下来，把妇女的头啄得鲜血淋漓，不得不到医院进行缝合治疗。据说哺乳期的乌鸦戒备心极强，所以日本各地经常发生乌鸦骚扰行人的并非刑事的流血事件。

如今，乌鸦也正在成为某些疾病的传染源。2009年3月，分别在京都府丹波町和相邻的园部町发现两只死乌鸦，经日本动物卫生研究所检查确认，它们感染的禽流感病毒为 H5 型。农林水产省官员说，这与 2 月暴发疫情的养鸡场的病毒是同一类型。

据说，日本东京都内唯有迪士尼乐园附近没有乌鸦。研究者认为迪士尼乐园发出的光波让乌鸦无法接受，于是乌鸦远离了这里。受此启发，有人提出在每个垃圾站附近悬挂一张废旧 DVD 光盘，用光盘上闪烁出来的光泽"驱赶"乌鸦。但是，此举很快被聪明的乌鸦识破，出现了"光盘闪闪亮，乌鸦照旧来"的风景。因此，这种悬挂光盘的做法并没能坚持多久。日本的有关部门也开动脑筋想办法，比如，为每个垃圾站配备一张像渔网一样的大垃圾网，将垃圾盖住，让乌鸦无法刨扒。但是，聪明的乌鸦很快就变得会钻网了。有的地区专门规定堆放垃圾的时间，只有在垃圾车到来前半小时才可以倒垃圾，但这又增加了居民的负担，也没能够从根本上解决乌鸦问题。东京都政府在 2001 年曾经提出"新战略"，将乌鸦捕捉后放到代代木公园、井之头公园、小金井公园等都立公园以及上野动物园内圈养起来，直到其老死。结果是从 2001 年12 月到 2002 年 3 月，共捕捉到 4200 只，一下子就把东京都拨款的 8000 万日元预算用光了！有人计算了一下，处理一只乌鸦需要耗资 1.5 万日元！而统计数字表明，东京的乌鸦有 3.7 万只以上——这种"捕捉战略"显然是杯水车薪！

后来，东京都政府的环境局自然环境部计划科内还成立了一个由 18 个人组成的"乌鸦对策"办公室，到东京都内的御徒町、上野公园、明治神宫等地开展调查，开设了"乌鸦对策工程网站"，征求居民的建议，陆续推出"捕捉战略""拆巢战略""断食战略""减少垃圾战略"等。更具体地说，东京居民们还有这样一些建议，每次使用双重垃圾袋，在收集垃圾车到来的 30 分钟前的时候把垃圾拿出去；把垃圾装在类似水桶的容器里面；在垃圾袋外面套上网眼袋；各家用户安置垃圾箱；安置折叠网式垃圾箱；设置小区的共同垃圾箱；把垃圾场周围用三合板围起来，让乌鸦看不见垃圾；在垃圾场周围放置辣椒和铁夹子，或者安装具有超音波、高周波的装置；做成鸟形塑料板，悬挂在垃圾场附近，依靠其反光恐吓乌鸦；在 3 米长左右的竹竿上拴铃铛，在乌鸦靠近的时候让它发出响声，从而驱赶乌鸦。现在，东京都三鹰市还实行夜间收集垃圾、入户收集垃圾等举措。

从效果上看，日本东京都政府的"乌鸦对策"已经获得了初步的成效。根据测算，东京都近年来的乌鸦已经减少了大约 1100 只。东京都府通过科学的计算得出的结论是，东京都内乌鸦生栖的适宜数应为 7000 只左右，但目前的实际数量整整是这一适宜数的 5 倍。这样说来，东京都"攻治"乌鸦，任重而道远啊！

如何提高公务员服务质量

众所周知，在餐饮服务等行业，日本的服务态度非常好。在政府提供服务方面，日本也拿出许多具体措施，在窗口为市民提供很好的服务。如对新入职公务员进行礼仪培训，发行《公务员的要求·窗口服务——这样就能顺利》《公务员窗口·电话服务手册——为了提高居民满意度》等出版物，供公务员学习执行；与市民进行双向互动，市民的批评改进意见得到迅速执行。

日本社会在各个领域都有较强的服务意识，政府也不例外。虽然不同地区、不同部门对公务员的要求有所不同，但大多数在窗口提供服务的公务员都要求穿制服、佩戴印有自己名字的胸牌。如冲绳县政府网站的市民意见栏目中，就有市民提出："包括临时工在内的所有职员中，有一些人没有佩戴职员胸卡。希望能让所有职员都佩戴。"政府在 2013 年 4 月 15 日的回复内容如下："感谢您的宝贵意见。本县政府要求所有职员在上班期间要佩戴胸牌，以督促其负责、自觉地提供更好的服务。今年 2 月，我们又重新下发了通知。我们今后将继续努力，让所有职员防止出现招致市民不满的行为。"

日本对公务员窗口服务暂时并没有强制性的全国标准，但有一些被普遍认可和推行的行为准则。日本 2012 年专门出版过《公务员的要求·窗口服务——这样就能顺利》，集中介绍了公务员在窗口对市民提供服务时需要注意的事项，如绝对禁止使用的语言、态度等。2013 年，又有一本《公务员窗口·电话服务手册——为了提高居民满意度》面世，该书共有 6 章，分别为"窗口服务的基本要点""切莫以官府自居：打动对方的服务技巧""提高居民满意度：对顾客的关心""无法满足对方要求时的拒绝方法""亲切地回答咨询：接电话的礼仪""合适地传达信息：打电话的礼仪"，对公务员的服务标准进行了详细阐述。

除态度以外，服务质量还体现在办事效率上。日本的区政府、市政府都设有办事大厅，结婚、生育、搬家、年金、医保等几乎所有手续都可打包办理。在东京，从一个区搬家到另一个区时，需要进行户籍登记，涉及年金、儿童补贴、医保、中小学转学、养犬登记等，这些所有手续基本在半个小时左右就可办完。与政府部门的窗口服务态度和办事效率相一致的，还包括国立公立机构，如图书馆、档案馆、科技馆、文化馆等。

只要政府提供了优质服务，就不怕民众"挑刺"，要建设不怕批判的政府。政府被放在聚光灯下，接受民众的评判和"挑刺"，应成为常态。日本热播电视剧《半泽直树》中，政府被置于"恶"的立场，是主人公半泽直树不断斗争、对抗的对象，这也反映了民众对政府的批判态度。美国政府关门事件中，美国媒体和民众对政府进行了集中批判，如很多脱口秀节目炮轰政府："政府才关门吗？我以为一直都没开门！"以此来讽刺政府在日常事务中没有提供很好的服务。

"公交卡"凸现的人性化服务

日本公交卡起步较早，目前在不同地区存在多种公共交通卡，如 JR 东日本的 Suica 卡发行约 4000 万张，早在 1999 年就开始使用。株式会社 PASMO 发行的 PASMO 卡发行约 1700 万张，于 2007 年开始提供服务。此外，在北海道有 Kitaca 卡，名古屋等地区有 TOICA 卡（发行 126 万张）和 manaca 卡（发行 221 万张），大阪等地则有 ICOCA 卡，冈山县则发行 PiTaPa 卡（发行 230 万张），九州等地发行了 SUGOCA 卡（发行 78 万张），西日本铁道在福冈等地发行 nimoca 卡（发行 200 万张）。之所以有这么大的发行量，是因为这些公交卡具备方便快捷、功能强大等特点。

日本公交卡的办卡、充值、退卡都很方便快捷。在各地铁站几乎都可以很容易办理公交卡，既可以通过人工窗口办理，也可以通过自动售票机办理。办卡押金为 500 日元（约合人民币 30 元）。在几乎所有车站的网点都可办理退卡业务，退卡时 500 日元押金将全额退回，卡内余额高于 210 日元（约合人民币 13 元）时，需要扣除 210 日元的手续费；余额低于 210 日元时，所有余额将被作为手续费扣除，只返回公交卡的 500 日元押金。所以很多乘客在退卡时会尽可能把卡内余额花掉，这样就可以不被收取任何退卡手续费。

　　Suica、PASMO 的适用地域范围很广。东京附近几乎所有的地铁、公共汽车、电车均可使用 Suica，东京地区外，在仙台、新潟、北海道、东海、西日本、九州等很多地方用 Suica 也可畅通无阻。2013 年 3 月起，主要适用在东京周围的 PASMO 也与北海道、福冈等地的公交卡实现了互通互用，极大拓展了其适用范围。

　　日本公交卡功能丰富，可以作为月票、学生票使用。日本公共交通票价较高，东京地铁起步价为 160 日元（约合人民币 10 元），上班族通常选择比较划算的月票。日本地铁月票通常分为 1 个月、3 个月、6 个月三种，时间越长折扣越大。这种月票以及打折的学生票可以植入 Suica、PASMO 中，与其公交卡的功能并行不悖。日本公交卡还作为电子货币广为使用。这些公交卡的充值金额除了用于乘坐地铁和巴士以外，还可以作为电子货币在商店或自动售货机购买商品。PASMO 等公交卡还有非常完善的积分激励措施。

　　还有一些公交卡也可与手机绑定。2006 年，Suica 就推出了"手机 Suica"服务，现在已有超过 300 万的用户。只要在手机上下载 Suica 的软件并注册为会员，就可以使用。现在，很多人坐地铁不是"刷卡"，而直接"刷手机"。

　　几乎所有的公交卡都可以查询使用明细，如几点几分从哪个车站进站，几点几分从哪个车站出站，花费多少日元。这种服务方便乘客查询明细的同时，也留下许多隐患，如个人资料的泄露等。2012 年，东京地铁饭田桥站的工作人员就将一名女性的 PASMO 的费用详单发到"2ch"网站上，这名工作人员后来被解雇了。

拾金不昧不是学雷锋

　　东京获得 2020 年奥运会举办权，日本著名美女主播泷川雅美可谓功不可没。作为东京申奥大使，她美艳的形象和精彩的演讲在国际奥委会大会上引发极大关注，让东京得分不少。但随后日本各电视台播放的演讲内容中，她的一段话却被有意地隐去了。

　　"如果大家在东京丢了什么东西，基本都能找回来，即使是现金。实际上，去年民众捡到后向东京警方上交的现金超过 3000 万美元。"泷川雅美在演讲中曾有过这么一段陈述。

3000 万美元相当于 30 亿日元，仅东京就有这么多，简直让人不可置信。难道东京就景气成这个样子，1 年仅遗失的现金就超过 30 亿日元？还是东京人太粗心大意，能掉这么多钱？

"确实，东京警视厅去年 1 年的遗失物登记情况显示，大约有 298000 万的现金被民众作为捡到的遗失物上交警方。"东京警视厅的相关负责人说。这么看来，泷川雅美说的和事实没有太大出入，为什么这段陈述会被隐去呢？

"但还有一个情况是，民众在警方登记的遗失现金约为 811200 万日元。"警方负责人解释。也就是说，还有 65% 的遗失现金最后不知去向，所以泷川雅美说的"基本能找回来"言过其实了。

其实，对于东京警视厅的这组相关数据，不少日本人也很吃惊。他们一直认为，日本社会风气良好，特别是在拾金不昧上，应该是世界的佼佼者，遗失物的返还率为什么会这么低。

这种想法如果放在多年前，一点儿都没有错。日本人的拾金不昧在法律的严格约束下，已经形成传统。早在 18 世纪，日本就出台了交出遗失物品的规定。1773 年，两个政府工作人员把别人放错地方的衣服私吞，竟然被判了死刑。

1899 年，日本制定了《丢失物品法》，至今已有 114 年历史。该法规定，在日本任何人捡到物品没有上交，都会被认定犯有盗窃罪，而失物如果最后回到主人手中，拾金不昧者可以获得相当于丢失物品价值 10% 的奖励。

为了应对拾金不昧，日本还在各处设有专门的失物管理中心。但有关部门渐渐发现，丢东西的"马大哈"们，大部分都不会来认领。结果，大量失物找不到失主，管理中心的保管成本越来越高，不堪重负。2006 年，日本政府对《丢失物品法》进行修订，把必须保管丢失物品的时间，从 6 个月缩短到 3 个月，并允许警方出售类似雨伞等不值钱的物品，以补偿保管费用。

保管 3 个月后，如果失物仍然无人认领，失物管理中心就会把这些东西还给上交的人。很多被返还的物品，上交者都派不上用场，还要想办法处理。如果是现金，对于一板一眼的日本人来说，用起来总觉得心里怪怪的。这么折腾来折腾去，导致不少

とんこつしぼり
満洲屋が一番
創業 昭和28年

久留米とんこつしぼり
満洲屋が一番
創業 昭和28年

創業昭和28年
ラーメン

とんこつラーメン発祥の地 久留米

営業中

TV 日本一 餃子

ラーメン ギョーザ

创建于昭和二十八年(1953 年)
的拉面"老铺"

店主亲自上阵
手工制作刀具的商店，
保存。这是一家专门卖
日本人很讲究手工艺的

クリック なか見！検索

公務員の
窓口・電話応対
ハンドブック

関根健夫
鈴鹿絹代 著

「住民満足度」を高めるために！

《窗口服务·电
话对应手册》是
日本对公务员工
作的具体规范

"公交卡"使用
或办理的场景

乌鸦成灾

东京根津美术馆
院内的静思菩萨

明治神宫入口处的供奉架，上面摆放的是日本各地酿酒商奉上的美酒

从山王日枝神社看现代的高楼大厦

日本人在明治神宫奉纳仪式上载歌载舞，激情奉献

神佛在上，可救世间疾苦。日本人对心中的佛崇敬备至

日本神社正殿门口悬挂的草绳，据说这东西可以把神界与鬼界隔开。草绳大小不等，很小的神社门前也会悬挂一根简单的草绳，这是日本人的信仰

日本人的精致生活从他们屋内的摆设可见一斑。这是一架花车摆设，车上装饰的是依据日本传统花道设计的插花

这个神轿虽然不算大，却集中体现了町内百姓的信仰，大家抬着神轿兴高采烈地参加庆典活动，连孩子都坐上了父母的肩头

捡到东西的日本人产生了怕麻烦的心理，甚至出现了看到遗失物不捡的怪象。

此外，即使失物最后到了失主手中，10%的拾金不昧奖励也很难落实。现金还简单一点。而遗失物品估值困难而且手续烦琐，很多拾金不昧者花精力、耗工夫，最后什么都拿不到，积极性自然大打折扣。

看来，日本人也不都是活雷锋。不敢将他人之物收入囊中，可能主要还是因为严格的法律规定。但如果没有适应形势的配套措施，遗失物品将成为烫手山芋，日本民众或许还可以有另一种选择——不捡。

天气预报的人性化

日本天气预报的基本要素主要包括天气、气温、降水概率等部分，更细致一点的预报则包括穿衣指数、洗衣指数、洗车指数、带伞指数、体感温度指数等。但日本天气预报的人性化还是在很多方面表现了出来。

首先，天气预报非常精确和具体，最普通的天气预报也精确到3个小时，朝日新闻网站提供的天气预报分别具体到0时、3时、6时、9时、12时、15时、18时、21时，这样一来，民众就可以更方便地为次日工作、生活做好准备，起码可以基本预知上午、下午、晚上3个时间段的天气并做好准备。更有一些新的手机客户端软件可以精确到具体位置，时间则可精确到10分钟。

其次，细节体现天气预报的人性化。日本天气预报的次日气温预测不仅有最高温度和最低温度的数值，还会加括号标注当日会升高几摄氏度或降低几摄氏度。如东京明日气温预报结果为最高气温31（+3）℃，最低气温25（+2）℃，民众不用思考太多，就知道明天会比今天热两三摄氏度，对明天的气温有一个非常清晰的认识。而在盛夏时期，多数媒体的天气预报都会有中暑指数，提醒民众注意降温防暑。如NHK晚间天气预报的预防中暑信息预报还用了脸红流汗的卡通人物来形象地说明中暑指数的高低。

与地震一样，日本天气预报发布及时，尤其是将出现雷电、暴雨、台风等恶劣天气时，信息会通过电视屏幕、收音机、手机等方式在第一时间传递给市民。由于体制的不同，日本没有专门的地震局，所以日本的地震信息播报也是气象部门的工作。也许正是由于日本多地震、台风等恶劣天气的缘故，日本的天气预报与地震预报一样，能做到细致和尽可能的准确，并且能够从民众的角度出发提供信息，而不是从自己的角度出发。

日本的大城市同样存在热岛效应。同时，体感温度受温度、湿度、风速的影响很难准确预报，所以日本的一些天气预报不会给出体感温度指数。但欧洲很多国家在天气预报中都会明确预报体感温度，所以有不少日本人呼吁应提供体感温度的预报。不过，当前日本已经出现了一些软件，可以较为精确地计算出次日的体感温度。

天气预报也是体制的体现，日本的天气预报没有城市的特殊化：首都东京并不会在城市序列中被特意排在首位，更不会报两次。曾有到过中国的日本朋友很不理解地问我：中央电视台每晚新闻联播后的天气预报中，北京的天气预报为什么要报两次？

菜市稳定&果蔬"实名制"

日本曾经有"菜市"的说法，政府重视"菜市"的程度一点儿不亚于"房市"和"股市"，因为日本人不可一日无菜。日本农学博士古谷正先生说："日本人平均每人每天消费蔬菜 300 克，比起美国人平均每人每天消费蔬菜 90 克要高出许多，但比起韩国人平均每人每天消费蔬菜 400 克又要少一些。"从蔬菜的流通量来看，1964 年东京奥林匹克运动会前后，日本各大城市的蔬菜供应还依靠周围城乡结合部的农村来供应。到了 20 世纪 80 年代，伴随着都市化的推进，蔬菜流通开始呈现出从偏远农村到城市中心、从外国进口到日本的两大趋势。目前，日本主要从中国和台湾地区、美国、新西兰、泰国、墨西哥、韩国等进口蔬菜，其进口蔬菜量约占日本蔬菜消费量的 17%。由于供应地区的变化，地理上的距离加长了，运输费用就会增加；由于土地使用化肥，种植蔬菜的成本增加了；由于农村劳动力大量拥向城市，收割蔬菜的时候农户就不得不雇用人手，这样，人力资本也增加了。批发商为了确保蔬菜到手，往往给出一个高价，然后批发商脱手的时候还要收取 8.5%的手续费。所有这些，最后都要在蔬菜的"高价"上表现出来。日本为了控制蔬菜价格的上涨，也采取了许多办法。其中最主要的方法就是一方面推进蔬菜产地"大型化"，另一方面推进超市密集化。据统计，现在日本人54%是在食品超市购买蔬菜，23%在街头小卖店等购买蔬菜。

东京农业大学副教授川井良一则认为："之所以能够保证市场蔬菜价格没有大起大落，与日本为稳定蔬菜价格的立法有关。"早在1966年，日本就出台了《蔬菜生产上市安定法》，其目的是建立蔬菜的集中产地和稳定价格，这项法律主要由3个指定制度来组成：其一是指定生产蔬菜。主要有萝卜、胡萝卜、芋头、白菜、甘蓝、菠菜、葱、洋葱、茄子、番茄、黄瓜、甜椒、生菜和马铃薯14种蔬菜。其二是指定蔬菜消费地区。将人口明显集中的大城市及周围地区指定为消费地区。其三是指定蔬菜产地。为了做到均衡上市，由农业大臣将一些蔬菜集中产区定为指定产地。这项法律的实施使指定消费地区的指定蔬菜的价格明显下降，现在日本共有1216个指定蔬菜产地，其蔬菜的上市量约占蔬菜总上市量的一半以上，并以这些指定产地为中心形成了各种各样的蔬菜产地，这些产地与大中城市为中心的指定消费地区相结合，对保证大中城市的蔬菜均衡供应、稳定价格发挥了重要作用。

价格稳定并非菜市的唯一需求，2011年东京电力公司福岛第一核电站事故（"3·11大地震"所致）发生后，日本的主妇们在超市购物时往往兜来转去，生怕选到的肉蛋蔬果里有放射性物质。为了打消消费者的顾虑，也为了振兴当地的农业，日本1都16县的农业组合自主推出了"看得到（生产者的）脸的食品"安全对策，实行农产品"实名制"贩卖。除了原有的对食品的残留农药检查，他们还在产品的生产、流通、销售等各环节增添了放射性物质检查，并且记录幼苗的来处、栽培农作物的土壤情况等，将结果公布在官方网站和手机网站上，向农户和消费者双公开，所有有关产地土壤、产品特征以及农户的资料、照片等都能查到。只有通过这一环环"审查"的蔬菜、水果，才有资格获得"身份证"，成为有身份的放心食品。

这一做法受到了日本消费者的一致欢迎，其他地方城市的农业、畜牧业和渔业组合接连仿效，都开始按照"看得到（生产者的）脸的食品"的标准来要求自己，实行农副产品"实名制"。比如，兵库县宝塚市的"西谷亲密接触梦市场"里，每天开业一小时前，农户们就带着清晨刚摘下的新鲜蔬果来"交货"，每根萝卜、每个苹果都是"带证上岗"。很多老顾客甚至会跟店员指名购买，"帮我拿个丰岛孝一西红柿，丰岛的好吃啊"。……在日本，很多食品生产商都把食品安全看成是企业的生命，很多饭店、食品加工企业都是主动要求进行日常性的食品安全检查的。

如果居家附近没有这样的超市怎么办呢？很多日本主妇会选择网上购物，看看那些食品产地的土壤检查结果如何，看看那些农民老伯的照片是否"顺眼"后，再决定要不要买。

值得一提的是，在日本，这些有"身份证"的食品并不是有身份的人的特供。它们的售价与没有"身份证"的几乎相同。这，应该就是日本农林水产业的操守与底气了。

从安倍晋三扫墓看日本人的另一面

行走在日本，时常可以看到一道特殊的风景。那就是无论城市还是乡村，很多密集的居住区乃至鳞次栉比的楼房边上都会有一片墓地。墓地里树立着大大小小不同石材的墓碑，有的墓碑前摆放着盛开的菊花，有的摆放着主人生前喜欢喝的清酒，有的点燃着一支香烟……显然，日本人是常回祖坟说"悄悄话"的。这里，没有中国墓地看起来的那种偏远、荒凉、孤寂，有的是一种与生者息息相关的紧密共存，还有就是红尘世间难得的那种静谧……

说起来，日本人拜祖坟与中国人是有所不同的。中国人扫墓，一般都集中在每年冬去春来的清明节，基本上一年一次，而日本则是在每年的春分、秋分和8月中旬的盂兰盆节期间分别扫墓，可以说是每年数次。当然，在现代化的今天，一般家庭要做到一年三次扫墓，也不是容易的事情。我曾看到，有的墓前，显然可以看出数年没有人来扫墓的污浊痕迹；有的墓碑上粘贴着字条，上面写着管理墓地的寺院在催缴管理费用的种种话语，甚至还有"如果再不缴纳，我们就要将墓主的骨灰迁移到公共墓地"之类的威胁话语。

除了这种定期扫墓以外，日本人还有很多"习惯上的祭拜"。比如，遇到升迁、结婚、生孩子等人生大事时，总会习惯性地到祖坟前拜一拜，向祖先汇报一下。比如说，安倍晋三在2012年12月22日回家乡山口县长门市油谷地区，祭拜父亲、前外相安倍晋太郎与外祖父、前首相岸信介的坟墓，报告其率领自民党在众议院选举胜利、夺回政权的消息。此前，在 2012 年 9 月 28 日重新当选为日本自民党总裁以后，安倍晋三 10 月 6 日就回到山口县老家去拜祖坟，不仅叙述了自己当选的经过，还表示"当选总裁并不是我的目的，我还要把自民党失去的政权夺回来"。此外，他还陪着妻子去给丈母娘家的祖坟扫墓。如果多说两句的话，这种做法也是日本政界的传统。据我所知，当年麻生太郎就任日本首相以后，就去东京的青山墓地给外公、前日本首相吉田茂扫墓，当记者问他是不是要向先祖"嘚瑟"一下自己作为第三代也当上了首相时，他满脸愠色地说："我可是每年都来扫墓的啊！"日本民主党党首鸠山由纪夫成为民主党第一任日本首相以后，也是带着妻子一起到东京的谷中灵园为祖父、日本前首相鸠山一郎扫墓。他在墓前表示："因为有了祖先的创业，才有了我的今天。我一定不会给鸠山家丢脸的。"当然，他做梦都没有想到，自己在任不到一年就不得不辞职了，而他的祖父一连干了三届首相。

与这些显赫的世家相比，日本普通民众的拜祖坟显得更像是一种日常行为。很多住在乡下的单身老人，隔三岔五就会到祖坟上转一圈。那里不但供奉着他们的祖先，还有他们的兄弟姐妹甚至配偶。生活的寂寞让他们把祖坟当作了一种心灵寄托。等到他们的身体不好出不了门时，念叨得最多的一句话就是："祖坟旁边的野草肯定长得很高了。"

在大城市里生活的人又是另一番光景。东京、大阪的城市人口很多，但大部分都是所谓的"外来人口"。他们因为工作而"上京"，想回乡扫墓就很困难。从 20 世纪 60 年代的"集团就职"至今，他们的二代、三代对远在乡下的祖坟，感情已经十分淡薄了。加上工作繁忙、路途遥远，回老家扫墓客观上也成了一件困难的事情。为此，日本还出现了"代为扫墓公司"，给繁忙的都市人代理扫墓。据说，还有不少人向管理墓地的寺院多交一点钱，由寺院保持墓碑的清洁并且按时摆放供品。

不过，很多日本人把对祭祖的感情寄托在了神社里，也是一个有趣的现象。有的人十几年不回去祭祖坟，有什么事都到神社里对着神明讲上一讲，顺便带上对祖先的祝福。就算是靖国神社这样针对性很强的地方，很多日本年轻人也不过是把它当成一般的神社罢了。

职场众生

经济不景气使得日本企业的用人体制也相应有所改变，"年功序列制""终身雇佣制"逐渐解体，临时工、小时工等柔性用工方式逐渐增多，就业也越来越难。日本年轻人花很短时间就能找到满意工作的时代已经一去不返，即便读到博士毕业也不容易找到好工作，女性的职场机会更显不够，年轻人们不断寻求现实的解决之道：吃"人脉午餐"、做"周末企业家"、参加秘书资格考试……

女性管理者就是"拖油瓶"？

日本女性进入社会的问题，已经是"老大难"问题了。自 20 世纪 70 年代初颁布《男女雇佣机会平等法》以来，女性的社会地位和工作环境虽有了好转，但始终无法扮演领导者和决策者的角色。据统计，本届国会众议院女性议员比例仅占 7.9%。前几届选举中，由于"小泉女孩儿""小泽女孩儿"等的出现，女性议员比例还算说得过去。但这一届，没有了大佬的主持，议会里的"女孩儿"们也不见了踪影。

不仅政坛，日资企业里也鲜见女性领导者。日本共同社 2013 年 8 月 29 日汇总了对日本 110 家主要企业进行的有关"女性就业"的调查问卷。结果显示，虽然 97% 的企业称"积极起用女性很重要"，但实际女性很难被提拔到高层管理职位，人数最多的科长级，女性人数也仅占 5% 左右。

为了消除就业歧视，日本在 25 年前通过了《男女就业机会平等法》。计算一下可以知道，从这项法律施行以后，成长起来的一代女性应该陆续达到可以升入管理层的年龄了。但是，现实并没有按照法律设计的轨道前行，职场中充分起用女性的情况却并不理想。

在这次调查中，一共有 107 家公司认为积极起用女性十分重要。在可供多项选择的理由中，最多的是认为"由于劳动人口减少，女性劳动力不可或缺"，有 67 家。其次有 50 家企业选择的理由是"从男女平等的角度出发"；48 家企业认为"女性劳动力能应对顾客的多样化需求"。

从受访企业管理职位中女性所占比例来看，科长级平均为 5.4%；部长级（相当于中国企业的经理）为 2.5%；董事级（首席执行官）更低，为 1.7%，相当于一百人中仅有数人的程度。针对女性"理想的比例"一问，回答分别为科长级平均 18.6%，部长级 15.4%、董事级 14.4%。相比之下，在美国等其他经济发达国家，女性高管比例在 40% 左右。

在作为管理层候补的"综合职位"中，受访企业中女性占到的比例在 2010 年度新员工中平均为 27.7%。

在女性人事任用方面，28 家企业建议女性扩大工作视角，13 家企业认为女性工作应该更灵活，另有 12 家表示，不希望女性过早离职。这些，都可以看作是日本企业不愿意提拔女性的"原因"。

共同社报道说，日本政府已经定下目标，希望在 2020 年前把女性高层管理职位比例提高至 30%。各大企业也都在为达成目标，而加快了提拔女性做高级管理人员（以下统称"高管"）的速度。日本银行目前的女性高管率是 4%，计划在未来 10 年里增加到 10%；石川岛播磨重工业计划截至 2018 年，将女性高管人数增加到 75 人；日本东芝集体也计划截至 2015 年，将女性高管人数增加到 100 人。为完成计划，该集团还面向工作 5～10 年以上的女性社员，每 3 个月就举行一次职业研修；日立制作所也计划到 2020 年为止，将科长级以上的女性高管扩大 2.5 倍，达到千人以上；永旺集团的目标则设得更高，要让女性顶起半边天，把高管里的一半位子都让给女性。但目前该集团的女性高管只占总体的一成左右。

但要达成女高管的人数目标，是离不开企业里广大男性社员的支持和理解的。可是男社员们，又是否欢迎女上司呢？

2013 年 3 月到 4 月间，朝日新闻社实行了一项与此相关的舆论调查——"为增加政府机构和企业里的处在领导地位的女性人数，你赞成在法律上强制设定名额吗？"调查结果显示，表示强烈赞成和倾向于赞成的受访者占总体的 52%，表示强烈反对和倾向于反对的受访者占总体的 40%。

从性别来看，表示赞成的女性与表示反对的男性在人数上刚好形成抗衡局势。从年龄分布来看，越是年轻的男性群体，反对得就越厉害。20 岁以上 30 岁以下的男性受访者里，有两成以上都选择了强烈反对。而这个年龄段的男性，在公司里显然都处在下属的位置。日本女高管的道路艰难啊。

专门发布年薪在 1000 万日元以上的招聘信息的、日本高端就业转业网站 BizReach，也在 2013 年 7 月进行过同类调查——"你赞成安倍政权提倡的，让所有上市企业里的女高管占一人以上的主张吗？"调查结果显示，女性受访者有 80% 表示赞成，20% 表示反对；男性受访者有 63% 表示赞成，37% 表示反对。表示反对的男性高于女性近 20 个百分点。

一名 44 岁的男白领说："如果一个不了解实际业务的人，突然变成了我的上司，我会把她欺负到底的，社员又不是客人。"这位男白领所在的公司，有 4000 多名社员，而女高管还不到 10 人。"我赞成不论男女一律看能力，但在我们公司那样一个高压而又陈腐的工作环境下，女性是很难胜任的。为了完成名额而安排一个不了解实际业务的女上司，我绝对不能接受。"

金融危机发生后，日本很多大型企业为突破困境，故意削减领导班子，尽量把人才放在第一线。目前日本经济景气虽然回升，但大公司依旧沿用这个路线。于是，在这样一个本就晋升机会少的环境下，还得优先女性上位，男白领们想不反感也难。

在某商品流通公司工作的 42 岁男白领说："我们那儿在同一时期一下子诞生了两个女部长。而和这两个女部长能力匹敌，完全够资格晋升的一个男同事却被刷下了。这两个女部长的一举一动都很受关注。可能就是因为这个原因吧，女部长们的主张和态度都很强硬。我不是歧视女性，而是女性在性格上爱钻牛角尖，对部下的喜欢和讨厌也都写在脸上。"

另一位在产品研发部门工作的男白领也透露："公司希望女部长能在产品开发方面发挥女性特有的思维和感性，但部长就仿佛受到鼓舞一样，过于在乎产品的女性化，甚至把自己的个人喜好也加入到产品设计中，失去了大局观。要让女性忘记性别，立场客观，还需要一定时间。"

其实，男性高管里也有无能者。但由于是女性上位做了上司，所以男下属们难免对其能力和适应性格外挑剔。凡事都有第一步，当职场中的女性人才越来越活跃的时候，男性自然而然就会改变看法。

职场女性变身"虎狼女"

一句话不和就吵了起来，继而大打出手，相互扯破对方的衣服扭打成一团。不仅在场的同事劝架不成，就连闻声而来的上司也遭到谩骂。这一幕闹剧就发生在日本山形县天童市市政府，而当事人是两名年过四旬、存在个人恩怨的女同事。2012 年 8 月中旬，天童市以扰乱办公室风纪为由，向当事人下达了停职 6 个月的惩戒处分决定。

在许多外国人看来，日本职场女性仪表文静典雅，举止恭顺沉稳。如今，淑静贤惠的"大和抚子"突然变成凶恶的"虎狼女"，难免让人百思不得其解。探究个中原因，恐怕还要从日本女子的社会地位和社会角色追根溯源。

众所周知，日本女性的社会地位普遍不高。日本传统家族制度下的女性"三界无家"：在家从父，既嫁从夫，夫死从子。这一情形直到"二战"后日本新制定的法律增加了保护女性权益的内容，才有所改变。20 世纪 60 年代，日本经济进入高速发展阶段后，劳动力资源稀缺的情况日益显现。这时，日本女性挺身而出，在各行各业崭露头角。而自 20 世纪 90 年代日本经济泡沫崩溃，为生计所迫，日本女性更是不得不像男人一样在职场打拼。

如今，日本女性的受教育程度大大提高，并在各行各业中证明了自身价值，但是，"男尊女卑"的状况并未发生根本转变。首先，与日本男人下班后可以三五成群去居酒屋喝到半夜再醉醺醺回家不同，她们在承担社会责任的同时还要顾家，可谓"家里家外一肩挑"。而日本职场竞争激烈，加班加点是常事，这样，她们的工作强度和由此产生的精神压力、心理上的不适感可想而知。其次，日本的企业文化对女性的重视很不够。相比世界 500 强企业中女性高管通常占 13.5%，日本上市公司的这一比例仅略高于 1%。尽管 97% 的日本企业承认"积极起用女性很重要"，但鲜有企业提拔女性到高层管理职位。人数最多的科长级，女性也仅占 5% 左右。众多日本职业女性为工作和家庭付出无数，却得不到关心和回报，必然心存不满。

比起男性的豪放、大度，女性更为细腻、感性、脆弱，遇事爱较真，易耿耿于怀，争出是非曲直。同事之间闹点意见本属正常，日本男人们下班后开怀畅饮，工作中的矛盾往往在推杯换盏中烟消云散，"一笑泯恩仇"。而日本女性兼顾家庭和工作，本已承受巨大压力，工作中得不到重视，长期积累的压力无从排解，积攒而成的导火索一旦在适当的时候点燃，必然会造成一场大爆发。一件普普通通的小事，也可能引起"世界大战"。

日本总务省人口动态调查数据显示，截至 2012 年 3 月底，日本总人口为 1.26 亿人，较去年减少 26 万人，减幅为 0.21%，为 1968 年该项调查开展以来的历史最高纪录。在日本"高龄少子化"趋势日益加重的未来，除了引进外国劳动力，推进本国女性就业不失为重振日本经济的主要途径。但另一组关于毕业生就业率有所提高的数据显示，截至 2012 年 7 月，2013 年 3 月毕业的日本大学本科及研究生就业签约率为 58%。然而，男女生就业签约率严重不平衡，文理科男生就业率均明显高于女生。可见，女性在职场上仍处于劣势。

日前，日本某调查公司以 500 名 20 ~ 49 岁年龄段女性为对象，进行了一项心理调查。而调查结果十分令人吃惊：在那些外表光艳照人的职场女性当中，竟有近 70% 的人感到身心憔悴。她们表示，日常生活中自己经常感到内心枯干乏力。有人诉说"每天下班后，当拖着疲惫的身躯回到家中后，再也无力干任何事情，甚至连冲澡都觉得是一件麻烦事"。有人表示"内心的烦恼无处倾诉，也不想在别人面前表现出来。所以当接到亲朋好友邀请时，只好用谎话婉言谢绝"。

女性是柔弱的，她们比男性更需要呵护。相对于职场升迁，她们更看重来自家庭的温暖与关爱。当她们拖着疲惫的身躯回到家中，肯定渴望得到心爱之人的亲吻与拥抱；当她们在职场受到委屈，肯定渴望依偎在心爱之人的怀抱里，得到珍贵的理解与支持。

不过，日本社会的现实状况常常令日本职场女性备感失望。

　　首先，在日本社会的传统观念中，妻子是要体贴丈夫的。男人下班回家，女人要亲切地上前问候，然后温柔地帮助男人更衣、进餐，直至就寝。而且，日本男性经常工作到很晚才回家。所以，女人要想得到丈夫的温存，十有八九是奢望。

　　其次，在"男主外、女主内"的社会观念影响下，日本男性对于妻子外出挣钱是有想法的，即便是在他自己收入不足的情况下。日本内阁府最新调查显示，46.9%的女性希望婚后仍坚持工作赚钱，但只有 18%的男性希望妻子婚后去工作，77%的男性认同婚后丈夫赚钱养家，49.7%的男性认为家务应由妻子做。如此一来，职场女性回家后不被"挖苦讽刺"就不错，哪还能指望向丈夫倾诉苦水呢？

　　最后，在日本职场女性精神压力无法排解的同时，她们的生理需求也得不到充分满足。激烈的职场竞争，让日本男性的工作压力越来越大，却令他们的性欲越来越弱。职场女性虽有力求独立的坚强一面，但同样渴望另一半给予的性爱滋润。可是，当男人们终于摆脱一天的紧张工作，放松身心躺在床上后，"性"趣早已荡然无存。而缺少性爱的滋润，更加快了日本职场女性"心灵干枯"的速度。

女大学生吐槽性别歧视

　　早在 1986 年，日本就实施了《男女雇佣机会均等法》，那以后还做过两次修改。谁料，2012 年 12 月 17 日，由全球 34 个发达国家加盟的经济合作与发展组织（OECD）综合比较了所在国在教育、劳动条件等方面的性别歧视情况。其调查报告结果显示：目前，男女工资差距最大的国家是韩国，其次就是日本。

　　不过，喜欢得到世界各种"日本论"评价的日本，这次表示无论如何都不能接受"性别歧视第二大国"这个称号，因为从国家政策上来说，在就业问题上，日本是不存在男女差别的。为此，日本厚生劳动省还提供了一份"大学生毕业者就业状况调查"，数字显示，2012 年 3 月毕业的女大学生的就业率是 92.6%。

　　可是，日本杂志《SAPIO》调查称，日本女大学生的实际就业率远远低于这个数字，厚生劳动省玩的是个巧妙的数字障眼法，用实际就业人数除以期待就业人数就得出了就业率在 90%以上的这样一个结论。但期待就业人数不同于实际毕业的女大学生人数。同时，厚生劳动省的调查对象都在国立、公立大学里。

另外，据日本《星期日周刊》的调查结果，在 2012 年 3 月，日本应届毕业生就业情况最好的女子大学就业率也只有 86.9%。看来，日本厚生劳动省给出的女大学生就业率在九成以上的结果的确是水分不少的。当然了，在面对涉及未来国家的"国际形象"评价上，他们要搞一点"水分"的数据，也是情有可原的。

事实上，日本女大学生不仅就业率不理想，就是在找工作的过程中也是一路披荆斩棘的。不信，就到网络上看看，那里经常可以看到日本女大学生吐槽就业困扰。她们吐槽最多的就是遇到了一些或是潜水很深、或是手中握有某种权力的别有用心的人。直到这个时候，许多女大学生才相信"社会并非全是阳光的"。

一位私立大学女生这样说，在 2012 年夏天，自己曾联系到一个在某大型商社上班的师兄，想让师兄作为过来人指导一下找工作、面试的窍门。但是，这个师兄说实在太忙一时没有时间，但最后却把见面的日子指定在她生日的那天，来了以后根本就不肯给予什么具体建议，走了以后则一直发短信进行情感骚扰。

另有一名女生在留言中写道，自己在学校的就业说明会上，遇到前来宣传的某广告公司主任。该主任让她找几个对广告业感兴趣的女同学，声称会将一些业界秘密悄悄告诉她们，并且还指定了一个见面地点。她们去了以后才发现，这个地点其实就是主任的家，一个高级公寓的 12 楼。她们不解，为什么会这样呢？

当天，来到主任家里的有 4 名女大学生，还有两个广告公司人事部的男职员和 4 个自称设计师的男人。实际上，根本就没讲什么业界秘密，都是这帮男人们在自吹自擂。好容易脱身后，这 4 名女大学生里面最可爱的那一位收到了短信："我们一起喝酒去吧，别告诉你那 3 个朋友，你就自己一个人回到公寓来吧。"

另一个经常被吐槽的就是在日本找工作，花销很大。日本的"潜规则"规定，女大学生找工作时一定要穿成"黑寡妇"一样——黑色西服套装、黑色皮鞋、黑色公文包。西服一套最便宜也要 2 万日元，一双黑皮鞋大约是 1 万日元，黑色公文包 5000日元一个。这些，都还是最为低廉的行头呢。

除此之外，必不可少的就是履历书上使用的照片。街头的自动照相亭里照一次是630 日元，一般女大学生要投数十家履历，所以仅仅是履历表上的照片，最低也要花费数千日元。从两三年前开始，日本的一些摄影沙龙积极应对商机，也把目标瞄准这些女大学生，推出求职履历书专用个人免冠照片艺术摄影服务。

在摄影前，沙龙的专业化妆师会根据女大学生的求职方向设计其形象。渴望在一般公司做业务白领的，化妆师会为其设计一个裸妆，看上去肤色好，无瑕疵，发型端正。如果求职目标是空姐或主持人等，摄影师甚至会修改照片上的人物脸部轮廓，消除双下巴等。除此之外，黑色的彩瞳也是女大学生求职面试时的武器。

"我遇到了'极品'面试官"，这也是日本女大学生求职时经常吐槽的事。在进行面试的时候，很多女大学生都会被面试官问及个人私生活方面，比如有没有男朋友啊，打算多大岁数结婚啊，出差或长期外派能接受吗，家长同意吗，来月经的时候会不会肚子痛不能上班啊等，很有一点被一件一件脱光衣服的感觉。

通常说来，在日本的大学里面，女生一般要比男生更专心于书本，所以在找工作的笔试阶段，分数普遍都要超过男生，在面试过程中，女生也能在很短时间里就和面试官相互沟通，如果单纯从分数和表现来看，女生整体要比男生表现好，但是从雇佣比例来看，男生又压倒性地高于女生。这究竟是为什么呢？

原因说出来也并不复杂，就是因为女生将来会面临结婚、怀孕、生孩子等，这其中任何一个步骤的出现，都有可能让女员工立即辞职不干。所以，用人一方的公司，自然慎重。

博士就业受阻的背后

2012 年，日本文部科学省对该年度的共计 16260 名应届博士毕业生进行了就业实态调查。通过调查结果获悉，在这 16260 名博士毕业生里，只有 8529 人有固定工作，属于长期聘用。而剩下的半数毕业生里，有 2408 人被限期聘用，聘用期限在 1 年以上，但其后的收入和地位完全没有保障。另有 3003 名博士毕业生"凤凰落地"，变成了赋闲在家的待业青年。在日本，怎么会有这么多的博士毕业生比大白菜还没有市场呢？

首先，博士毕业生本身的价值观念影响其就业出路。在日本，博士毕业生的传统人生路线，就是在校时埋头苦读，毕业后留校任教。这也被视为是最好、最保险的就业出路。

虽然博士毕业生们个个希望留在大学，但日本各大学能够提供的就业名额却没法随博士队伍的扩大而水涨船高。1991 年，日本博士毕业生的总人数是 6201 人，大学教师的招聘名额是 8603 人，可谓是一个萝卜一个坑，人人稳拿金饭碗。到了 2009 年，虽然日本全国大学教师招聘名额有 11066 人之多，但博士毕业生的总人数却达到了16463 人。

名古屋大学商务人才育成中心副教授森典华也说："现在，就连大学教师队伍里，也有不少人将博士毕业生到企业工作视为'失败者的选择'。要为博士毕业生打开就业之路，教师本身也得先转变价值意识。"

其次，比起博士，企业更愿意聘用硕士。2007 年，有 42%的受访企业都表示，在最近 5 年内没有聘用过博士毕业生。2010 年，以制造业为代表的日本大型企业里，聘用应届博士毕业生的仅占 7%。

站在学历高峰的博士毕业生们，为什么这么不受待见呢？野村综合研究所于 2010 年提出的一份报告书中阐述："企业对于博士的评价并不低。但企业认为博士在能力上并没有比硕士优秀太多，而且有众多的意见认为，博士缺乏协调性。"

事实上，早在几年前，日本国立大学电气通信大学校长梶谷诚就认识到"日本的博士培养体制正在面临危机"。他说："日本大学培养出来的博士一般只适合做研究者、学者，而不适合进入企业工作。可是一个国家或是企业是不能没有博士人才的。但现在要想培养出适应社会的博士人才，光靠大学自身的力量是办不到的，需要'产学官'联手才行。"日本国家综合科学技术会议议员、东北大学名誉教授原山优子也表示："为了维持国内的研究水准的高度，也为了将来的公司利益，日本企业应该积极协助大学培养研究人才。"

最后，日本政府只摇旗，不实干。从 20 世纪 90 年代开始，日本政府呼吁，社会广泛需要高学历的研究人员。因此，日本各大学院也紧跟政策，积极招生。在 1991 年到 2006 年的 15 年间，日本博士毕业生总人数扩大了 2.6 倍。

可是政府只管摇旗，企业又不给力，造成许许多多的博士生一毕业就失业，大有上当之感。而学弟学妹见此情景，也开始对升学望而却步。比如 2002 年，选择继续攻读博士的硕士毕业生占总体的 14.1%，到了 2012 年，选择继续攻读博士的硕士毕业生就只有 9.6%，还不足一成。但即便如此，在这不足一成的年轻人里面，还是有半数都没有固定工作。

2013 年 6 月，安倍政府又推出新的成长战略，其支柱之一就是推动技术革新，多培养高端人才。的确，技术之本在于人。然而，不为人才预备安身之处，再如何拼命摇旗呐喊，下面也不会有人跟上。

东京年轻人悄然兴起"人脉午餐"

三五成群地一边吃着午餐，一边有说有笑，这不是老友相聚，而是在东京年轻人中快速流行的"人脉午餐"。最近，以东京为中心的首都地区，为年轻人寻找午餐伙伴的免费网站人气爆棚。很多即将毕业的大学生通过这些网站，邀请目标就职单位的职员午餐，拉近距离学习经验，收获颇丰。他们在轻松的气氛中边吃边谈，一改以往日本年轻人对上司和前辈正襟危坐、点头哈腰的传统形象。

日本媒体报道称，东京地区的年轻人先要登录相关网站，并输入可能就餐的区域以及目标企业的范围。网站负责帮助他们寻找符合要求的午餐伙伴，并把搜寻结果发送给他们。如果双方都同意的话就可以一起吃饭。

午餐的具体地点和时间由被约请的前辈来定，餐费采用 AA 制。就餐人数一般是 3～4 人，包括两名大学生。一些学生认为，这种午餐交流比起拜访公司退休职工来要轻松和自由得多。目前，除了大学生外，这种"人脉午餐"也成为很多年轻人跨行业交流的时髦方式。

"比如，如何将今天吃的菜和自己的工作联系起来，这其实就是搞策划的人经常要考虑的事情……"在电通广告公司工作的小岛雄一在餐桌上传授着"职场攻略"，同桌的 3 名大学生认真聆听着。

一个小时左右的午餐结束后，法政大学的大三学生森田智说："只花了 1000 日元的午餐费，就获得了在正式场合完全听不到的指导，今后我还会不断去申请'人脉午餐'，来了解'水面下的事情'。"

作为前辈的小岛也获益匪浅。他说:"和这些年轻人聚餐会面,可以了解他们在想什么,对我们的工作也有很大的帮助。"

最先策划"人脉午餐"的是一家名叫"咖啡会议"的网站,于 2012 年 5 月导入此项业务。截至目前,该网站注册会员人数已经超过 6 万人。从统计数据来看,注册会员的七成居住在东京地区,20~30 岁的年轻人占了九成。与社会人之间的聚餐相比,学生和社会人之间的聚餐更受欢迎,餐后双方的满意度也更高。"咖啡会议"网站计划从 2013 年 2 月开始,将主要力量放在这一方面。

为何"人脉午餐"会在年轻人中快速流行呢?一家相关网站的负责人山本大策介绍说:"经济持续低迷,就业也越来越难。要想在如今的社会里生存下来,人脉比以前任何时候都重要。日本年轻人花很短时间就能找到满意工作的时代,已经一去不返。超级宅男们想找到工作,宅在家里肯定不行,必须走出去认识更多人、了解更多东西。这种通过网络组织聚餐的积攒人脉方式,对于越来越腼腆的日本年轻人来说,非常合适。"

"人脉午餐"对于企业来讲,也非常有吸引力。堀江贵文是一家 IT 企业经营者,他参加过数次此类活动。他说:"企业要想在竞争激烈的市场上生存,必须随时掌握流行趋势。公司里的年轻人由于上下级关系和工作氛围等,传达给我们的信息往往是不完整和变形的。只有走出去,通过'人脉午餐'等轻松活泼的方式,与外面的年轻人交流,才可以从各方面了解到流行信息,对我们调整企业经营思路,做好各种准备意义重大。"

谁在召唤工薪族与家人共进餐

临近晚上 8 点,忙碌了一整天的公司职员蒲泽隆志收拾好办公桌,谢绝了同事们约他去喝一杯的邀请,匆匆踏上回家的电车。高峰期末尾的地铁拥挤一如既往,但进门后闻到香喷喷的饭菜,看着等待他的温柔的妻子和乖巧的孩子,蒲泽顿觉全身的疲惫一扫而光。

如今,像蒲泽隆志一样下班后赶回家吃饭的日本工薪族越来越多。日本政府 2012

年年初公布的一项调查显示，过去一年来，日本成年人同家人一同吃饭的时间大大增加。受访者中，几乎每天与家人共进早餐者占 60.3%，同比上升 10.2%，而每天与家人共进晚餐者达到了 71.6%，同比上升 15.1%。另外，即便不能天天如此，每周至少两三次甚至四五次与家人共进早餐的日本人也超过 10%，以同样频率共进晚餐的比例更是超过 20%。

长久以来，日本人给世人的印象是工作狂，尤其是男性，通常加班到很晚，之后还要和同事或朋友结伴去居酒屋消遣，到家时经常已是深夜。有这样一则讽刺日本人幸福观的笑话："日本人的幸福，是迅速吃完饭开始工作。"在欧美人看来，日本人这种牺牲与家人共进晚餐的时间工作的生活简直难以想象。但是，而今的情况为何会出现如此大的改变呢？

首先是日本社会劳动形态的变迁。日本在"二战"后的很长一段时间里，一直实行终身雇佣制和年功序列制。公司业绩与员工生活状况息息相关，如果公司倒闭，员工的生活也就没有了保障和依靠。于是，以公司利益为重的日本人无不兢兢业业，业余时间用来加班是家常便饭。而且，年轻人虽然收入较低，但随着年龄增长，中年时可以拿到高额工资。这样一来，公司不仅是工作场所，还是寄存日本年轻人未来希望的地方。然而近年来，随着日本经济形势的变化，以业绩考核为主的雇佣方式日渐兴起，员工的流动性日益加大，钟点工、兼职、派遣、委托、短期聘用等雇佣形式不断涌现。工作形式和考核方式的变化，使得日本人与家人相处的时间增多成为可能。

其次是因为经济原因。日本近年来经济增长乏力，直接结果就是人们的年收入未能实现增长，甚至出现减薪。2011 年发生的东日本大地震，更是使得本来就不尽如人意的境况雪上加霜。日本厚生劳动省 2012 年 2 月公布的数据显示，2011 年人均现金月工资总额比 2010 年减少 0.2%，为近两年来首次减少。人均基本工资则减少 0.4%，连续 6 年减少。腰包缩水了，日本人外出消费更加谨慎，人们自然减少了在外就餐的次数，改为在家吃饭。

最后，促使情况发生巨大变化的催化剂，恐怕还要说是 2011 年的那场世纪大地震。灾难之中的惜惜相守，让人们感受到家人的重要和亲情的可贵。而灾难过后，人们也更加懂得，要想维系家庭的纽带，回报亲人的关爱，最佳方式就是用更多的时间陪伴他们。也正是因为这种原因，寓意着纽带、联系，强调人与人之间的心灵相通、感同身受的"绊"字，当选为 2011 年日本年度汉字。而写有"绊"字的纪念品在过去的一年中出现热卖。

本次调查的范围较小，只有 3000 人，数据的影响力可能不算很大。但从中已经让人们看到，在经历长久政治混乱、经济低迷以及巨大的灾难之后，日本民众开始对过去重新进行思考：工作本不应该成为生活的全部。合家团聚，共同进餐，不单单是为了消除身心疲劳和精神紧张，更在于促进家庭的和谐，获取亲情的鼓舞。而这些，或许才是完成灾后重建乃至实现日本社会复兴的精神支柱和强大动力。

"周末企业家"风行为哪般

又是一个周末。但是，对于日本一家广告公司的职员今渡惟勤来说，周六、周日两天可不是休闲放松的时候，等待着他的，不是出游、聚餐等娱乐内容，而是大量亟须通过他的网站掌握停车信息以便进行预订的客户。

今渡惟勤在工作之余兼职管理东京羽田机场附近的一个私人停车场，他建立了一个接受车位预订的网站，结果发现点击量比自己预想的要多得多。受此启发，他重新设计了一个网站，专门提供国内各机场附近私营停车场的信息，范围覆盖了羽田、伊丹、关西、成田和新千岁机场。如果有顾客通过他的网站预订了某个停车场的车位，后者的经营公司就会付给他一笔佣金。加上广告费等其他收入，现在他每个月能从这份副业获得大约 100 万日元的回报。

今渡惟勤的行为绝非个例，事实上，在当今的日本，有相当一部分工薪阶层利用业余时间"炒更"，经营与本职工作或爱好相关的事业，而且内容五花八门，有的人为想加入或组建乐队的人提供乐手信息，还有人创建网站甚至在杂志上开辟专栏发表文具评论。这种既保留主业，又充分有效利用周末等闲暇时间兼职获取收入的创业方式，在日本渐成风尚，有着"周末企业家"之称。应当说，这种现象的产生，有着社会和个人两方面的原因。

随着社会生活渐趋多元化和个性化，无论生活方式还是生活内容，人们可选择的余地越来越广阔，存在的需求也越来越多种多样。"有需求就有市场"，更何况"船小好掉头"，比起大公司、大企业，"周末企业家"对一些潜藏且层出不穷的迫切需求应对更为及时、反应更为迅速，所以能够发展和壮大。

日本职场很讲求团队意识和集体利益，但相比之下，人的个性也常常处于被压抑的状态。在一个渐趋多元化和个性化的日本社会，年轻人尤其喜欢追求个人价值的满足和实现，不再认同父辈们为了企业、群体的利益而掩藏个人感受和理想的做法。上述那些"周末企业家"更多的不是为了赚钱，而是为了追求新鲜、富有挑战的事业机会，正体现了他们渴望发挥个性的心理。当然，可以从容地将自己的兴趣爱好发展成赚钱的生意，将梦想与事业结合，更是一种双赢。

日本"周末企业家"蔚然成风，还与社会现实紧密关联。经济不景气使得日本企业的用人体制也相应有所改变，"年功序列制""终身雇佣制"逐渐解体，临时工、小时工等柔性用工方式逐渐增多，失业也成为大多数日本人不得不正视的严峻问题，经济不景气导致就业岗位减少，进一步加剧了"就业难"。此外，经济增长乏力时，保住已有的饭碗已是不易，至于涨薪，更是想都不敢想的奢望。在这种情况下，周末兼职积少成多，收入有所增加，不但生活水平得以改善，即便突然失业，至少有一份保底收入，而且减少了再就业的时间间隔。

虽然既可以发展兴趣爱好又增加收入，但是，"周末企业家"也存在相当多的风险和问题，不是所有的人都能创业成功。许多公司都禁止员工在业余时间从事副业，而且，因为时间有限，许多人的事业并无起色，最后不得不放弃。为此，做好规划十分重要。首先就是明确目标，即确定自己在规定的时间内要达到什么样的目标；其次是处理好副业与主业的关系，以及事业与生活的关系，做到建构平衡，量力而行；最后，虽然是兼职，仍然要讲求职业道德，保持敬业的精神，给兼职单位的同事和老板留下好的印象，为自己今后的发展打下良好基础。

现在，创业教育在中国已经被列为本科生的必修课程，对于广大渴求创业、在此过程中实现个人价值的中国年轻人来说，"周末企业家"同样可以给他们启示和借鉴。

在"日本股份公司"可以这样"混"

2011 年 4 月 15 日，日本《读卖新闻》晚报在头版头条爆出一条新闻："东京电力公司将出售该公司价值 1000 亿日元的房地产，用于赔偿福岛核电站事故的受害者。"据悉，东京电力公司不仅是日本的"电老虎"之一，还是房地产业界的"大王"之一。在 2009 年度，其不动产的营业额就是 1353 亿日元。现在，除了要继续保留发电所和变电所等必要设施和土地以外，东京电力公司准备把持有的公司住宅、疗养院、宾馆、饭店等都卖出去，用于赔偿福岛核电站核泄漏事故的受害者。

我了解到，东京电力公司里面有许多来自东京工业大学的毕业生，公司里面甚至形成了"东工大帮"。但是，东京工业大学一位三年级的学生告诉我："完了，这下子东京电力公司的福利没有了，我要再找其他公司了。"原来，相当一部分日本大学毕业生是奔着东京电力公司优厚的福利和丰厚的薪金去就职的。

在日本，类似于东京电力的大企业不在少数。它们的特征之一是具有官民结合的体制，看起来是民间运营，实际上受官府控制和影响。这些企业的绰号叫"日本股份公司"，战前大都是财阀的组成部分，战后依靠"大企业优先"的国策，实现了高积累，同时把日本推向了具有强大国际竞争能力的"经济大国"地位。

庆应大学商学部四年级学生青木吉晴对我说，他们都知道日本政府对东京电力这样的"官民结合"企业是给予大力帮助的。第一，政府对这些企业的大型设备投资、工厂建设等，通过日本银行、各大城市银行、政府系列的金融机构以及财政投资等，在资金上给予全面保障。第二，政府本身还巨额投资来整顿工业用地、工业用电等基础设施，实际上扩大了这些企业的资本积累。第三，政府对这些大企业在税制方面也给予了特别保护。第四，日本每年有 300 ~ 350 人的政府高级官僚要被"下放"到这些大企业里面去。东京电力就曾有被"下放"的原日本官方经济企划参事官、原日本驻中国大使等官僚。而最后一条也是最为重要的。

进入到这样的大企业就职，可以说是端起了"铁饭碗"。经济上不用发愁，唯一需要忍耐的就是严格的、具有等级性的，甚至歧视性的上下级关系。一位在一家日本著名大企业里就职的中国员工透露，在公司里面，只要记住上司说什么你就做什么，你就可以过下来。开始的时候，你要把上司交给的工作完成 80%，这样，上司就会骂你是"笨蛋"，然后得意地再叫你的"前辈"帮助你完成，从而协调出一种新的人际关系。进公司两三年以后，上司交给你的工作，你要争取完成 100%或者 110%，但要强调这是长期跟着上司干才学会的，以此博得上司的高兴。他形容在日本大企业工作的心情就是"压抑"两个字。"当然，习惯了这种'压抑'，特别是自己从'后辈'熬到'前辈'的时候，心情也就会好起来。"他苦笑着说。

这样的"日本股份公司"之所以能够发展起来，最主要的原因就是它的"订单"来自政府。而"下放"到这里的高级官僚，主要的工作就是疏通、梳理大企业和政府的关系，从而形成了一种独特的"官民结合体制"。关键是，这种体制在日本已经积重难返，要改也难。

"全员秘书"时代到来

在日本公司职员中有一个共识，想在办公室"不动如山"的秘诀只有一个，那就是搞好人际关系。无论公司大小，员工多少，再有能力的人也要先过"交际"这一关。日本有句俗话，进了公司要先在"石头上坐三年"。如果恃才自傲，在搞好人际关系之前就崭露头角，绝对会"死"得很惨。

这可不是耸人听闻。近年来，一连串的日本社会问题都显示出，办公室哲学是多么重要。与同事的关系搞不好，他们就会合伙欺负你，或向老板打小报告；与老板的关系搞不好，他可以折磨你，或命令你完成不可能的任务，直到逼着你辞职。现在，这种情况在日本公司已经属于常态，法律机关也多次对此进行了规制。

自己的命运得自己掌握。日本职员是如何避免"中枪"的呢？近一段时间，秘书资格考试逐渐获得了人们的青睐。不要以为秘书只是干干杂活，也不要以为只有女性才能做秘书。在日本公司里，拥有秘书资格的男员工也不在少数。一位刚参加过考试的 29 岁男性就说："我要借助这个考试，提升自己的礼仪水平和交际判断能力。我们把它叫作'秘书力'。"

日本的秘书资格考试分4个等级，考评范围涵盖商务常识、社交礼节等"初级常识"，以及处理同事、上下级关系等"晋阶能力"。比如，和老板一起参加派对，如果迟到了是否该向主办方道歉？在派对上秘书是否能加入老板的谈话？如果换成下级和上司、或后辈与前辈出行，这些基本常识同样也是非常重要的。

那么，一级（最高级）秘书的考试出什么题呢？第92回一级秘书考试题中有这么一道：秘书A的部长刚刚换人，新领导看起来十分威严，让部下难以亲近，也让科长夹在中间很难做人。部长感觉到了办公室气氛的不协调，不时向A询问大家的情况。请问A应该怎么做才能改变这种现状？

这道题绝对戳中了大多数公司职员的痛处，标准答案是要从三个方面入手。第一，向科长建议"部长担心下属对他敬而远之，您是否应该主动和他说说话"？第二，向同事们建议"部长很想了解大家，下次进他办公室时，不要只谈工作好不好"？第三，向部长建议"您不用感觉不好意思和大家交流，主动询问他们一些个人情况，几次之后他们就和您亲近了"。切记，这三步的顺序绝不可乱。

总之，懂得随机应变，将所有事情处理妥当又时刻不忘自己身份，就是好秘书的铁则。这种能力正是大部分日本公司职员缺乏的，而很多年轻职员，更是几乎完全不懂。难怪秘书资格考试的运营单位人员评价道："30～40岁的男性员工，正在逐渐成为秘书资格考试的生力军。"

的确，拥有一群"秘书力"强的员工，是每个老板梦寐以求的事。他们不但训练有素、举止得体，还能时刻"想老板之所想，急老板之所急"。不要小看"秘书力"的重要性，也不要将其与所谓"工作能力"区别看待。其实，"工作能力"越强的员工"秘书力"就一定越强。

日本最苦逼的十大职业

日本人的"工作狂"形象世界闻名。在这个疯狂工作的国度里，很多人的生活就是工作，工作就是生活。那么，被不少网友调侃为"苦逼之国"的日本，哪些行业登峰造极，是功率最大的"职场绞肉机"呢？最近，日本媒体评出了十大早死行业。

荣登榜首的是广告代理公司营业员，第二位是 IT 企业编程员，连锁餐饮店店长排名第三。其他依次为年轻公务员、住院部护士、出租车司机、廉价航空公司乘务员、自卫队员、公立学校教师、卡车司机。

日本广告代理公司的营业员超级忙碌。日本产业研究机构的一项调查显示，他们平均每天要应对 30 名以上的客户。即使以每天工作 10 小时计算，他们一小时最少要应对 3 名客户，每 20 分钟一名客户。除去迎来送往的时间，他们必须每分钟都在工作。所以，加班是常事。再加上还要经常招待客户，基本每天都有饭局，过度饮酒也不是什么稀罕事，所以荣登最苦逼职业榜首可谓当之无愧。虽然该职业工资较高，但那是标准的拿命换钱。

再看排名第二的 IT 企业编程员。他们每天活在单调重复的二进制世界里，而且没日没夜工作。很多 IT 企业的编程部门都设有可以随时睡觉的休息室。编程员们累了就睡会儿，睡醒了继续干。有重要项目赶进度时，吃在公司睡在公司，两三周不回家毫不稀奇。很多人甚至为此妻离子散，精神上出现不正常状态。近年来，编程员精神疾病发病率一直名列日本各行业的前茅。

与前两名相比，排名第三的连锁餐饮店店长不仅长时间劳动，而且工资还很低。虽说是店长，但很多是临时工，公司可以随时解雇他们。因此，这些苦命的店长对自己工作日程实际上没有半点决定权。工作日在店里、周末在店里、过年过节也在店里。他们从开店干到关店，每周仅有的一天休息，一旦有事还要随时赶回来。很多知名连锁餐饮集团的店长就这样活活被累死在店里，最后还因为是临时工，无法获得应有赔偿。

除去容易产生事故、危险性高的工作外，职业和寿命的关联因素主要有两点：一是有无工作节奏决定权。越是能控制工作节奏的职业，越不容易产生压力，也就越能长寿。

二是过重劳动、暴饮暴食。加班至深夜或者通宵工作，以及没完没了的应酬，会对身体造成伤害。广告代理公司营业员、IT 企业编程员、连锁餐饮店店长就属于这一类。"他们的工作是超级忙碌，每天加班是常事，没有斟酌决定权。再加上经常要招待客户，每天都有饭局，过度饮酒已不是稀罕事。虽然工资和社会地位高，但是会给身体带来负担。"

出人意料的是年轻公务员居然排名第四。日本公务员虽然给人精英、待遇优厚的印象，但这只是指上了年纪的官员。日本讲究论资排辈，年轻公务员工资低、工作强度大。

　　此外，工作时间不规则的职业也非常影响寿命。不规则的生活，会给身体带来巨大伤害。即使那些不定期值夜班的工作，也会给身体带来负担。比如，住院部的护士、出租车司机、大卡车驾驶员。他们每隔几天要值一次夜班，这很容易搅乱体内的生物钟。飞机客舱工作人员也是如此。如果是大公司，还可以享受到每次飞行之间的休息时间。但是，廉价航空公司乘务员情况就不一样了。因为公司削减成本，他们不但工资低，而且需要连续几天飞行，工作量相当大，因此削减了寿命。

　　其实，即使是社会地位、工资再高，身体垮了又有什么意义？

笑看县民性

日本目前实行的行政区划制度，是明治政府于1871年实施废藩置县政策后建立起来的。全国分为 47 个一级行政区（相当于中国省级行政区）：一都（东京都）、一道（北海道）、二府（大阪府、京都府）、43 县，其下再设立市、町、村。

俗话说，十里一风情。47 个都道府县饮食习惯、生活风俗、地域文化千差万别，由此衍生出的"县民性"，更是日本坊间热议的话题之一。

"舌尖上的日本"凸显地方文化特色

日本 2013 年的夏季来得特别早，特别猛。刚进入 6 月，日本就出现了超过 35℃ 的日最高气温，包括东京在内的全国多数地区高温天气持续了近两个月。这种季节，冰激凌自然备受青睐。

那么，日本 47 个都道府县中，冰激凌在哪里卖得最好呢？一般人的想象中，肯定是天气最热的地方。但事实并非如此。日本媒体的一项全国调查显示，各种食品的受欢迎程度深受地域文化影响，已经超越了自然因素。从舌尖上看日本，各地风俗一览无余。

日本冰激凌协会的统计显示，在日本，冰激凌并不是越热的地方就卖得越好。冰激凌销售额最高的是石川县，第二位是福井县，这两个地方 6~9 月的平均气温只有20℃左右。全国最热的冲绳县，销售额排名居然垫底。

石川县三代同堂家庭比率及住房拥有率都很高，家庭可支配收入也在全国排名前列。民众用于购买零食的支出明显高于其他地区。由于三代同堂，爷爷奶奶经常给孙子孙女买冰激凌，大大提升了当地的冰激凌销量。除了冰激凌，石川县点心、巧克力的销售额也位居榜首。该县民众向来喜好甜食，在日本被称为"甜食县"。而冲绳县虽然天气热，但因为文化习俗较为传统，喜欢喝茶，民众一般通过茶水解署，因此冰激凌没有太高的人气。

再来看牛奶。日本牛奶消费量的状元是京都府。京都作为拥有 1300 年历史、宇治茶产地的古都，能够拿到这个冠军，确实让人吃惊。而且，京都的面包消费量排在全国第二。牛奶加面包是现在京都很多家庭的早餐模式。这或许是因为明治维新后，不少来到日本的欧美人喜爱日本传统文化，纷纷搬迁到京都居住。在当时"脱亚入欧"的氛围下，他们慢慢影响了当地日本居民的饮食习惯。最后让面包加牛奶这种典型的西式早餐，每天出现在了大多数京都人的餐桌上。

同样让人意外的是牛奶产量最高的北海道，消费量只排在全国的第 37 位。长期以来，这被称为"业界最大的谜"。北海道政府的相关负责人解释说："有可能是北海道寒冷的时间较长，和冰凉的牛奶比起来，民众更喜欢热东西。"那把牛奶热一热不就行了吗？该负责人说："可能是太花工夫。"

自古以来，日本的关东地区以"猪肉文化"为主，关西地区以"牛肉文化"为主。在这一点上，传统似乎没有被打破。在牛肉销售量的排名上，关西地区各县包揽了前七位，每年购买额相当于全国平均水平的两倍。排名第一的和歌山县，是关西地区人情味最浓厚的地方之一。当地民众喜欢呼朋唤友，经常聚一聚。而每次聚会的主打菜就是牛肉，有烤牛肉、炒牛肉、煮牛肉……这让牛肉在当地的销量直线上升，最后拿下全国冠军。而关东地区各县虽然被挤出牛肉排行榜前十名，但几乎包揽了猪肉排行榜前十名。

日本学者从这种饮食习惯上，分析了两地民众不同的性格。以食用猪肉为主的关东人温文尔雅，礼节周全，说话的声音都不大；而以食用牛肉为主的关西人豪放不羁，不拘小节，具有幽默感。这么看来，地域性格决定了饮食习惯，而饮食习惯又反过来影响了地域性格。

冲绳县不喜欢吃冰激凌、北海道不爱喝牛奶、关西对牛肉情有独钟……不管喜欢吃什么，饮食习惯都充分体现出各地特色，让餐桌上的日本给人耳目一新的感觉。

日本各地"特色大战"彰显县民性

每年9月1日，日本山形县马见崎河畔都会举办"全日本第一煮芋头大会"，目前已经举行过25届。

3吨芋头，1.2吨牛肉，3500根葱，700升酱油……统统放在一口直径6米的大锅里，再花费5个小时烹煮。这一锅煮下来，可免费供应3万人同时食用。而翻动芋头的，居然是台挖掘机。

无独有偶，盛产芋头的日本宫城县，也有个同样的"煮芋头大会"来抢山形县的风头。据宫城县大会主办方负责人表示，"每年秋天，我们都会一边欣赏红叶，一边举办'煮芋头大会'。我们的芋头是味噌味的，和猪肉一起煮。"

对此，山形县自然不满。"全日本第一煮芋头大会"事务局负责人说："每年9月1日的大会，我们已经连续举办了25个年头。无论是质还是量，我们都是全日本第一。用牛肉和酱油的才叫煮芋头，像宫城县那样用猪肉和味噌的，只能叫猪肉汤。牛肉的价格是猪肉的两倍，所以我们的味道也要比他们好上两倍。"

像这样，因两地最具代表性、象征性的美食"撞车"而相互敌视的县，在日本还真有不少。比如栃木县宇都宫和静冈县滨松就是一对儿"饺子冤家"。

栃木县饺子会事务局长向记者"告状"，"静冈县从2006年开始，突然自称什么'饺子消费量全日本第一'，把我们都吓了一跳。我们栃木县宇都宫的饺子消费量才是全日本第一的。这可不是胡说，这是日本总务省的调查结果，是有根据的。虽然在去年静冈县的饺子学会代表送来了一封《谢罪文》和我们和解了，但无论是饺子的味道，还是对饺子的感情，毫无疑问我们都是最强的。

关于栃木县饺子的历史，众说纷纭。公认的说法是，'二战'结束后，那些从中国回来的日本士兵在枥木县宇都宫登岸，他们在中国都学会了做饺子，所以就让饺子在枥木县落户了。"

对此，静冈县也进行了自我辩护。创业50年的饺子店"陆奥菊"的店主说："从历史上来看，最先在我们这里卖饺子的是朝鲜人，后来饺子店"石松"从1953年就开始摆摊卖饺子，是我们这里最老的一家店。我们从前之所以不像枥木县那样大肆声张，是因为我们比任何地方都更勤勤恳恳、踏踏实实地做饺子。"

由此我们也可以看出枥木县和静冈县县民性的差异：一个善于自我宣传，一个懂得埋头苦干。

事实上，日本总务省关于饺子消费量的调查，是以市为单位的。而滨松是从2007年才被划分为政令指定都市。在此之前，枥木县宇都宫市的饺子消费量的确是年年全日本第一。到了2011年，这个桂冠，才被静冈县滨松市夺去了。

为了争夺全日本饺子第一，枥木县还专门成立了一个"夺还日本第一推进委员会"，以饺子之都的名义，与静冈县展开了长期战。

除了因特色美食"撞车"而积怨已久的上述几个县外，大分县和群马县的温泉县名号之争，山梨县和静冈县的富士县荣誉之争等，也都是日本的一道另类的风景。

这其中因由，在外人看来，难免有些啼笑皆非的成分。但究其根源，是世世代代生于斯长于斯的当地人，那独特的县民性和对各自乡土的炽热的爱。这样的良性竞争，又何尝不是发展各县文化产业的源动力呢？

"形象工程"体现日本近畿县民性

爱美是人之天性，"形象工程"是日本人一生的事业。可是在近畿地区，大阪府、京都府、兵库县、奈良县、和歌山县、滋贺县这两府四县不到3万平方公里范围内，"形象工程"就能细分成好几种，而且是截然不同，这就只能归结为县民性了。然而这种县民性，有时也让人感觉哭笑不得。

近畿地区流传着这样一句谚语：大阪人吃穷自己、京都人穿穷自己、堺（大阪府南部，明治维新前自成一县）人盖房穷自己。意思是说大阪人好吃，饭局是重要的社交场所；京都人讲究穿衣打扮，大家互相攀比，不惜借钱买衣服；堺人对住房很讲究，尤其装修给外人看的部分一定要精致，这样才有面子。1713 年刊行的浮世草子《商人职人怀日记》中感叹："还真是如此啊！"

同样是"形象工程"，一句古谚语就为这几个地方贴上了独特的标签。其实，即使同样在穿衣打扮上，几个府县的县民也恰到好处地体现了自己的特质。近畿地区女性的穿着打扮非常花哨艳丽，京都人"牙齿上都要穿十件衣服"自不必赘言，兵库县神户市是著名的港口城市，因此女性喜欢穿随风飘扬的长裙，而大阪女性身穿豹纹服，全身佩戴大串明晃晃珠宝的形象也是家喻户晓。大阪大学教授鹫田清一分析称，地理位置和文化传统都影响着人们的穿着打扮。大阪人喜欢将自己打扮得很滑稽，让身边的人由此感到快乐，这也是她们的一种"奉献精神"。

当然，"形象工程"中的县民性不仅仅体现在穿衣打扮上，也包含在行动做派等修养方面中。有学者调侃称，大阪人乘扶梯时靠右站，是这个城市曾经云集小商小贩的表现。古时大阪商业兴盛，人们走路喜欢右手抱着算盘，如果靠左前行的话，他们就无法用左手拨算盘算账。东京人乘扶梯时靠左，则是为了方便武士用右手拔刀，是武士之都气质的威武体现。只是江户时代还没有扶梯一节却被略去不谈了。

实际上，大阪是日本首个施行乘扶梯守则的城市。流传最广的说法是：1970 年大阪世博会前，大阪人模仿伦敦人靠右边站，之后影响到近畿地区各府县。东京比大阪整整晚了 20 年，靠左乘扶梯是为了突出"这里是东京"。然而有趣的是，京都人是近畿地区唯一靠左乘扶梯的县民。至今谈起这件事，大阪人还会愤愤地抱怨："他们背叛了近畿。"

近畿地区由于历史文化悠久，各地的县民性多种多样，谁也无法一言以蔽之。因此，直到今天，这个话题在当地仍是最有人气的谈资。大阪人善于将自己的缺点转化为大家的快乐，这是他们认为最有面子的事情。曾经有广告公司以此为题，制作了一个数落大阪人缺点的广告，在当地广受好评。但当这家公司想出"续集"，表扬一下他们的优点时，最后却因为内容匮乏而作罢。

对大阪人来说，这个未完待续的广告创意，才是他们"形象工程"的精髓吧。

"地方特色病"

日本有 47 个都道府县，每个县都有其迥然不同的"县民性"。耐人寻味的是，就是在患癌症的人口比例上，日本各县也具有鲜明的"地方特色"。

每隔 5 年，日本政府就会调查一次全国 47 个都道府县的县民平均寿命。从 2013 年的最新调查结果来看，无论男女，长野县都是当之无愧的日本第一"长寿县"。

长野县男性平均寿命是 80.88 岁，连续 5 次排名第一，比全国平均寿命长 1 年零 3 个月；长野县女性平均寿命是 87.18 岁，超过自 1975 年以来一直名列第一的冲绳县，比全国平均寿命长 10 个月。

而日本第一"短命县"则是青森县。不仅如此，据日本厚生劳动省提供的 2011 年"癌症年龄调整死亡率"统计数据，青森县每 10 万人中，就有 97.7 人因癌症死亡，比长野县的每 10 万人中有 69.4 人约多出四成。

对此，日本东京大学医院放射线科副教授中川惠一介绍说："癌症有一半乃至 2/3 的原因都是生活习惯造成的。"

那么就先来看看"短命县"青森县的生活习惯。在日本 47 个都道府县中，青森县男性的吸烟比例和饮酒比例双双名列前茅。同时，盐分摄取量也排在全国第 2，肥胖者比例全国第 9。而那些对身体好的生活习惯，却几乎都排在倒数。比如，蔬菜摄取量全国第 31，每天步行时间全国倒数第 2 等。

再来看看"长寿县"长野县的生活习惯。长野县男性的吸烟比例排在全国第 44，也就是倒数第 3；肥胖者比例排在全国第 40，也就是倒数第 7。而那些对身体好的生活习惯，比如蔬菜摄取量则是全国第 1，步行时间则是全国第 19。

第一"长寿县"和第一"短命县"的差距显而易见。同时也印证了癌症死亡人口比例与地方的生活习惯成正比。

另据 2011 年的"癌症年龄调整死亡率"调查结果，大肠癌死亡人口比例排在全国第 1 的，居然是曾经"寿冠全国"的冲绳县。同时冲绳县的前列腺癌男性死亡比例也上升到全国第 3，乳癌女性死亡比例上升至全国第 8。为什么会这样呢？

原来，在驻日美军的长期"占领"下，冲绳县的饮食习惯已经逐渐"改恶"，由传统的地方特色饮食变成了高脂肪、高热量的欧美型饮食。因此，近年来，冲绳县的青壮年死亡比例不断升高，男性平均寿命由从前的全国第 1 下降至全国第 30。而肥胖者比例却一跃上升至全国第 1。当然，冲绳县也有其可取之处，就是胃癌的死亡人口比例是全日本最低的。

那么，胃癌死亡人口比例最多的地方是哪里呢？依次是秋田县、青森县、鸟取县、山形县和新潟县。同时，秋田县和新潟县、鸟取县还是食道癌死亡人口比例最多的地方。

上述县的共通点是都处于寒冷地带，平时较多食用用盐腌制的蔬菜和肉类，同时也因为要暖和身体，所以会习惯性地饮用烈酒。这样的地方特色就造成了胃癌与食道癌的多发。

还有佐贺县和福冈县，这两个因豪饮、男子气概而闻名的县，分别是全国肝癌死亡人口比例的第 1 名和第 2 名。

更耐人寻味的是，冲绳县、宫崎县、鹿儿岛县、长崎县还是日本白血病死亡人口比例最多的地方。白血病也已经成为九州地区和冲绳地区的"地方特色病"。

女性内衣裤下的"县民性"

日本 47 个都道府县，因其历史背景、文化风俗不同，"县民性"也各异，这向来是日本坊间热议的话题之一。最近，"好色"的日本媒体掀开各县女群众的内衣裤，来了一次特殊角度的"县民性"大盘点。

调查显示，在内衣裤上最舍得花钱的是长崎县女性。平均下来，她们每人每年为遮盖"三点"花费了 21532 日元（约合人民币 1400 元），其次分别为秋田县（19219日元）、福岛县（10097 万日元）、广岛县（18581 日元）、东京都（18353 日元）。而最不讲究的则分别是滋贺县（11571 日元）、岩手县（12344 日元）、爱媛县（13068 日元）、埼玉县（14091 日元）。

千万别以为买内衣裤那些事，仅仅是茶余饭后的谈资。专门从事"县民性"研究的日本学者分析说，这些数据可以从多个侧面反映出各地区的金钱意识、对异性的态度，甚至虚荣心的强弱程度。比如，东北地区普遍相对朴素，而关西地区则比较奢侈。即使同在东北地区的秋田县与岩手县，一个位列顺数第二，一个位列倒数第二。相邻的两县之间，只要跨越县境意识就完全不同，这是非常有趣的服装社会现象。

在购买内衣裤金额上数一数二的长崎县与秋田县，是日本著名的"美人产地"，重视内衣裤的女性很多。长崎县美女一般脸部线条比较优美，性格包容性强，对男性非常顺从。为了不让男性因内衣裤对自己产生厌恶感，同时也为了激发对方的"性趣"，长崎县的女子在内衣裤上毫不吝啬。

"秋田美人"以肤白如雪、唇红齿白而著称。如今风靡日本的"坛蜜"，就出身于秋田县。她们非常热情好客，以前即使旅客经过，也会拿出储藏的好酒好饭招待。因此，在性方面，她们平时会将高档内衣裤藏好，一旦要"招待"男性就会拿出来。秋田县在各种内衣裤调查中都名列前茅。昭和初期，日本女性有正月"更新"内衣裤的传统，秋田县至今还保留着这一传统。

调查发现，长崎县女性喜欢丁字裤，秋田县女性则喜欢情趣内衣。这些内衣裤的价格要远高于普通内衣裤，也为两县分获状元与榜眼加分不少。

此外，倒数第一的滋贺县女性，购买内衣裤的金额只相当于长崎县的一半。滋贺县与倒数第二的岩手县都属于"不乱花钱的县"。但是，两地的县民性也有很大差异。

滋贺县民们继承了"近江商人"的气质。简单说，就是拼命赚钱，不该花的钱一分不花。女性在购买内衣裤时，都会选择结实耐用、性价比高的，认为频繁更换没有必要。

岩手县虽然没有滋贺县的"商人味"那么强，但县民非常质朴，女性对穿什么内衣裤毫不在乎。最有趣的是，现在女性的胸罩和内裤一般是配套的同一种颜色和类型，而岩手县的女性完全不管这些，可以上身白胸罩、下身黑内裤的到处跑。

此外，内衣裤大盘点还发现，福岛县女性戴胸罩最早。她们初婚年龄最早，普遍早熟。再加上当地女多男少，女性给男性送礼物的频率最高，主动性非常强。为尽快"捕获"郎君，福岛女性很早就戴上胸罩，在增加性魅力的同时，也证明自己已经成熟。在颜色上，和歌山县女性喜欢粉红、岐阜县女性喜欢黑色、爱媛县女性喜欢米色……

通过女性私密部位的几块布，能研究出这么多东西。日本人注重细节的性格也在

熱中症予防情報（あす）

	9	12	15 時
水　戸			
宇都宮			
前　橋			
さいたま			
千　葉			
東　京			
横　浜			

危険度
高

低

天気予報画面

秋山さん家の
とまと
（産地：栃木県）

樹上で赤く熟してから
収穫しています。
おいしさとみずみずし
自慢のとまとです。

"实名制" 果蔬

东京都中央批发市场，
鲸金枪鱼竞买现场

人才市场上，
女大学生
投递简历

东京年轻人
「人脉午餐」
场景

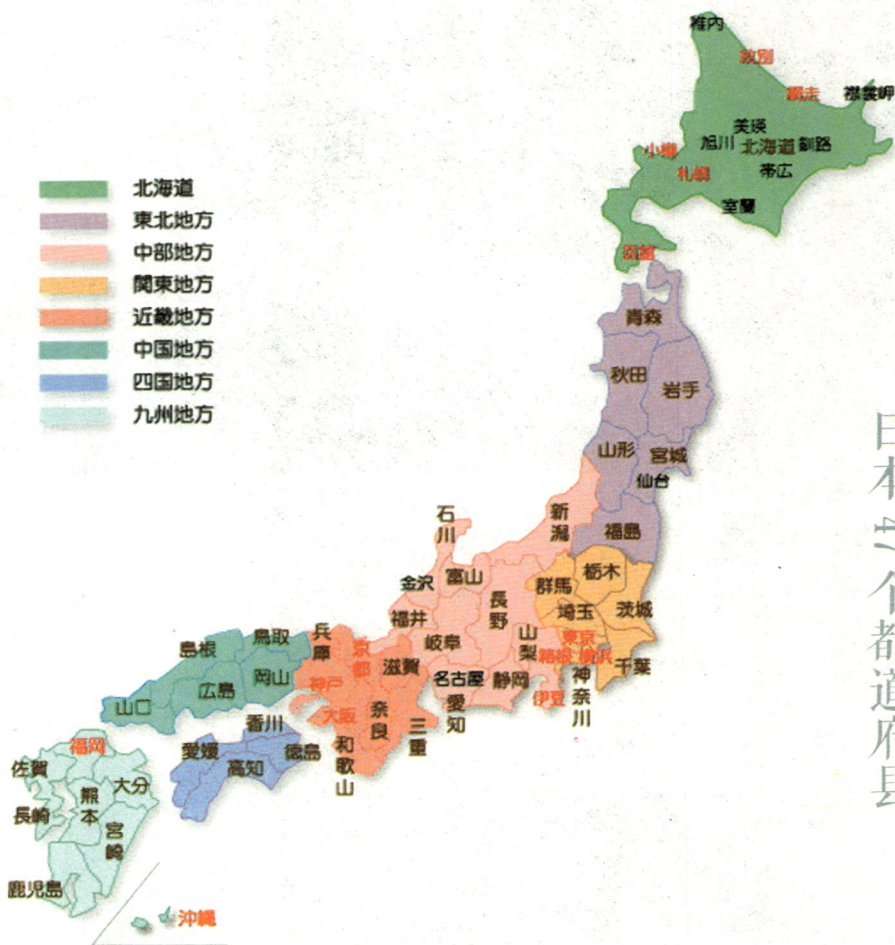

日本47个都道府县

凡例：
- 北海道
- 東北地方
- 中部地方
- 関東地方
- 近畿地方
- 中国地方
- 四国地方
- 九州地方

稚内　枝別
襟裳岬
小樽　美瑛　釧路
旭川　北海道
札幌　帯広
室蘭
函館

青森
秋田　岩手
山形　宮城
仙台
新潟　福島
石川　栃木
金沢　富山　群馬　茨城
福井　長野　埼玉
岐阜　山梨　横浜
名古屋　静岡　千葉
島根　鳥取　兵庫　京都　愛知　伊豆　神奈川
広島　岡山　神戸　滋賀
山口　大阪　奈良　三重
香川　和歌山
福岡　愛媛　徳島
佐賀　高知
長崎　熊本　大分
宮崎
鹿児島
沖縄

世界文化遗产——东照宫，位于日本栃木县日光市，是祭祀德川家康神主的神社

这是位于日本神奈川县镰仓的长谷寺，日本的国家级文化遗产

法隆寺附近的
"生驹新地"

风俗产业街景

富士山脚下的
忍野八海

世界文化遗产之镰仓大佛

静冈县玉泉寺，因幕府末期美国总领事馆将其用为休息室和办公处所而闻名

这上面尽显无余。日本不少对此感兴趣的学者表示，这是一个有着广阔研究空间的领域，在这方面还需要进一步深入。

"平均胸围地图"的背后

在日本，素有"秋田多美女""山形女性胸围大"等传闻，到底可信度有多少呢？为此，日本媒体最近特意以全国 47 个都道府县的女性（各地 50 名，共计 2350 人）为对象，进行有关胸围的调查统计，并绘制出全国女性平均胸围地图。结果显示，关西地区女性胸围普遍比关东地区大。

更出人意料的是，这份"日本女性平均胸围地图"，甫一出炉，就在日本媒体上广泛传播，也被中国媒体广泛转载。由此看来，日本女性胸围的问题，不是只有日本女性自己关注。

据"胸围地图"显示，日本有 18 个县的女性平均胸围在 B 罩杯，17 个县的女性平均胸围为 C 罩杯，12 个县的女性平均胸围为 B 至 C 罩杯。从东西范围来看，日本东部约有半数地区女性都属于 B 罩杯，而日本西部则有半数都属于 C 罩杯，因此日本西部女性比东部女性胸围稍大一些。

从地域细划分的话，奈良县和大阪府属于 D 罩杯，岐阜县和东京都则属于 E 罩杯，中部地区的女性更加丰满。同样的调查显示，胸围多为 D 和 E 罩杯的中部女性更是有40%以上选择了"胸部按摩"。

其实，胸部整形在日本越来越流行。这张"胸围地图"的广泛传播本身就说明问题。此前，一项调查显示，八成以上的日本女性对自己的胸围抱有烦恼，可见日本女性对自己的胸围很看重。毕竟胸围是女性魅力的一个重要因素，能体现出一个女性的身材曲线和性感，对尤其注重外表的女性而言，胸围的型号关乎自信。

或许让女人对胸围最关注的是男人们的看法。就像女人爱打扮一样，目的往往就是让别人看，要是能够夸她们几句，她们更是自信满满。

当问及日本女性"你认为女性理想的胸围是多少"时，回答"C 罩杯"的比例分别为 46.1%和60.3%，回答"D 罩杯"的比例则分别为 33.8%和24.2%。〔此次是以 219 名胸围大的女性（D 罩杯以上）和 219 名胸围小的女性（C 罩杯以下）为对象实施的调整）。同样的问题向 212 名日本男性提问时，回答最多的依然是"C 罩杯"（51.5%）和"D 罩杯"（31.5%）。

理想和现实是有差别的，日本女性平均胸围为 B 至 C 罩杯之间，显然离她们的期望有距离，而离男性的期望则更远。实践则证明，"胸狠"的女性更受男性青睐，更有前途。NHK 电视台巨乳美女主播杉浦友纪，只因为"胸狠"这一项，就让电视台的收视率飙升，很多粉丝晚上半夜起床看她播新闻。

女人看重胸围，除了展示自己女性魅力的一面，博得更多男人青睐以外，胸围的附加值确实很诱人，不仅有名，还有利。这在日本经济萎靡不振，社会压力不断增大，生活竞争越来越强的现实环境下，成为一个"胸狠"的女性真的是意义不一样，"胸围地图"风行日本，也就让人不难理解了。

世界遗产地各藏"特色红灯区"

2013 年 6 月，日本引以为傲的"灵山"——富士山被列入《世界文化遗产名录》。自古以来就被视作国家象征的这座高山，终于成为日本第 17 处世界文化遗产。消息传来，日本举国上下欢欣鼓舞。不过，当"懂行"的民众打开日本地图，扫视上面世界文化遗产所在地时，却惊奇地发现：这不是一张日本红灯区向导图吗？

确实，日本多数世界遗产的周边存在着历史悠久的红灯区，里面的风俗店形态多样，各有特点。为一探究竟，日本媒体派出采访小组开展了实地调查。

日本最先登上《世界文化遗产名录》的是位于奈良县生驹郡斑鸠町的法隆寺。这座完成于飞鸟时代、由圣德太子建造的寺庙，是世界上最古老的木造建筑，因此在 1993 年 12 月成为日本首个世界遗产地。不过，这附近的"生驹新地"也名声在外。这片保持了古代风貌的地区是著名的"色町"。古色古香的街道上满是观光旅馆。

旅馆的招牌上"风俗营业许可店""未满 18 岁者谢绝进入"赫然在目。随便进入一家旅馆，只要说"我想玩一玩……"，服务员马上就会叫来"艺者"打扮的年轻女孩。与客人小酌几杯聊上一阵后，这些"艺者"会与客人一起进入房间，提供各种色情服务。当然，这些古典风味的"艺者"收费也不低，一般在每小时 3 万日元（约合人民币 2000 元）以上。

关西地区的京都因拥有清水寺、平等院、金阁寺等多处寺庙，1994 年 12 月以"古都京都"的名义整体申遗成功。但这里同时也是色情"圣地"。京都的五条乐园有众多真正的"艺者"，号称"色情桃花源"。只要价格合适，这些"艺者"能把色情服务上升为一门艺术。

此外，京都的奥佐敷、木屋町、先斗町等地区则由时尚女孩担纲，她们五颜六色的头发、古铜色的皮肤，为古都的色情服务注入了现代感，让很多游客流连忘返。世界遗产众多的京都，各种色情服务也五花八门。

位于栃木县的日光东照宫是供奉日本江户幕府开府将军德川家康的神社，建造于 1617 年。以其为主的"日光社寺"于 1999 年 12 月登录为世界遗产。栃木集中着关东地区最具特色的风俗店，而且 1 小时仅在 1 万日元（约合人民币 630 元）左右，非常便宜。这里的最大特点是女孩子年轻，平均年龄在 19.5 岁左右，素朴清纯是其亮丽的标签，海内外观光者慕名而来，纷纷在德川家康的长眠之地留下足迹。

2011 年 6 月登录世界遗产的小笠原群岛风光旖旎，是日本难得的自然遗产，这里的色情服务也非同一般。这些从东京坐船需要花上 1 天的岛屿上，能够满足重口味需求。小笠原群岛原本是英国殖民地，"二战"后又被美国接管过一段时间。因此，岛上的女性很多都是有着欧美血统的混血儿，鼻梁高挺、个子也超出一般日本人。成长在天然环境中，岛上的性工作者充满野性、不拘常规，能满足客人各种要求。此外，50 岁以上的"超熟女"服务，也是岛上一绝。厌倦了都市生活的游客们，往往喜欢在这个远离大陆的自然遗产地尽情放纵一下，并称其为"太平洋上的乐园岛"。

日本其他世界遗产地情况也差不多，游客越多就越"繁荣娼盛"。不过，性观念开放的日本人并没有觉得这有多么藏污纳垢，反而认为这是世界遗产地一道独特的"风景线"。

"人妻不伦" 各具县民性

喜新厌旧或许是人类的天性之一，有些人甚至为此不惜跨越道德界限。自古以来，日本民族对性活动的约束就极少，男女都有很多超越伦理的性行为，日语中将这种出轨行为称为"不伦"。而"人妻不伦"则在日本遍地开花，成为一道显眼的"风景线"。

虽然日本是单一民族国家，但由于地域文化千差万别，各地"人妻"在"不伦"上也各具特色。最近，日本媒体对3000名已婚妇女展开大调查，剖析了此种"县民性"。

主妇出轨率排在第一位的是埼玉县，高达20%。这个紧靠首都东京的地区，特别喜欢新潮、大胆的行为。20世纪90年代初期，东京最具人气的迪斯科厅里，在台上跳来扭去的大部分都是埼玉县民。电视台每次播放有关出轨的节目，收视率最高的也是埼玉县。该县家庭主妇比例非常高，由于生活单调，很多40岁左右的主妇趁丈夫不在家时偷情，甚至成为该地的流行趋势，在全国获得了"埼玉40岁不伦妻"的美称。

与埼玉县并列第一位的是德岛县，女性被称作"阿波美人"。"阿波"是德岛的古称，这里的民众以善于经商而著称。当时的"阿波商人"将全国各地的美女带回德岛，这些精明强干的女性经济意识强，在性方面非常开放，而且敢于打破规范，因此荣登榜首丝毫不让人意外。

东京作为首都，因为生活节奏快、人口流动性大、面临诱惑多，红杏出墙的比例排在了第三。紧随其后的群马县女性一向好奇心强，敢于挑战新事物，因此也喜欢"新郎君"。长崎县作为日本自古以来的对外开放城市，受欧美文化影响较深，男女平等意识非常强，不少主妇认为"男人偷得我也偷得"，纷纷加入出轨队伍。

值得一提的是北海道。在人们的印象中，这个日本最北方的极寒之地，外出活动都不方便，主妇出轨率却名列前茅。北海道是日本自然环境留存最好的地区之一，在这里长大的民众尊崇天性，不喜欢被条条框框束缚。而且由于冬季很长，成人喜欢在室内"娱乐"，夫妻间性爱的频率很高。经常在家里听到各种"怪声"的小孩，对性的好奇感不断增强。成人后，她们勇于与不同人进行性尝试，因此出轨概率也大大增加。

除了北海道，还有南部的福冈县。该县的出轨率也超过了10%。福冈虽然也是性方面很开放的地区，但福冈人爱面子、自尊心强，一旦出轨暴露，将让主妇们无地自容。不过，福冈女性有自己的弱点：母性强大。一旦她们觉得某个男人值得同情、母性爆发，就极可能献出身体，激情出轨。而且她们一旦出轨特别疯狂，可以不顾一切，被称作"不伦过激派"。

让人奇怪的是，各都道府县中出轨率最低的竟然是大阪。大阪人一向被认为热衷性爱，而且也不是儒家礼教影响至深的地区，为何女性们显得如此"忠诚"？原来，大阪是日本商业文化最浓的地区之一，主妇们虽然好色，但更懂得计算得失。理性的她们会判断，出轨与不出轨对自己分别带来的影响。答案不用说，自然是不出轨较好。也有另一种观点认为，大阪女人在性方面非常顺从，如果听到有关系的男人说"想和你那个"，她们会说"真是没办法"，然后开始宽衣解带。这种婚外性行为在她们的意识中，可能根本就算不上出轨。因此，接受匿名调查时，她们也就无意识地填写了"未出轨"。

调查最后发现，即使日本各地"人妻"出轨各有特色，但也有共同点：她们一旦出轨就如同陷入沼泽，道德感会逐渐降为零。即使被周围人议论，她们也根本不管不顾。而且，主妇如此高的出轨率，让在外打拼的日本已婚男人个个心惊肉跳，就怕哪一天自己不在家时，某个陌生男子会敲响自家的门。

饮食男女滚床单也有县民"性"

在日本，有这样一句传言，说是"小城市的性体验早，大城市的性冷淡多"。事实是否如此？日前，日本安全套生产商、相模橡胶工业株式会社对 47 个都道府县的 20～60 岁年龄段的男女实施了"性生活大调查"。

调查结果得知，日本人初次性体验的平均年龄是 20.3 岁，性伴侣平均人数是 8.1人，平均每月过性生活 2.1 次，已婚男女和恋爱中男女的 21.3%都有外遇。有 55.2%的已婚人士认为自己已进入"无性"婚姻。

在 47 个都道府县里，性生活满足度最高的是鹿儿岛县。鹿儿岛县所在的南九州的熊本县、宫崎县也进入了前十位。被日本人誉为男人中的男人的"九州男儿"，果然有力度！

最早步入伊甸园、偷尝禁果的呢，则是受驻日美军影响，较为开放的冲绳县，其次是青森县、高知县、岩手县、兵库县。上述 5 个县的男女初次性体验平均年龄都不到 20 岁。

最"好饭不怕晚"的是当年江户幕府"御三家"之一的德川光圀的领地、"水户学派"的发源地——茨城县。难道,"甘落人后"是受儒家思想影响较深的结果?

全日本性伴侣最多的是高知县人,平均每人有床伴 12.4 人。其次是冲绳县人,平均每人有床伴 10.2 人。这和冲绳县、高知县在初次性体验年龄榜上,分别排名第一和第三不无关系。上路早,蹚过的河也多。

全日本平均每月性生活次数最多的是佐贺县的 2.79 次,其次是秋田县、冲绳县、熊本县和岛根县。而排在最后位的居然是人口密度仅次于东京的国际知名县府大阪府。看来,"小城市的性体验早,大城市的性冷淡多",多少还是有些现实依据的。

全日本平均每月自慰次数最多的是秋田县的 5.67 次,第二是富山县的 5.28 次,第三是冲绳县的 4.8 次。同时,秋田县和冲绳县还是全日本每月性生活次数第二和第三多的县。性生活次数最多,自慰次数却也最多,这说明了什么问题?

通过这次的"性生活大调查"还可以看出,日本人在性生活的问题上,不仅各县有落差,就是男女双方间也差距很大。比如,有 75.2% 的日本男性都表示,"性生活次数太少,得不到满足",而日本女性有此同感的仅占 35.8%,是男性的一半以下。

此外,从这次的调查结果还可以看出,日本女性的性解放程度在近年来取得了很大的"进步"。30 岁往上的女性有八成都是将初夜交给了恋人,而 20 多岁的女性里,有 9.6% 是和网友度过的初夜。

更为有趣的是,在女性的性体验年龄不断提前的同时,还有 40% 的未满 30 岁的男性在接受调查时还是处男身。日本"肉食女"与"草食男"的进化失衡已经到了如此地步。

无独有偶,日本一家周刊以在"性感研究所"注册的 1.5 万名女性会员为对象,就全国 47 个都道府县的"女性县民性"进行了大调查,随后发布了一张全国"性爱地图",对各地女子的性爱热衷度等进行了前后排名。一时间,竟然"洛阳纸贵"。

北海道之秋,正是海鲜上桌时。在食用了蛋白质丰富的海鲜后,北海道女人毫不掩饰对性爱的热衷。这个因《非诚勿扰》为中国人熟知的地方,电影中"居酒屋"那豪放的四姐妹,就是当地女性的缩影。在对性爱的"热衷""一般""不太喜爱"三个选项中,52% 的北海道女性选择了"热衷",占一半以上。

北海道女性是真诚的,她们有的在回答这些选择题后,还在问卷上讲述了自己的亲身感受。今年 28 岁的佳奈这样坦率地写道："我觉得女人和男人在本能上没有区别，满足自己的欲望没有什么错。每次和自己喜爱的男人鱼水之欢后，我都觉得全身轻松，充满活力，我们北海道女性就是这么真实，这么天然。"

在那张地图上，性爱满足度排名最高的是秋田县。日本素有"温泉、日本酒、秋田美人"三大宝的说法。此次调查显示，72%的"秋田美人"对自己的性生活很满足，高居全国首位。更让人吃惊的是，接受问卷的"秋田美人"们，自称每 10 次性生活中，居然有 7 次能够达到"爽"的巅峰。难怪，秋田……

报道称，一位在东京生活的新闻记者娶了一位秋田美女，还与各色各样的众多秋田女人有过交往，因而对秋田女人特别有研究。他说："秋田女人天生乐观豁达，不管什么事，她们都很少纠结。这种良好的心态，让秋田女人在性爱上特别放松。她们认为没有比性爱更好的娱乐，所以特别容易进入'爽'的境地。"

与北海道、秋田女性形成鲜明对比的，是各项排名都垫底的栃木县。这个拥有日光、那须、盐原等有名温泉的地方，保守气氛弥漫。调查显示，栃木女性的初次性体验时间在日本最迟。调查中，栃木县女性都不愿意讲述亲身体验。好不容易找到一位，对记者千叮咛万嘱咐不能透露真名，还要找个没熟人的地方接受采访。

这位栃木县的女性介绍说："我高中时期，全班基本都是处女。而且，其他班级也差不多。我的第一次是和丈夫在一起，当时丈夫触碰到我的时候，我居然尖叫起来。栃木人大多居住在村庄内，女子从小就被教育为人要矜持，而且栃木在日本的内陆地区，与外界交往不多，这可能是栃木民风保守的重要原因。"

这位栃木县女子或许说得不错，栃木的保守在日本全国是出了名的。这样说来，看日本，是不能"一斑窥全豹"的。绝对不能因为了解了日本一个点，就自认为是"日本通"了。此前还有好事者做过调查，说栃木县女子很多做爱时保守到了不脱内裤的程度，戏称这完全可以被认定为"世界非物质文化遗产"。

其实，在性生活方面，开放也好、保守也好，都不是绝对的，也不可能是整齐划一的。但是，可以肯定的是，日本各地的"县民性"构成了整个日本的"国民性"。正是不同的地域性格，让日本这个大和民族的性格非常复杂，这不是一本《菊与刀》可以简单概括的，同时也是外人看不懂日本的一个重要原因。

东京人与大阪人这样不同

1972 年中日两国恢复邦交以后，日本的东京与中国北京结成了友好城市，日本的大阪与中国的上海也结成了友好城市。这样一来，人们在谈到中日两国大都会"双城"的时候，就会情不自禁地想起中国的北京与上海、日本的东京与大阪。

可以这样讲，日本的东京犹如中国的北京一样，是作为首都的首善之区，还是政治文化的中心；日本的大阪则好似中国的上海一样，是繁荣的商贸重镇，也是日本商业文化的中心。

中国人比较喜欢谈论北京人与上海人的异同，时而还会有一番口舌之争。其实，日本人也喜欢议论东京人与大阪人的异同，只不过他们常常把地域扩大一些，说的是"关东"与"关西"的不同。而日本"关东地区"的代表性城市则非东京莫属，日本"关西地区"的代表性城市也要首推大阪了。我手头就有这样三本书，一本名为《关东人的思维，关西人的说法》（浅井建尔著，成美堂出版株式会社出版，2001 年 12 月第一版），另一本名为《"关东"与"关西"有这样的不同》（日本博学俱乐部著，PHP研究所出版，2000 年 2 月第一版），还有一本名为《大阪的常识，东京的非常识》（近藤重胜著，株式会社幻冬舍出版，2005 年 3 月第一版）。由此，也可见日本人对这个话题的偏爱。

2007 年 6 月 10 日，在日本"钟表纪念日"的时候，日本著名的钟表商"精工"曾经进行过一个题为"东京人与大阪人的时间感觉"的比较调查。针对"对于你想去的饭店，从点菜到把菜端上来，你能够心情较好地等待多长时间？"回答"30 分钟以内"的，东京人占 12.1%，大阪人占 2.8%。由此，可以显示出在性格上大阪人比东京人急躁。

其实，仔细观察，在东京和大阪还可以看到这样一些风景。比如，在银行的 ATM机前面，东京人一般都会规规矩矩地排队等待，大阪人则总是在排队的时候向前探头探脑，好像是在问"怎么还没有完"？街头交通信号的红灯改变以后，东京人会左右张望一下再过人行横道，大阪人则是马上急冲冲地走过去。在电车上遇到手机响了，东京人一般都会轻声说："我现在在电车里面"，然后就把电话关闭，在大阪的电车中则可以看到不少人在打手机电话。在东京的便利店里面，人们如果看见复印机上面贴着一张写有"故障中"的字条，就会耐心地等待，大阪人遇到这样的字条，就会询问店员："为什么不快点修理？"在城轨电车离开站台以后，东京的站台上还会有乘客在等下一辆车，在大阪的站台上就空无一人。

还有人说，东京人冷淡，大阪人热情，比如，乘坐出租汽车的时候，东京的司机基本上处于无语的状态，大阪的司机都会热情地招呼几句，有的甚至和你聊一路。

日本总务厅的调查统计表明，在购买书报方面，东京人每年平均花费 28854 日元，大阪人每年平均花费 18730 日元。东京平均每 100 万人拥有 28.8 个图书馆，大阪平均每 100 万人只有 12.9 个图书馆。有人说，大阪人不喜欢读书，更喜欢听、喜欢说，他们是用耳朵在接收讯息，具有一种"耳学问"。

据日本厚生劳动省的"人口统计调查"，在适龄结婚方面，大阪人的结婚率为 7.3%，东京人则只有 6.2%。由此，可以看出大阪人与东京人在家庭观念上的不同，也就难怪日本的少子化趋向无法刹车了。

说起日本"双城"的比较，应该还是有很多的。但是，这种比较的结果往往又是难以做定论的。因为无论如何比较，都是一孔之见，有的时候可以起到"窥一斑而见全豹"的作用，有的时候就是"挂一漏万"，甚至要出现偏差了。

金钱观念折射日本关东关西大不同

看日本人乘坐电梯靠左还是靠右，问日本人电流频率是多少，你就能知道他是关东人还是关西人。乘电梯，关东人靠左，关西人靠右！论频率，关东 50 赫兹，关西是 60 赫兹！虽说地分东西南北，但单一民族国家存在如此巨大差异的，在世界上也不多见，以致日本不少学者也不得不承认"这是个分裂的国家"。

市场经济，谁都离不开孔方兄，金钱观念上，以东京人为代表的"江户子"和以大阪人为代表的"难波子"，差异尤为明显。

在东京，日用品减价不大能吸引人，而在大阪，人们习惯看到减价广告后再去买东西。在东京，门口排着长队的一般是高级餐馆或剧场；而在大阪，只有低价处理积压品的商场，人们才会排起长蛇阵。

日本民众经常开玩笑说，东京人洗完澡，水直接就放了。而京都人则用来浇花，奈良人还要用来洗衣服，而大阪人则在考虑，水还能不能喝。

如果东京人与大阪人一起去海吃海喝就更热闹了。点菜点酒时，东京人会非常"土豪"，这也要那也要，眼睛都不往价格上瞟，大阪人则会在一旁悄悄皱眉头。可是吃着吃着，东京人就开始不自然了，因为酒菜越上越多，又不知道价格多少，根本不知道自己荷包里的银子够不够。而大阪人则神情自若，心中早已有数。到了结账时，情节更狗血。东京人还在忐忑不安地等着收银员算钱时，大阪人的三个数字早已脱口而出：总金额多少，你该付多少，我该付多少。

在一般人的印象中，哪怕是 AA 制，往往也是奉行均摊原则，只需要总额与分摊额两个数字。但大阪人可不这么想。他会很详细地告诉东京人，菜你大概吃了几分之几，酒你大概喝了多少瓶，所以咱哥俩可不是一个概念。东京人仔细回忆回忆，好像对方没说错，计算出来的金额也算公道，只得乖乖付钱。

在花钱上，关西人说关东人是"死要面子活受罪"，关东人说关西人是"斤斤计较打算盘"，互不相让。江户时代的"洒落本"（相当于游记）记载，"江户子"（江户为东京的古称）出生在皇城根下，从小生长在浓厚的政治、文化氛围中，为人处事都讲个大气与品位，在花钱上自然不能吝啬，颇有点儿"老北京"的味道。居住在江户的各地诸侯家属，到游乐场所往往是一掷千金，买东西不买对的只买贵的。不少贫困潦倒的武士，也沾染上了这种"贵族气"。他们为了请客吃饭撑面子，不惜打破"士农工商"的界限，低下头来向商人借贷，有些人甚至把身份的象征——武士刀都押给了当铺。这种"江户子"性格被关东地区传承下来，形成了现在关东人的金钱观。

大阪古时称"难波"，因此大阪人又被称作"难波子"。他们的口头禅就是"太浪费了"，平时精打细算，被称为"拿着算盘走天下"。日本总务省公布的 2013 年家庭支出数据显示，47 个都道府县中，东京排名第 6 位，而大阪排名第 31 位，其实两地收入水平差不多，但差距就是这么大。

由于濒临濑户内海，关西地区自古就是日本商业和贸易最发达的地区。从江户时代起，大阪就成为日本全国的经济中心，被称为"天下货仓"。如此环境下长大的"难波子"，自然商业味浓厚，对金钱特别重视。此后，在一代代"难波子"的努力下，大阪慢慢发展成为一座现代化工商业城市，"精打细算"更逐渐成为整个关西地区的标签。更有意思的是，如果你说关西人"吝啬小气"，他们"不以为耻反以为荣"，如果说他"大方"，关西人反而会认为你是不是说他傻。

"江户子"与"难波子"的区别就是这么大。多年来，历届日本政府出台过很多措施，想让关东人与关西人更好地融合，但他们就是尿不到一个壶里。其实，这种白费力气的事没什么必要，一个国家的独特魅力或许正源于各地域的巨大差异。

大阪老太泼辣无敌

一种名为"是我，是我"的诈骗方式近年来在日本很猖獗，骗子给老年人打电话装作是他们的孙子骗钱，但此类诈骗在大阪较少见，据说是因为大阪老太太的威力震慑了罪犯，静冈县还专门邀请3名大阪老太太出演公益广告，提醒老年人不要上当。其实，即使没有"装孙子"诈骗这件事，大阪老太太的"威力"在日本也有口皆碑，她们服饰夸张、泼辣健谈、敢打敢拼，爱占小便宜，总之个性鲜明，很有喜感。

京都女性古典、秋田女性美丽、鹿儿岛女性豪爽……而大阪女性在全国知名度最高的就是老太太。关于大阪老太太的研究著作很多，将她们的特征总结得淋漓尽致。比如，她们生存能力强，在日本没有天敌，极具正义感，天生好战且神通广大。大阪老太太酷爱豹纹服装，买东西绝对要划价，拿超市促销当作战斗。自行车仿佛是她们的"战车"，她们时常无视交通规则且具有高攻击性。节约也是她们的一大特点，出门必拿免费发的纸巾，回家路上再拿一次，平时凑在一起总爱比谁的衣服更便宜。她们说话大声，一说起来起码两个小时不会停，第三人称永远是"那孩子"，不管对方的年龄和身份。她们和人自来熟，口袋里永远揣着糖到处发。她们在车上抢座拿手，并且绝对不会受骗。

从好的方向理解，在日常生活中小气说明生活能力强，说话声音大、幽默可以带动周围的气氛，穿衣品位低但可以在娱乐自己的同时娱乐大众，到处发糖能够良好地调节人际关系。可以说大阪老太太在日本算是"异类"，很少有这么阳光、热情、生活感强的人群了。家里如果有这么一位老太太，会给生活增添很多乐趣。因为她们是无敌的，没有任何事能让她们情绪低落。

此外，大阪老太太直来直去、不拐弯抹角。她们能够直面自己的内心，敢于对喜欢的东西说"是"，对讨厌的东西说"不"，而开朗的性格、旺盛的进取心、良好的沟通能力和行动力，更好像是她们在娘胎里就具备了。

在东京，说大阪方言的女孩被认为是最可爱的。在演艺界，很多大阪老太太或她们的"预备军"都很受欢迎。比如演艺界绝对的"一姐"，62岁的和田秋子。还有中国人都知道的藤原纪香，有人说她将来能成为"史上最性感大阪老太"。

一方水土养一方人。大阪老太太鲜明独特的个性，正是古都大阪悠久的历史与丰富的文化孕育而成的。自古以来大阪就是天下商人汇聚的"商都"。大阪也被称为"天下的厨房"。也许正是"商都"与"市井"的环境造就了大阪人的性格。比如大阪商人有一句处事训："黑心赚钱华丽消费。"老太太们把大部分的钱用来装饰自己，穿鲜艳的衣服，戴大串的珠宝，给人一种华丽却没品位的印象。商人的精明和工于算计，使大阪老太给人小气的印象。

有大阪人担心这样的老太太会让全国人都以为大阪人是"小市民"。但大阪老太太自己非常自豪，认为应该多上电视，感染更多的人。多数日本人都很羡慕她们，认为她们活得非常潇洒，这在日本很难得。

大阪缘何成为性犯罪之都

提起日本，很多人可能最先想起的城市就是东京和大阪。大阪作为关西地区行政、经济、文化等方面的中心，在日本具有与东京平起平坐的地位。多年来，大阪与东京在各个方面都彼此不服气，你追我赶并互有输赢。

值得一提的是，有一项"冠军"，大阪始终牢牢握在手中，那就是性犯罪率。日本警察厅统计数据显示，大阪开始"荣登榜首"是在2003年。那一年大阪的性犯罪案件多达1250件。此后，大阪就一直在"头把交椅"上没下来过。截至2012年年底，大阪的性犯罪案件已经有1251件，和上一年相比又增加了好几个百分点，比排在第二名的东京多出了约 300 件，超过最高纪录的 2011 年。

至此，大阪性犯罪案件已经连续 10 年居全国第一，创下了十连冠。其中，针对小学生的性犯罪更是惊人，是东京的两倍多，而大阪的人口仅约为东京的 1/4。

为何大阪的性犯罪会如此猖獗，比其他地区高出一截呢？首先是社会因素。大阪作为日本最重要的性文化发源地之一，性开放程度自然也非同一般。一年一度的大阪性文化节等都是大阪的独特文化名片。大阪的飞田新地，不仅是日本西部最大的红灯区，同样也是日本传统性文化保留得最完整的地区之一。至今为止，能够去飞田新地"体验"一番，仍然是众多日本男人心中的梦想。在充斥着花街柳巷的浓厚氛围下，自然也会对当地民众造成不良影响。日本《信使周刊》的一份调查显示，接近三成的大阪男人在高中时期，就光顾过当地的"红灯区"，不少人的"初体验"还来自于此。因此，不少大阪人并未形成正常的性观念。

此外，还有大阪的民风。研究地域特色的 STEP 综合研究所所长清水奈穗指出："大阪地方所特有的粗犷奔放的民风，一句'没事'就原谅对方的独特风气，都有可能是造成性犯罪率居高不下的原因。此外，大阪人情社会的特征要比日本其他地区明显。很多事情大阪人都是私底下协商解决，而不愿意诉诸公堂。再加上大阪是传统的商业繁华区，不少大阪人喜欢钻法律空子，久而久之就造成了大阪人法制观念淡薄，容易突破法律底限。"

经济方面的原因也不可忽视。大阪的贫富差距较大，社会呈现"两层构造"。大阪形成了不少生活困苦民众聚居的贫民区，有的街道基础设施落后，甚至没有路灯。对于因经济原因正常性要求得不到满足的很多犯罪者来说，这些贫民区极容易进去又容易逃出来，这些都是造成大阪性犯罪率高居不下的重要原因。

大阪府警方从 2012 年开始，将打击性犯罪作为重点工作之一。截至 2012 年 11 月底，大阪警方共查获性犯罪相关人员多达 246 人，比上一年同期增加了 15%。大阪府甚至还制定条例，规定有性犯罪前科者必须随身携带 GPS（全球定位系统）装置，以便警察随时监控其行踪，从而遏制性犯罪。

但专家们指出，这些严厉措施可能治标不治本。大阪性犯罪居高不下缘于当地所特有的经济、文化、社会等因素，只有铲除这些土壤，才能正本清源。从目前来看，大阪警方可以做的也只能是加强街头巡逻，开展严厉打击等工作。

滋贺色狼横行缘于"县民性"

日本是全球闻名的"性大国"。对日本人来讲，性也绝不仅仅是床帏之事，更是传统文化的一部分。同时，日本也被很多人调侃为"痴汉大国"。"痴汉"就是我们常说的色狼。日本的"痴汉"可谓形形色色，有"电车痴汉""厕所痴汉""电梯痴汉"……以致日本人自己也承认，这片土地确实是"痴汉"的乐园。

而日本 47 个都道府县中，哪里盛产"痴汉"？最近，日本媒体报道称，拥有日本最大湖泊"琵琶湖"的滋贺县或许能名列榜首。报道称，这里的"痴汉"不仅人数众多，而且胆子特大，以致进入 2012 年 1 月以来，滋贺县警察本部每月都要公开发出"痴汉多发警报"，指明多发地点，以提醒该县的少女少妇们注意安全。

其实，日本还是一个"发明大国"。滋贺县的"痴汉多发警报"制度应该说也是一种发明，一种"制度创新"，在日本全国是首创。警报制度虽然没有明确规定"痴汉"案件达到多少回就需要发警报，但警方会参照过去的情况，确认"痴汉"案件开始呈现多发性和连续性的时候，在全县各个公共场所发布警报。

滋贺县警方生活安全部负责人透露，每年冬季进入春季时分以及 9 月、10 月期间，日本全国的"痴汉"案件都会直线上升。但是，滋贺县的"痴汉"案件却不分"淡季"和"旺季"，即使是平时也层出不穷。而且，与其他都道府县不同，滋贺县的"痴汉"好像胆子特别大，手法特别多，真的可谓肆无忌惮。

综合来看，日本滋贺县"痴汉"的手法层出不穷。那里有身穿裙子骑自行车却被"痴汉"拦下直接扒下内裤的女高中生；有被堵在路上遭到"痴汉"摸胸长达一分多钟的少妇；还有被关在电梯内遭到"痴汉"袭击的姐妹俩……警方针对这些恶性案例，频频发出"痴汉多发警报"，却没怎么收到"严打"后的效果。

例如，2012 年 9 月 8 日，滋贺警方就发出了"痴汉多发警报"，但由于"痴汉"们毫不收敛，警方又将警报延长至 9 月 27 日。即使这样，仍无作用。与没有警报制度的 2011 年 9 月相比，"痴汉"案件一件都没减少。现在，女学生们结束暑假穿上了制服裙，这又让"痴汉"们垂涎三尺，从而引发了新一轮的性侵潮。

日本"痴汉"处处有，为何滋贺特别多？日本第一战略研究所所长矢野新一尝试从"县民性"上进行分析。首先是滋贺县的女性较为奔放，爱走"性感"路线，她们裙摆之短，长年居日本各地榜首。当然，这只是表面原因。女人裙子短并不是男人可以为所欲为的理由，最关键的还是滋贺男人的"县民性"。

滋贺县男人在工作上是一把好手，大部分认真、勤勉，但往往过于保守、腼腆、内向，他们羞于通过正常的方式向女性示爱，对"泡妞"特别不在行。而掏银子去花街柳巷满足欲望，更为滋贺男人所不齿。从京都、大阪、神户等各地的风俗店顾客源来看，滋贺县的男性客人都是最少的。

滋贺县男人既然不愿去肉色生香的风俗场所，又无法通过正常途径找到伴侣，或许就只能通过吃点"窝边草"，"偷鸡摸狗"地来满足自己的心理和生理需求。当然，这些都是玩笑话。如果警方以"县民性"当了"不作为"的借口，肯定会被豪放的滋贺女人们用行政诉讼的"板砖"给拍死！

自杀率畸高是日本县民性惹的祸？

十几年前，随便翻一翻日本的报纸，便可发现一两条关于自杀的新闻。现在，如果没有超级离奇的情节，这种消息很难见诸报端。因为，日本的自杀者实在太多，早已算不上新闻。

从1999年开始，日本每年因自杀身亡的人数都超过3万。也就是说，日本每天有近百人自杀身亡，是交通事故死亡人数的4倍。除了疾病外，日本人自杀一般与失业、破产、债务等有关。但是近年来，日本专家从各都道府县自杀率排名表上发现，十几年来排序基本没有变化。他们认为，这说明自杀率与县民性存在很大关联。

从1996年开始，日本自杀率的前三甲长期由秋田县、新潟县、岩手县占据。日本内阁府公布的2012年数据显示，每10万人中，秋田县出身的自杀者为31.6人，新潟县为30.5人，岩手县为30.1人。而1996年处在前三位的，正是这三个县。

不少专家认为，三县均是降雪量大、非常寒冷的地域，气候导致当地民众容易忧郁，遇到重大挫折时就可能走上极端。不过，比三县更寒冷的北海道，自杀率却很低，民众性格被公认为"积极开放"。因此,将气候作为罪魁祸首,不一定说得通。

三县都位于日本的东北地区。在日本民众的印象中,该地区是全国最封闭与保守的区域。而其中的秋田人,更是其他地区民众的最佳笑料,经常被戏称为"超级认真的笨鸟"。

日本媒体总结秋田人性格时一般都很负面,说他们做一件事要花上比别人多几倍的力气,而效果只是别人的几分之一,他们根本不知道自己在做什么。虽然秋田美人全国闻名,但她们却贪图享乐,性格也是典型的"女汉子",玩玩可以,娶回家做老婆就等着受吧。

最让日本其他地区看不顺眼的是,这么差的秋田人,不管谈到什么还都是自己家乡的好,因此又被冠上了"夜郎自大"的恶名。秋田人为此在职场、生活中处处碰壁,经常遭人白眼。2013 年,一家研究所进行的幸福感调查显示,秋田人排名垫底,回答"现在很幸福"的人数竟然为零!

这种情况下,秋田县的自杀率长期居首,也就没什么好奇怪的了。其实,秋田人的教育程度长期低于其他地区,因此做事掌握不了要领并不是他们的错。而且,把家乡的东西常常挂在嘴边,也可以理解为自豪感。只要政府多一份责任、社会多一份包容,他们何必走上绝路。

在日本人的印象中,岩手县相当于边远穷地区。该县占全国土地面积的 4%,是日本最主要的农林大县,民众受农业文化影响比较深。

2013 年,日本媒体以 2000 名成年男女为对象,进行了一次县民性大调查。受访者对岩手人的定义是"寡言少语、态度消极、性格软弱"。而岩手县的受访者却认为,由于来自边远地区,性格朴实,自己经常被其他地区的人欺凌与欺骗。在弱肉强食的职场氛围中,岩手人遭受各种欺凌后不敢声张,打落牙齿往肚里吞,最后超出极限选择自杀的人不在少数。不爱说话,性格软弱就要受辱受欺,甚至最后被逼上绝路,岩手人的高自杀率也是日本社会扭曲的一个缩影。

而新潟县自杀率长期居高不下,颇有点奇怪。虽然地理上处于东北地区,但这里的民众不喜欢别人说他们是"东北人"。新潟人被日本各地民众评价为"少说话多干事"类型,其他人不愿干的脏活累活,他们会任劳任怨地干。而且,新潟人还特别重视人际关系,很讨人喜欢。这样的人为什么会选择自杀?日本学者齐藤健认为,新潟人由于地域自卑，急于融入其他圈子，往往压抑自己成全他人，久而久之就失去了自我。从心理学上看，长期做这种"老好人"，将承受巨大的心理压力，一旦经历重大挫折就会产生厌世情绪。看样子，做好人很多时候也没有好报。

这些导致自杀率长期居高不下的"县民性"，看上去是一个县、一个地区的问题，深究起来，背后都隐藏着日本社会的各种病态。如果不移除"病灶"，这些让人走上绝路的"县民性"还将继续作恶下去。

无缘社会

> 如今的日本社会"病"了，人与人之间的相互联系，和人与社会的必然衔接，已经淡化到几乎没有。许多日本人，一是没朋友，"无社缘"；二是和家庭关系疏离甚至崩坏，这是"无血缘"；三则与家乡关系隔离断绝，"无地缘"。日媒更是把这种社会现状定义为"无缘社会"。

冷漠的"无缘社会"

20 世纪 60 年代，美国心理学家米尔格兰姆曾做过这样一个社会实验，他将一堆信件随意邮寄到美国的各个城市不同的人手里。米尔格兰姆在信里提到了一个波士顿股票经纪人的名字，并要求每个收信人都把这封信寄给自己认为比较接近这名股票经纪人的朋友。被选中的朋友收到信后，会再把信寄给他认为更接近这名股票经纪人的朋友。最终，大部分信件都寄到了这名股票经纪人手里，而每封信平均经手的人数是 6.2 人。于是，米尔格兰姆就提出了一个理论，中文叫"六度分割理论"，就是说世界上任意两个人之间建立联系，最多只需要 6 个人。用比较古典的词语诠释，这就是人与人之间的"缘"，是在社会关系网里人与人的必然交集。

但如今，这个"六度分割理论"拿到日本社会已无法成立。因为如今的日本社会

"病"了，人与人之间的相互联系和人与社会的必然衔接已经淡化到几乎没有，正在沦为"无缘社会"。

首先，社会逐渐步入"独居化"时代。眼下，日本自愿或被迫独居的人急剧增多，据日本国立社会保障人口问题研究所提供的数据，1980 年，日本的独居人口不足总体的 20%，但是到了 2012 年，独居人口已接近总体的 40%。就拿东京都葛饰区的都营高砂小区来说，这里共入住了 900 户。在这 900 户当中，有 1/3 都是一个人独居。而在这些独居的人里面，又有 85% 都是 65 岁以上的老年人。

小区里一名 90 岁的独居老人在日本 NHK 电视台的采访中说，因为自己腿脚不好，不便外出，生活用品等都是通过电话订购，让店家送货到家。另有一名 80 岁的老妇人说："我家里静得可怕，没有人会给我打电话，也没有人会来我家。"

如今，日本的连锁便利店、干洗店、快餐店等都推出了送货上门，上门取货服务。只要动动鼠标或打个电话，就会有人将你的生活所需快速送到你家里。社会是变得越来越体贴"一个人"了，但也创造出了更多的"一个人"。可"独居化"的结果是什么呢，就是成为"孤独死"的预备军。

其次，社会开始变得"独身化"。在日本，年满 50 岁还未结过婚的人，就被称为"生涯未婚"，也就是我们说的终生独身。据日本内阁府公布的数据，截至 2012 年 7 月，年满 50 岁的日本男性当中，有 20% 都是终生独身者，人数比 1980 年增长了 7 倍。另据日本国立社会保障人口问题研究所推算，如果照这个趋势发展下去的话，再过 20 年，日本 50 岁以上的男性平均每 3 人里就有 1 人是终生独身。造成越来越多的日本人选择独身的原因大致有二，一是上面说过的，社会的"软件装备"变得越来越体贴"一个人"。另一个就是经济原因。中国有句俗语，"嫁汉嫁汉，穿衣吃饭"。如今，经济持续下滑的日本社会，开始重新重视女性劳动力，给女性提供了广泛的就业、升职机会，也令职业女性的选择变得多样化，可以不为结婚而结婚，不为吃饭而嫁汉。

最后，就是在这个社会里人们开始不需要真正的亲友。近年来，日本社会开始出现一种新兴行业，就是为婚姻殿堂上的一对儿新人提供"代替服务"。代替新人结婚吗？那当然不成。是代替新郎新娘的亲友出席婚礼。

仅据可掌握的数据，目前日本有"代替服务"公司 30 多家。东京一家"代替服务"公司在 NHK 电视台的采访中透露，目前开业 1 年，已经为上百名新人提供过服务。

最近接到的几桩生意包括为一名新娘提供4名高中同学,为一名新郎提供30名同事等。在婚礼前,"代替人"们会和自己的客人进行多次沟通,从而设定身份和台词等。一位曾在自己的婚礼上利用过"代替服务"的男性说,自己要求了 5 名"代替人",分别代替自己的双亲、自己的祖父祖母和自己的妹妹。利用这项服务的原因是自己和家人多年来处于绝缘状态,但又不想被女方家里知道,生出不必要的误会。

就连结婚这样的人生大事都能不需要自己的亲友及父母在场,这样的一个社会,不被叫作"无缘社会"才奇怪呢。

警惕孤独的蔓延

聚餐、出游、K 歌,本是亲朋好友相聚时的活动内容,而今在日本却越来越成为一个人的独自行动。就像前段时间日本旅行杂志《Jalan》公布的,"单人行"所占比例从 2005 年起连续 7 年上升,2012 年度占比更是高达 14.1%。尤其是 20～34 岁的男性,选择一个人旅游的比例占该年龄旅游者整体的 23.3%。

不仅仅是旅游,"一个人的××"正成为趋势蔓延日本社会。精明的商家抓住机会,推出各种"一个人的服务",如一个人的卡拉 OK、一个人的烤肉、一个人的高尔夫,尽管独处的空间不大,甚至烤肉座位只是用挡板隔开的,而且价格不菲,这样的服务仍然供不应求。

大和民族给人印象最深的,莫过于团结协作的集体主义精神,那么,到底是什么原因造成现在的孤独现象蔓延呢?

归根到底,还是日本经济的长期低迷。继失去的十年后又迎来失去的二十年,让人们看不到任何好转的希望,不仅斗志日渐丧失,生活态度也变得低沉。再就是日本社会人情淡漠,人们遇到困难时轻易不愿"麻烦"他人,这样一来,面对激烈的职场竞争和巨大的生活压力,出现心理失衡时,比起向他人倾诉,人们更愿意选择独处,暂时逃离现实中的种种不如意。

客观而言,一时的独处有助于调整心情,缓解压力,让人以更好的状态融入社会。但如果事事独来独往,则应该有所警惕。如果日本对现在的这一情形听之任之,定会加重以下两方面的社会危机。

一是不婚。厚生劳动省 2012 年 1 月发布《未来人口推算报告》称，日本人的不婚率连续上升，"60 后"的一代不婚率为 9.4%，而"95 后"的这一比例将上升为 20%。这将导致日本人口呈现直线下降的趋势。预计 50 年后，日本全国总人口将比现在减少 32%。近期另一项调查未婚子女父母对子女婚事关心度的数据显示，39.8%的父母认为子女应该结婚，远远低于 1997 年的 92.5%，48%的母亲和 69%的父亲都表现出否定、不过问等消极状态。不婚现象有增无减，定会进一步加重现有的少子化趋势，带来各种社会问题。

二是孤独死和高自杀率。孤独死是日本的特有词汇且频繁见诸报端。仅 2011 年，日本全国 65 岁的孤独死老人就有将近 15603 名。在东京都市区等大城市，感到自己将"孤独死去"的老人比例更是超过 45%。值得注意的是，虽然日本社会为应对独居老人的孤独死问题启动了个人信息在相关职能部门备案的制度，职能部门接到报告后却态度迟钝甚至冷漠。与他人缺乏必要的交流，生活中感觉不到温暖和希望，便容易选择走上不归路。有调查称，日本人在全世界各民族中幸福感指数是最低的。在过去 10 年里，日本每年自杀人数都超过 3 万，相当于每 15 分钟就有一人自杀。

解决孤独现象高发的问题，离不开社会和个人的共同努力。社会需要创设良好的氛围，消除冷漠、自私，提倡人与人之间的交流互动。个人更要从改变自己做起，调整心态，积极乐观地面对生活，参加各种活动，不因一时的失败而气馁，沉迷于自我的小天地不能自拔。虽然解决这一问题绝非一时之功，一人之力，但只要勇于面对采取措施，仍会取得成效。

"孤独死"频发折射弱者之殇

撞开大门。不见阳光的小房间内，弥漫着尸体腐烂的味道，让人窒息。房间内的人一动不动，没有任何生命迹象。在"超老龄化"的日本，这样的"孤独死"案例不断见诸报端，已经让日本民众见怪不怪了。

据日本媒体报道，2012 年 5 月某日，立川市一公寓内，63 岁的女儿病死后，患有认知障碍的 95 岁的高龄母亲也在无人照顾下离世。而在此之前，日本全国各地相继发生了同样的惨剧。札幌市 72 岁的姐姐死亡后，患病的 70 岁妹妹没有能力照顾自己，结果在北海道的严寒中活活冻死。横滨市一户家庭 77 岁的母亲去世后，身有残疾的 58 岁儿子也因无人照顾死亡。这些"孤独死"事件中，死亡者无一例外都是在死去一两个月后才被人发现。

日本厚生劳动省 2011 年发布的数据显示，日本的独居老人"孤独死"问题近年来越来越严重，仅在东京，一年的"孤独死"案件就多达 2718 宗，比 7 年前增加了两倍。

如此频发的"孤独死"事件，着实让人感到震惊。作为有着尊老爱幼传统的东方国家，日本的"孤独死"案例甚至远远超过欧美国家。那么，在号称"文明国家""发达国家"的日本，这些无依无靠的人为何会孤独地死去？

从社会层面看，日本的社会福利和保障制度存在明显漏洞，缺乏对残障及高龄人士的关心和帮助。分析各种"孤独死"案例，可以发现一个共同之处：事件中的死亡者基本都是残障人士或高龄人士等标准的弱势群体。这些最需要社会保障的人群，却享受不到完善的保障。不少人甚至沦落到有上顿没下顿的地步。如果生病，情况就会更加糟糕。高额的医疗费根本让人无法承担。不少人患病后也只能硬扛。扛得过，尚能平安无恙；扛不过，惨剧就可能随时发生。

从社区层面看，日本的集体公寓管理混乱，管理者没有尽到相应的责任。"孤独死"事件中的死亡者都是死亡一两个月后才被人发现。为何会如此之久？管理者的不作为是重要原因。"孤独死"事件调查过程中，一些管理者表示曾发现了不对劲之处。比如，在公寓已经长时间未能见到死者；死者突然滞纳公寓的房租、水电费；死者的邮件堆积如山，无人领取等。事实上，管理者发现此种情况后，内心都已经猜出了十之八九。但是，多一事不如少一事的心理，让他们都选择睁一只眼闭一只眼，不管不顾，导致最后出现了许多本不该发生的惨剧。

从家庭层面看，日本原有家庭制度的崩溃也成为"孤独死"的催化剂。"二战"以后，日本家庭不断"小型化"。许多年轻人一成年便离开父母独自居住。独居的年轻人在社会高压下奔波，自然也少了和父母之间的交流。渐渐地，年轻人和父母的关系就越发疏远。不少年轻人成家立业后，仅和父母通过书信来往。据日本内阁府统计，到 2060 年，日本 65 岁以上的高龄老人将占总人口的 40%。而其中超过半数将会成为独居老人。他们步入暮年，却缺乏亲人照顾，一个不小心就会成为"孤独死"事件的主角。

这一起起悲凉的"孤独死"事件，让不少民众将表面繁华的日本称为"人间沙漠"，正如日本一名 NHK 电视台评论员在节目中指出的那样："在每况愈下的日本，长寿已经是一个负担。"

"麦当劳难民"为何大量增加

近年来，一些知名快餐店陆续开始通宵营业，既是为方便深夜购物的顾客，也是为了增加营业额。不过，令店家想象不到的是，通宵营业等来的却是一个"意外"群体。在日本大阪繁华街区一家麦当劳，一过午夜 12 点，众多提着破旧手提袋的三四十岁男子陆续进入店里。他们有的趴在桌上，有的脚搭在沙发上，百无聊赖地打发着漫漫长夜。

冲田 40 岁，2012 年 3 月前是一名派遣社员，曾在三重县龟山市夏普生产液晶相关产品的工厂工作。夏普的市场份额被韩国企业夺去后，工厂生产每况愈下。他被解聘后从事的都是临时工作，收入只够勉强糊口，最终沦为"麦当劳难民"。

曾经一度，日本许多打零工者长期居住在网吧。这些人付不起房租，吃便利店的盒饭，而网吧一个小时只收 100 日元。但自从麦当劳开始通宵营业，他们有了更好的选择：一个汉堡仅 80 日元，一杯咖啡也只需 100 日元，还可以无限续杯。换言之，在店里过一夜最多才花 180 日元。由于符合便宜和能够睡觉的需要，麦当劳成为千千万万个冲田过夜的场所。

"麦当劳难民"的大量出现，折射了日本社会雇佣体制尤其是非正式雇佣的弊端。

非正式员工是日本经济多年低迷的产物。据日本总务省统计局数据显示，自 1990 年以来非正式职员比例直线上升。截至 2011 年，日本全国普通职员约 4918 万人，其中正式职员 3185 万人，同比减少 25 万人；非正式职员 1733 万人，同比增加 48 万人。两者的人数差距逐渐缩小的趋势，今后将长期延续。

既然雇佣有非正式与正式之分，待遇自然不同。但相差究竟如何，日本总务省近日公布的结果，定会让人感叹"不看不知道，一看吓一跳"。

以 20 岁年龄为例，正式职员年薪约 384 万日元，非正式职员年薪约 262 万日元，且收入差距会随年龄增加不断扩大。到 80 岁时，收入差距将达 1.6 亿日元。

问题在于，这种收入差距不是取决于个人能力，而是取决于职位级别。而造成这一不公平的罪魁祸首，非终身雇佣制、年功序列制莫属。

终身雇佣制确保了员工不会失业，年功序列制则使员工的收入随工龄及职位增加相应增长。由于经济长期不景气，许多日本企业为了继续维持这种对正式员工有利的制度，不得不在招聘新人时大量雇用非正式职员，这使得非正式职员连年递增。

日本的非正式职员 30 岁以后薪资基本不会再增加，而这个年龄正是结婚生子的时候，于是，非正式职员的生活压力大大增加。而且日本明文规定，以外派职员为首的制造业、销售员等职位的雇佣年龄不得超过 40 岁，这意味着，非正式职员 40 岁以后的出路将更少。

实际上，失业的风险与这些人如影相随。因为日本法律规定，非正式雇佣超过规定的时间年限，就必须转正。但眼下企业增加正式员工的可能几乎为零，所以干脆在转正年限到来之前将临时工解聘。

就这样，大量三四十岁、事业本应处于上升发展期的员工，在为企业贡献了青春后却被无情抛弃，成为经济低迷的牺牲品。而由于处于"就业冰河期"，这些人很难找到工作，打零工赚得的微薄收入，能养活自己已是不易。久而久之，只能寄身于麦当劳这样通宵营业的快餐店。

非正式职员的大量增加，或许可以减轻企业的负担，但同时造成大量社会问题的增加。劳动力短缺迟早会成为一个严峻的问题。彼时，企业又该从何处获得劳动力呢？

日本离"亚洲病人"有多远

2012 年夏，日本招聘网站 Inntelligence 以 2447 名 15～25 岁年龄段男女为对象，实施了一项调查。当调查问及"将来想要干什么"时，仅"想要就业"这一回答就占了 61.4%，加上"想要过社会人的生活"（22.4%），共计 83.8%。理由是"为了攒钱"

（64.2%）比例最高，其次是"为了生活"（49.2%），而"为了贡献社会"（14.4%）比例较低。

由此来看，现在日本年轻人比起梦想和目标，更加注重生活现实问题，还有约四成年轻人称对前途感到迷茫。对于社会，大部分的日本青少年都不愿承担责任，只有不到1/3的人愿意做"有益于他人的工作"。迷茫、自我、缺乏责任感，成为日本新一代的特征。

在一百多年前，一位叫中村正直的日本青年，将英国作家斯迈尔的《自助论》翻译成日文，以《西国立志编》为名出版，引起日本年轻人的强烈反响。在该书"天助自助者"的感召下，无数日本青年建立起积极进取的人生观，他们还成立了"立志社"，激发日本全国年轻人的向上意识。

而在一百多年后，日本年轻人的昂扬斗志，被虚无消沉、无所依归的失落和迷茫取代。村上春树《挪威的森林》这本描写当代青少年忧伤唯美、多愁善感的著作大受欢迎。东京大学教授藤井省三表示，"此书的风行，正是当前'无所不在的深刻沦丧感'的写照"。

日本整体经济形势的低迷，已经挫伤了日本年轻人的斗志。20年前，日本还是一个充满活力与野心的生机勃勃的国家，自豪到了傲慢的地步，渴望在日元的基础上创建亚洲新的经济秩序。而今，日本陷入信心危机，极度自我萎缩。

由于日本"高龄少子化"现象不断加剧、就业情势日益严峻，在这样一个不稳定的大背景下，日本年轻一代心中充满了对未来的不安。调查显示，这些受访者在工作方面感到最为不安的是"不知是否能得到足够的收入"，比例高达82.9%。其次是"不知老后能否领到退休金"（81.5%），"不知自己能否胜任工作"（80.7%）等对工作、收入以及经济前景感到不安的比例十分显著。

面对重重压力和残酷竞争，日本年轻人距理想越来越远。不仅积极进取和吃苦耐劳的精神逐渐萎靡，那股曾经所向披靡的战斗力，亦逐渐消退。相反，倒是"食草男""宅男"等新新群体不断扩编。昭和电工公司的前首席执行官大桥光夫说："日本人过去被称为'经济野兽'。但是不知从什么时候起，日本失去了这种兽性。"

没有理想、没有目标，不吃肉，改"食草"了，能不失去血性吗？10年前，日本外交官明石康曾预言：在面向未来、勇于进取方面，日本的年轻人显得疲软无力，无法与中国、韩国等亚洲国家的年轻人的锐气相比，如果这样发展下去，25 年后日本将成为"亚洲的病人"。

"低智商社会"？

日本是一个善于创造词汇的国家。他们不仅可以把汉语的草字变成日文的"平假名"，还可以把汉字的偏旁部首变为日文的"片假名"，进而可以搞出难以计数的"和制汉语"，然后反过来影响中国。

曾几何时，日本出现战后复兴奇迹，经济高速发展，成为世界第二经济强国。目睹此情的日本人，于是推出一个"中流社会"的词汇，号称日本已经进入"一亿中流"时代，意思是说日本社会是一个一亿多人都过上了"中流水平"的社会。平心而论，这话也不能算是假话，截至目前，在亚洲消灭了"三大差别"的国家，应该是唯有日本。但自从 20 世纪 80 年代开始，日本"泡沫经济"崩溃，一个"经济上失去的十年"结束以后，紧跟着又是一个"经济上失去的十年"，当年亚洲"四小龙"的持续发展已经不用多说，"金砖四国""G20"等都是具有经济迅猛发展含义的"非经济概念词汇"，邻国中国的经济飙飞更让日本在"羡慕、嫉妒、恨"之外一方面享受着"红利"，另一方面有些无奈。相比之下，日本则是经济持续低迷，景气萎靡不振，这样，一个"下流社会"的词汇又在日本出现了。许多中国人看到日本人这样形容自己，无论从哪个角度都愿意认可，甚至以为是日本的 AV 文化把日本推上此路的。其实，日语的这个新词汇指的是日本社会的经济水平特别是日本民众的经济感觉。

从"中流社会"走向"下流社会"的时刻，日本著名经济战略家大前研一通过自己的著作又推出了"低智商社会"的概念词汇。他把"泡沫经济"破灭后日本社会的种种问题归因于"集体智商衰退"，并总结了"低智商社会"的几点特征："集体不思考""集体不学习""集体不负责"，等等。

对于"低智商社会"的概念，许多日本人是不同意的。横滨市立大学一位教授对我说，大前研一喜欢"炒词汇概念股"，他"创造"的词汇可以编写一本词典小册子的。但是，从日本 2010 年诺贝尔获奖来看，日本就不是一个"低智商社会"。《东洋经济》周刊"中国专题"问题编辑组一位资深编辑则说，现在中国好像已经到了"不差钱"的时代，但中国人频频到日本来招商，主要招揽人才和技术，这也说明日本不是一个"低智商社会"。还要看到，日本现在许多大企业已经把研发中心设立在中国，特别是汽车行业，已经准备把未来研发出来的使用太阳能的汽车首先投入中国市场，而不是像以往那样让中国市场的产品档次永远比日本市场低上几级。这样的"战略考虑"应该说也不是"低智商"的。

不过，细观日本社会，还真的不能说是"智商越来越高"。日本著名书法家柳田泰山对我说，前首相麻生太郎在位的时候，准备在秋叶原建设国家级动漫殿堂。我实在不明白他为什么把个人爱好转变成为国家行为。至今为止，日本都没有一个书法博物馆。这种动漫殿堂的建立只能让人们越来越疏离文字，重新回到"看图"的时代，这是一种倒退，是一种"对智商的促退"行为。也巧，日本东京都的知事和副知事都是日本著名的作家，两个人可谓"文人治都"，都对都厅职员"远离活字（文字）"的现象深为担忧，认为这样下去日本政府机构的"智商"会越来越低。于是开展了"读书活动""识字活动"，还要对汉语进行等级考试呢。

在东京涩谷、原宿街头，经常可以看到染着黄头发、涂抹着闪亮发光眼影、穿着超短裙、无论春夏秋冬都露着两截粗壮大腿的成群成群的女学生。她们号称是"卡哇伊文化"（中文译为"可爱文化"）的代表，她们称赞事物，通常高频使用的只是"卡哇伊"（可爱）、"死够伊"（真好）两个词汇，然后就是吃，吃到嘴里就会说"欧以西"（好吃）。据统计，这三个词汇，是日本当代高中女生使用频率最高的词汇。因此，把当代日本高中女生称为是"低智商的一代"应该是不会有反对意见的。

早春三月爱"寻死"

早春三月，乍暖还寒，本是这人世间万物复苏、欣欣向荣的好时节。然而在日本呢，情况却是两样。

3月，在日本被视为不详的月份。每年3月是日本自杀人口最多的月份，也因此成为日本内阁府"钦定"的"自杀对策强化月"。那么日本人为何爱在3月"扎堆儿"

般的结束生命呢?

首先,3 月是日本各大公司的会计年度。所以很多公司都会在这个时候面临破产,旗下员工也就被迫失业。自 1998 年的亚洲金融危机发生以来,直到 2011 年,日本自杀人口已经年年超过 3 万。从自杀人口的职业来看,失业、无业的人占绝大多数,作为自负盈亏的个体经营者,每到 3 月,也会出现一批经营上进入死胡同的人,如果无法打通出口的话,就很容易走上绝路。

其次,3 月是人事调动月。公司职员会在这个月里接到人事调动通知,突然就被换到不熟悉或不喜欢的环境工作,有的还会面临降职。而合同工、派遣社员也将面临合同期满扫地走人的局面。工作上的失意与生活上的压力敲击着人的神经,让人变得精神不稳定,一个冲动就结束了性命。

最后,3 月还是日本大学的毕业季。毕业也就面临着就业,但在这就业冰河期里,找工作是难上加难。据日本警察厅提供的数据显示,日本 20～29 岁的自杀者当中,寻短见的最首要原因就是毕业后就业失败。仅是 2007—2011 年的 3 年间,因找不到工作而自杀的日本年轻人就增长了 3.2 倍。真是令人触目惊心!现在,"就活(就业活动)自杀"已经成为日本社会的一个新名词。

2009 年 7 月,日本关西学院大学的大四学生青木佑介就因就业活动不顺而选择上吊自杀。自杀前,他曾在博客上写下:"唉,我这要找工作找到什么时候啊?"据其父亲介绍,青木从大三那年的 12 月就开始投简历,直到大四毕业。在这期间,共被近 50 家企业拒绝。在青木上吊后,父亲翻看他的日程安排表,发现儿子在自杀那天原本是要去参加一个企业说明会,而且在死后的两星期都还有一个面试的约定。

青少年是祖国的未来,任是怎样的国家都得认同这句话。眼下,不仅日本社会关注"就活自杀",就是各大学也都在想办法应对。日本富山大学在连续 5 年每年至少出现 1 名"就活自杀"的大学生后,于 2009 年设立了一个"自杀防止对策室"。自设立后,平均每个月都要接到 400 多封有自杀倾向的大学生的求助邮件。

日本大阪府立大学中百舌鸟学园的学生中心里,也安排了一名临床心理师负责应对。据这名心理师菊池秀一透露,平均每天都会收到 2～5 封的求助邮件。其中,大三、大四学生的求助内容都是关于就业活动的,表示"想去死""什么事都不顺利不如死了算了"的学生占三成左右。

不知道今年的这个不祥的 3 月，又会有多少因破产、失业、就业失败而自寻短见的日本人。日本国内就仿佛有个看不见的黑洞，专门吸入鲜活的生命。

无缘死——死的不一般

世间常道，"50 岁以前，人找病；50 岁以后，病找人"。人老了，周身的病痛就都找来了。而社会"老"了，各种问题也越来越多，就如同这眼下的日本。看，日本社会整体步入"老龄化"，福利制度、经济体系、雇佣改革等一系列严峻而棘手的问题也由此而生。日本人死后"住房"问题就是其中之一。

据日本国立社会保障人口问题研究所推算，2010—2019 年的 10 年间，日本死亡人口将达到 13006000 人，所需墓地——死后的"住房"，面积总和为 650 万平方米，这相当于 139 个东京巨蛋球场。在寸土寸金的岛国日本，尤其是那些人口密集的大都市，墓地用地面积和死亡人口数目的比例严重失衡。

现在，东京都内共有 8 个大型都立墓地，但每个墓地都是"一个萝卜一个坑"，再也装不下了。政府和业界都想开辟新的墓地，但在私有化的社会，这是谈何容易的事情。于是，2012 年年初，东京都政府决定另辟蹊径，将位于多摩地区的都立墓地、可以容纳 4 万人的"小平陵园"转身打造成为"树林墓地"。

所谓的"树林墓地"，就是在椿树等树下预备一个直径 1.5 米、深 2 米多的"共同埋骨洞"，用于安葬死者的遗骨。像这样的"共同埋骨洞"，在"树林墓地"里共有 27 个。日本人把这种自 2012 年新出现的回归大自然的葬礼形式叫作"树木葬"。据悉，这个"树林墓地"的一期工程已完工，共设有 500 所"空巢"。

出人意料的是，前来为家人申请安葬的却达到了 8000 人。另外，还有 16 万人已经为自己预订了尚未启动的二期、三期墓地"空巢"。由此可见，光是东京都这一座城市，就有多少人怕死后没地方住。据调查，"树木葬"需要的费用是 134000 日元。如此低廉，已经是目前各种"死不起"的费用无法比拟的了。

尽管如此，"小平陵园"的"树木葬"还表示，如果在下葬前家属能自行把死者的遗骨变成粉末状，安葬费就只需要 44000 日元。这在中国是不可想象的事情！然而，这跟普通的立碑修墓相比可便宜太多了。在日本经济持续下滑时，"树木葬"的出现既可以节约土地，又能解决很多日本人"死不起"的难题。

除了这种时尚的"树木葬"以外，日本最近还出现了另一种特定身份、限定性别的葬礼，叫作"独女葬"。当然，这个"独女"可不是"独生女"的意思，而是"独身女子"的意思。按照日本的传统，家族墓地是由家中长子继承，如果没有儿子，也会想办法找侄子。而嫁出去的女儿呢，当然是入夫家的墓了。

可是现如今，选择终生独身的日本女性越来越多，她们不是"不想结婚"，也不是"不能结婚"，而是坚定地选择了"不结婚"的人生取向。据日本内阁府统计结果，截至 2012 年 6 月，日本 50 岁以上的独身女子已经占人口总数的 10%，这比 2005 年增加了 3 个百分点，创下了历史的最高纪录。

独身男子还好说，老了总有家族墓地可以埋骨，独身女子可就难了。为此，日本报告文学作家松原惇子创建了一个可供独身女子们"合葬"的墓地。墓地就位于东京都的府中市，外观也设计得非常女性化，椭圆色的白墓碑，周边种满了玫瑰花。在这个墓地里为自己预订"位子"的独身女子，现今已有近千人。

据了解，这些预订者并不是一般的局外人，她们同时都是松原惇子"独女会"的会员。这些"独女"生前一起定期聚会谈天说地，死后也愿意不分彼此地葬在一起。而日后扫墓、维修、祭拜等事宜就由年轻一些的"独女"负责，让一批会员诚心地送走另一批会员。这倒很有一些金庸笔下那种"古墓派"的风格。

的确，在"死的文化"方面，或者说在具体的"丧葬文化"方面，中日两国有着人们难以置信的巨大差异，这也因此常常引起两国民众的误解。尽管如此，还是让人无法相信：在日本，真道是再过几十年，人们来相会，送到火葬场，全部烧成灰，你一堆，我一堆，谁也不认识谁，统统送到地下去做化肥？

银发时代的困境

高龄化会带来社会保障费用、医疗费用支出增加，"自杀死""孤独死"、精神疾病高发，青壮年劳动力的社会负担加重等社会问题，少子化又会使未来的劳动力人数减少，整个社会陷入怪圈：青年人由于负担过重不敢或不愿生育，加重少子化趋势，少子化趋势加重又势必对老年人供养造成劳动力短缺、人均支出和国家财政支出过重等负面影响，从而形成恶性循环。

老龄化固然会带来许多社会问题，但是，老年人口的庞大基数、一定的经济实力和潜在的消费需求，又无不是发展"银发经济"的必要条件。

日本真的已经"年过半百"？

按人的年龄作喻，日本已是年过半百的老人？2011年，日本博报堂生命与学习研究所（Hakuhodo Institute of Life and Learning）的一项调查显示，如果将国家比作人的话，日本的年龄相当于50岁。这在包括美国、新加坡等9个被调查国家中属于"最高龄"。日本真的老了吗？

按照联合国的相关标准，65岁及以上人口的比例达到7%，则被称为"老龄化社会"，而超过 14%，就被称为"老龄社会"。据 2009 年的统计数据，日本 65 岁及以上人口的比例已达到前所未有的 22.7%，成为"老龄化社会"的"国际最高区域"。"社会老龄化严重，不单单造成劳动力的缺乏，更重要的是缺乏刺激内需的动力。"北京大学长期研究东亚问题的王新生教授告诉记者，日本已连续 20 年国内消费增长为零。

和其他发达国家一样，与人口老龄化相伴的是日本高质量的经济模式，成熟完善的社会制度。"说日本'老'，其实也可以理解为'成熟'。"外交学院日本问题学者周永生说："这就像一位中年人身体停止生长，却依然拥有良好的体能。"日本几乎是世界上基础设施建设最好的国家。其国民富裕程度在经历一场长达 20 年的经济不景气和 2008 年的金融危机后，仍居亚洲榜首、世界前列。"亚洲瑞士"的地位依然难以撼动。据《华尔街日报》报道，2009 年，日本的人均收入达到 37800 美元，10 倍于刚刚荣升第二的中国，与"世界最富"的美国人差距不到 5000 美元。若按货币名义价值计算，一个典型的日本人比一个典型的中国人富裕 10 倍。如果将日本物价比中国高的事实考虑进去，一位日本工人的富裕程度也是中国工人的 5 倍。"长期的富足也是日本内需不足的原因之一。"周永生分析，物质生活需求早已得到满足，并不容易生发出新的需求来。

此外，"老"的是民众的心态。日本央行近日发布的数据显示，日本大型制造业信心指数下降。20 世纪 90 年代，日本从高速发展期进入"增速减缓期"，这被日本人称为"失去的十年"。"实际上，许多发达国家高速发展后都会进入增速减缓的状态。这是逃脱不了的历史规律。"周永生解释道。

有数据显示，日本 GDP 增长率 2000 年下滑到了 2.6%，2007 年下滑至 1.8%，还一度出现负增长。曾做过中国驻日大使馆经济参赞、现任职于商务部国际经贸研究院的日本问题专家唐淳风指出："表面上看来日本经济增长幅度不大，但与日元升值前的 1983—1984 年相比，20 年间日本的 GDP 总额由 11846 亿美元增加到了 2005 年的 47922 亿美元，增长了 4 倍。"更有学者指出，由于海外经济的快速发展，在更能代表"国富"的指标 GNP 上，日本早已超过了美国。

美国《外交政策》杂志去年曾刊文指出，"日本经济泡沫破灭后，其金融行业确实受到了打击，甚至千万财富化为乌有"。"但是，我们必须注意到日本实体经济在 2002—2008 年期间增速迅猛。技能高度熟练的劳动力队伍与富有创新精神的企业，依

现在，日本人的生活已经比较西化，年轻人举行西式婚礼的越来越多。不过长辈们还是会穿着传统的日本和服来观礼

大切な人の悩みに気づき、
声をかける。
これが、「ゲートキーパー」。

なたも
ゲートキーパー宣言！
命の門番になるのは、みんなです。

内閣府 3月は自殺対策強化月間です。内閣府自殺対策推進室ホームページでは、相談窓口についての情報を掲載しています。http://www8.cao.go.jp/jisatsutaisaku/index.html ゲートキーパー [検索] 内閣府自殺対策推進室 03-5253-2111（代表）

三月爱"寻死"——日本内阁府下发的预防自杀的公益海报，由日本著名的美少女组合 AKB48 成员参与制作

这是福冈县政府大楼里专门为残障人士服务的残疾人福利科

障害者施設の
授産製品です

"小平陵园"的"树林墓地"

东京的浅草寺

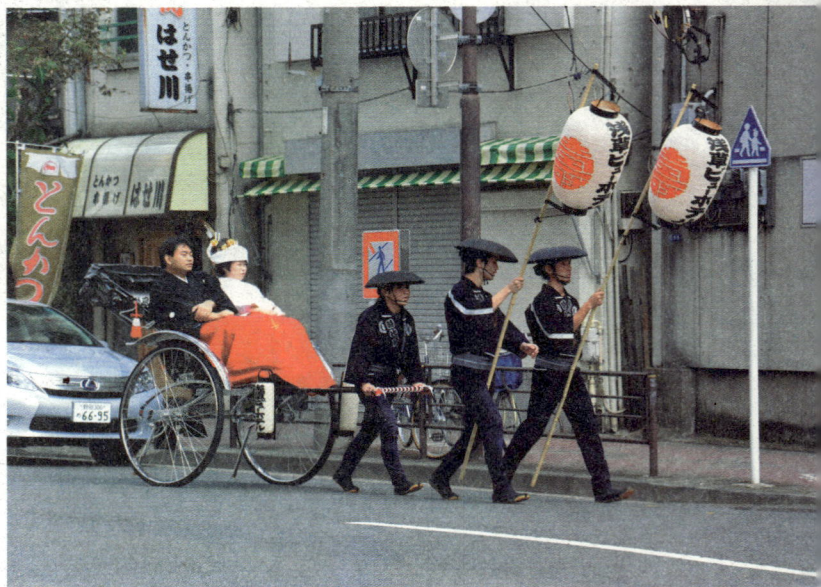

东京一对新婚夫妇坐上浅草寺专有的传统人力车，风光一把

神态落寞的老人

积极面对生活的
老年人

千叶的成田山

东京目黑川的樱花

全家人一起观赏
樱花是一种幸福

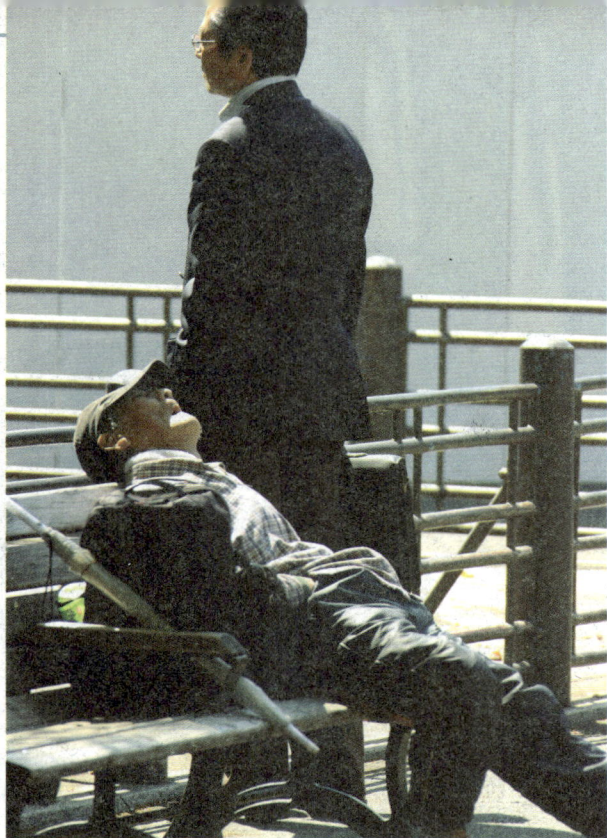

人群中
孤独的老人

人老了最是需要陪伴，家人都忙，
留着这个小家伙逗奶奶高兴

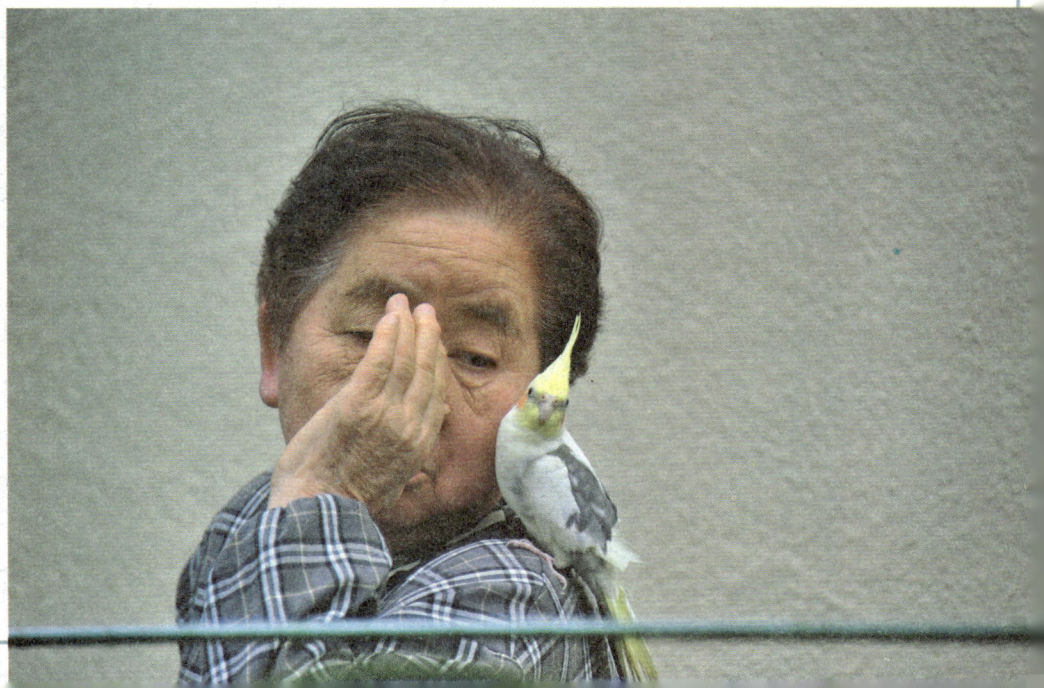

养老院
繁忙的
护士

然是日本的重要'资本'。"周永生解释道，与中国经济的增长不同，日本的增长是在"完全没有人口红利的因素下进行的"。自 2005 年日本第一次出现人口负增长以来，人口增长率便一直"低位徘徊"。2006 年、2007 年两年出现了小幅正增长。紧接着 2008 年日本全国人口负增长约七八万人，此后又是连续三年的负增长。"在这种情况下，日本还能实现大约 3%的经济增长已经相当了不起了。"周永生说。

"严重的人口老龄化是日本经济发展中首要需要解决的问题。日本现有的人口刺激力度还相当不够。100 万日元的生子补助太少。相对于一个孩子的培养成本，只是杯水车薪。"周永生说，"放开心胸接纳移民是另一个应该重视的问题。"

北京大学教授王新生也表达了同样的观点："发达国家全靠移民来支持整个国家和社会。日本没有这样的政策，便缺乏消费者和劳动力的补充。相比欧洲国家，美国能够一直保持相对平稳的持续增长，很重要的一个原因就是美国几乎拥有世界上最开放的移民政策，每年有几百万的人口流入美国，使美国获得了经济发展的'人口红利'。"

周永生还表示，如果调整政策，吸引高技术人才移民日本，这些移民则不单单作为刺激经济的分子，更会成为各行业的精英，这对整个国家的长远发展和智力提高都是非常有益的。"另一个需要放开心胸的是，和亚洲其他国家的合作。"周永生解释道，日本持有许多方面的尖端技术，却苦于美国对市场的垄断，挣不到钱。如果将这些技术以较低的价格与中国等亚洲国家合作，占领亚洲市场，则等于从美国的市场蛋糕中抢得至少 1/3。"现在决定经济的是市场，而不是技术。日本应该转变思维了。"

"银发经济" 值得借鉴

日本厚生劳动省近日公布，2012 年度日本 65 岁以上老年人口总数达 3074 万人，总人口占比达到 24.1%的历史高点。全国百岁以上高龄者则高达 51376 人，男性人数连续 32 年、女性人数连续 42 年刷新历史纪录。其实，面临老龄化问题的不仅仅是日本，有报道指出，2030 年以后中国这一问题的状况将更甚于日本。中日两国在 20 世纪 40 年代中后期至 60 年代都曾迎来人口出生高潮，而今这批人正在陆续步入老年。

随着医疗水平和生活水平的提高，人口寿命也大大延长。退休之后生活 15~20 年并不是难事。这些，都加速了社会的老龄化。

老龄化固然会带来许多社会问题，但是，老年人口的庞大基数、一定的经济实力和潜在的消费需求，又无不是发展"银发经济"的必要条件。日本《信使周刊》最近的一项调查显示，日本人死亡时，平均留下了 3000 万日元（约合人民币 250 万元）以上的资产。日本人的平均寿命为男性 80 岁、女性 86 岁。退休后，日本人还要生活 15~20 年。随着日本"高龄少子化"问题日益严重，这一部分人口今后还将继续增加，成为占日本人口比例最大的人群。经过多年的发展，日本的福祉事业较为完善，"银发经济"也已具备一定的规模并成为经济亮点。

为了促进"银发经济"发展，日本政府在制度建设方面下了不少功夫。除了对商品的卫生及安全制定严格标准，对其市场准入条件有所限制，还调整了有关法律以保障老年消费者的利益，推动相关产业发展。例如，2000 年日本首次制定了《看护保险法》来推行养老护理保险制度，使生活不能自理的老人可以通过国家补助而获得必要的看护服务，从而大大推动了日本老年人看护产业的发展。由于注重细节和关怀，日本"银发经济"催生的各种产品正在成为经济增长亮点。例如，兼重口味和营养价值的老年人专属食品，近年来以 10% 的速度增长，在 2009 年已形成约 1000 亿日元的规模。佳丽宝早在 2000 年面向 50 岁以上女性推出的护肤品牌 EVITA，在 2007 年成为年销售额超过 100 亿日元的大品牌。目前，世嘉梦工厂连锁游戏厅每天的顾客近 1/3 是老年人。新兴的老人住宅、金融保险市场等也在以每年两位数的速度增长。

发展"银发经济"，除了要推出符合老年人需要的各种产品，更要从精神上对他们多加关心，让他们感到自己并没有被社会抛弃。只有这样，他们才会乐于接受新的产品。日本各界重视开发专供老年人使用的商品和服务，将其从普通的商品和服务中细分出来。三得利近年为老年人开发了符合健康标准的威士忌。面向老年人的手机 Mi-Look 拥有 GPS 卫星定位、老人活动记录器、紧急感应绳等多项智能设备。游戏厅除了为老人提供毛毯、纸巾，开设专门的游戏讲座，甚至特别推出"怀旧游戏"以满足老年人回忆童年的愿望。

日本现在的老年人不愿意花钱。"二战"后出生的"团块世代"是现在日本老年人的主体，他们经历过战后的物质贫乏，挥之不去的深刻记忆，让他们不把钱放在手里就无法安心。结果，他们最后每人平均带着 3000 万日元进了棺材。其实，利用这种心理进行市场开发是大有可为的。比如，为这些老年人提供有针对性的融资：以资产做担保为他们提供活钱，不到逝世不需要他们还钱。在这种安心的环境下，他们才会大胆花钱。按照日本现在的相关制度，只有用付完贷款的房子做担保，老人们才能从金融机构获得贷款。但老人们很多都加入了生命保险，如果能把死亡后生命保险偿付的钱作为担保，让老年人提前支取，有生之年他们就能享受到旅行等各种人生乐趣。

金融机构提供的这种灵活贷款，再加上存款，大部分老年人手里可以有数千万日元，让老年生活更幸福。虽然给子女留下的财富不多甚至为零，但这未尝不是件好事。人生的意义并不完全是在死后"成正果"，而是在世时做自己喜欢、对社会对他人有利的事。老年人将手里的钱提前花出来，一是促进了经济发展，二是让自己有一个幸福晚年，"赤裸裸来到世界又赤裸裸离开这个世界"，何乐而不为呢？

养老金的双管齐下

被称为"厚生年金"和"国民年金"的养老金是否会拖垮日本经济？这是日本社会正在热议的话题之一。可谓是众说纷纭，意见不一。

可以这样说，"厚生年金"和"国民年金"，就是日本现行的养老金制度，是国家负担 1/3，个人负担 2/3。在企业工作的人要缴纳"厚生年金"，每月缴纳的保费为月工资的 13.58%，通常是企业和职工本人各缴纳一半。农民、个体经营者和自由职业者等要缴纳"国民年金"，每月应缴纳的保险费为 1.33 万日元。65 岁后就可以每月领取金额不等的养老金了。2005 年 5 月，日本推出了改革方案，一方面提高了个人负担的年金费额，另一方面决定到 2017 年，将国家负担的部分，由 1/3 提高到 2/3。

尽管如此，日本养老金的趋势仍然不妙。老年人口数量不断增长，造成养老金支出增加，势必给财政带来长期的沉重负担，而日本经济增长乏力，又直接加重了这一原本就不轻的负担。少子化趋势有增无减，致使劳动力严重缺乏，反过来直接影响了经济发展和振兴。大约有 40% 的国民年金加入者没有定期缴纳保险金。面对这种严重的欠缴现象，每年年末社会保险厅都要送出数以十万计的《最终催讨书》，有时甚至采取强制征收措施。造成这种势态的重要原因，是日本"少子化""高龄化"的问题日益严重。社会的老龄化率已接近 20%，相当于每 5 个日本人中就有 1 个老年人。这样，在工作期并缴纳社会保险费的人口所占比例越来越少；而另一方面，取得社会养老金的人数却越来越多，这就自然使得现行的年金体制中国家经济的负担越来越重。

据日本国立社会保障／人口问题研究所的测算，2000 年，一位老人是由 3.6 人在职者承担其年金，到 2025 年，承担者将减少到 1.9 人，而在 2050 年时，将进一步减少到 1.4 人。"隔代抚养"现象导致在职者群体的负担日益加重，其后果将促使年轻人群体逐渐远离年金制度，国民年金和厚生年金的加入者将逐渐减少。有些日本政治家甚至也不缴纳年金了。

由于高龄者增加的速度加快，依靠提高费率来维持年金财政收支平衡，其结果是企业负担保费的份额增加，用于劳务费用的增加直接促使企业的经营成本提高，企业的国际竞争能力明显下降。此外，由于负担增加而不堪重负、渐渐脱离厚生年金的企业每年都在增加。现在，雇用外国人的日本企业，每年为外国雇员更新签证手续的时候，必须向入国管理局提交已经为该员工加入了厚生年金的证明材料。

我从日本年金机构宣传窗口负责人那里得知，1999 年 4 月，日本年金月平均的发放水平厚生年金是 203600 日元，国民年金是 67017 日元。而两年后的 2001 年 3 月，年金月平均发放水平厚生年金是 176953 日元，国民年金是 50984 日元。2008 年 3 月，年金月平均发放水平厚生年金是 158806 日元，国民年金是 53992 日元。由此可见，日本养老金的发放数额是越来越少了。

眼看着年金的发放率在不断降低，有些企业采取让 50 岁以上的员工提前退休的办法，以此来减轻企业的负担。还有些日本人主动提前退休，凭借着自己手中的技术和工作经验，进行人生"第二次就业"，争取到 65 岁以后再退休，把自己领取工资的年数加长了。还有不少日本公司实行退休金延期发放制度。65 岁退休的人，很多要到 70 岁才能拿到退休金。虽然社会为此正在为退休老人创造再就业机会，但离老年人的需求还相去甚远。

厚生劳动省 2012 年 10 月 18 日公布，截至 2012 年 6 月 1 日，在接受调查的近 14 万家企业中，有工作意愿者均可至少工作至 65 岁的企业占到了 48.8%，比上年增加 0.9 个百分点。而且，修订后的《高龄者就业安定法》明确要求企业确保 60 岁以上达到退休年龄的人员能工作到 65 岁。可以预见，随着法规于 2013 年 4 月开始实施，聘用退休员工和高龄劳动者在企业里占据的比例都会有继续增加的趋势。

从目前来看，日本延迟退休和返聘政策涉及的人群，大多数出生于战后的 40 年代末期 50 年代初，有些人还属于"团块世代"。这群人普遍接受过良好的教育，是 20世纪六七十年代日本经济高速成长期各行业的主力军。具有高度的责任感和敬业精神，而且经验丰富，都使得他们可以更好地胜任工作岗位的要求。自泡沫经济崩溃以来，由于经济不景气，各企业为了保持利润水平、维持运营，不得不紧缩开支，用人制度也相应发生了巨大变化。对企业而言，向超过 60 岁的员工支付原有工资的 60%～70%、工作半天等措施，既使用了熟练劳动力，又节约了用人成本，何乐而不为呢？但是，更应该认识到，实行延迟退休措施绝非长久之计，也无法取得一劳永逸的效果。

首先，人体的机能是随着年龄增长逐渐衰退的。老年人的接受能力、反应能力、体力终究比不过年轻人。丰田汽车对返聘员工的工作时间减半，很大程度上正是对这一现实情况的考虑。

其次，经验丰富固然可以使人少走弯路，但也容易让人囿于思维定式、墨守成规，不愿意甚至不屑接受新生事物，久而久之，不但与现实社会拉开了距离，更会使一个企业乃至全社会弥漫着沉沉暮气，缺乏生机和活力。

最后，也是最关键的，新老更替是任何社会、任何时代都不可避免的必然。在延迟退休普遍实行的同时，还需要相应建立一套完善的传授机制，使得延迟退休的老年人在离开工作岗位后，其敬业精神、认真负责的工作态度、丰富的经验在年轻一代那里得到传承和延续，"人离神不走"，才能真正达到延迟退休的本来意义和目的。

积极应对老年痴呆

日本社会老龄化趋势日趋严重，而近来的一项调查又让这一问题"雪上加霜"。据日本厚生劳动省调查，目前日本全国的老年痴呆患者人数已达 305 万人，约占日本全国 65 岁以上老年人总数的 10%。而 2002 年调查时为 149 万人，十年间这个数字翻了一倍有余。厚生劳动省预计，照此趋势，2015 年老年痴呆患者将增至 345 万人，2025

年将增至 470 万人。

高龄化会带来社会保障费用、医疗费用支出增加，"自杀死""孤独死"、精神疾病高发，青壮年劳动力的社会负担加重等社会问题，少子化又会使未来的劳动力人数减少，这就使整个社会陷入这样的怪圈：青年人由于负担过重不敢或不愿生育，加重少子化趋势，少子化趋势加重又势必对老年人供养造成劳动力短缺、人均支出和国家财政支出过重等负面影响，从而形成恶性循环。而老年痴呆由于发病隐匿，病程缓慢且持续时间较长，容易并发行为障碍、精神障碍和其他疾病，患者需要陪伴，尤其当病情发展到一定程度时，更是片刻离不开人。所以，老年痴呆患者人数剧增不仅增加了家人的负担，也增加了社会的负担，从预防研究、治疗研究到患者看护，人力、财力都需要长期投入。

无独有偶，类似问题在中国也已经显现。2011 年 8 月中国第六次人口普查结果显示：有 21 个省份青少年占比低于 20%，有 26 个省份 65 岁以上老龄人口占比已超过 7%。截至 2009 年，中国的老年痴呆患者已超过 600 万人，且在以每年 100 万的速度增加。如果说日本社会现在面临的严峻问题未来中国社会也要面对，那么，了解日本应对老年痴呆患者人数增加的对策，对于中国意义重大。

应该说，应对老年痴呆，日本社会的态度是积极的。首先，厚生劳动省目前准备着手制订以在家护理为核心的"认知症对策五年计划"，并于 2013 年实施。作为日本负责医疗卫生和社会保障的主要部门，厚生劳动省的这一举措体现了国家对老年痴呆问题的关注。

其次，医学界、科学界的研究人员也对老年痴呆的预防做了长期深入的研究，从生活习惯入手，寻找老年痴呆的病因，提出预防对策：每天喝两杯以上的绿茶，发生识别功能障碍等老年痴呆的倾向要小得多；干红葡萄酒中的多酚具有提高大脑认知功能的作用，可以预防和改善老年痴呆；每周至少吃一次鱼，也可以减少患老年痴呆症的机会。还有研究显示，大脑中的海马细胞功能的衰退，是导致老年人记忆力下降的原因。而咀嚼能预防老年人海马细胞的功能减退。至于运动对老年痴呆症的治疗，日本研究人员发现打乒乓球能锻炼到更多的大脑部位，对早期老年痴呆患者有治疗效果。

最后，许多日本老年人坚持老有所为，用积极乐观的生活态度为众人做出了典范。

日本新闻摄影界首位女摄影师笹本恒子 2012 年已是 97 岁高龄，仍在坚持拍摄，出版了《97 岁的幸福论》等书。2012 年 73 岁的日本女登山家渡边玉枝 8 月 19 日清晨成功登顶珠穆朗玛峰，刷新了自己从前创下的女性最高龄登顶者纪录。不仅社会知名人士，普通日本人也积极参与社会公益活动。不久前，居住在名古屋市的四位耄耋老太太，就被日本爱知县政府任命为"代言人"，提醒老年人谨防上当受骗。这四姐妹是日本著名长寿双胞胎"金银婆婆"中"银婆婆"蟹江银的女儿们，其中的大女儿矢野年子今年 98 岁。她们都住在名古屋市，平时互相往来做客，热爱生活的态度在当地传为美谈。老年人自身积极面对生活，通过实际行动保持精神活跃、心态年轻，对预防老年痴呆起到了相当程度的重要作用。

然而，花开两朵各表一枝，日本政府虽然一再表现出"高姿态"，但由于财政紧张口惠而实不至，各项用于老年人的医疗开支实际上被大幅缩减。近年来，老人的医疗费每年都占日本全国医疗费的 53%以上。为减轻这一负担，2008 年，日本政府开始实施"长寿医疗保险"制度，每两个月一次，定期从老人们的养老金户头扣除一笔不小的金额，引起日本老人抱怨连连，被批为冷酷的"弃老"政策。依靠可怜养老金生活的日本老人一旦患病，为节省开支只能依靠老伴看护，时间长了谁都受不了。

其次，日本需要护理的患病老年人已经超过了社会承受极限。随着老年人口数量的增长以及平均寿命的不断提高，在日本需要护理的患病老年人呈现出爆炸式增长。据日本厚生劳动省 2010 年的统计，需要护理或照料的患病老年人数量达到 390 万人，而且这支队伍还在不断扩大。而卧床不起的老年人当中，53%的人卧床时间超过 3 年，3/4 的人卧床时间超过 1 年。对卧床不起的老年人，一般需要长期护理，其护理负担也相当沉重，日本社会已经无法提供这么多设施和护理人员。

最后，由于结构和规模的变化，日本家庭也逐渐失去了对老年人的护理能力。在传统社会，日本家庭一般由子女和配偶共同承担老年人的护理。但在快速的工业化和城市化进程中，这一情况发生了很大变化。近年来日本老年人家庭增长迅速，40%的老年人或者独居或者只有夫妻在一起生活。根据日本厚生劳动省发表的"国民生活基础调查"，现在日本 1/3 的家庭有老年人，而其中近一半的家庭只有老年人，需要在家护理的老年人则超过了 100 万人，达到最高数量。另外护理卧床不起老年人的人当中，25%为 70 岁以上，表明老年人护理老年人的所谓"老老护理"情况尤为严重，也说明了居家护理的严峻现实。

归根到底，面对一种社会问题，只有国家、社会各界和当事人自身都积极面对，献计献策，才能使其得到有效解决。中国解决老年痴呆人数剧增的问题，比起在具体措施上向日本取经，掌握解决问题的思路或许更为重要。

虐亲的人可恨又可怜

通过日本厚生劳动省最新调查结果得知，仅据各地方政府掌握的数据，2011年，在接到过相关咨询和通报的家庭里，共发生了25636起虐亲事件。比2010年同期增长了1.3%，连续5年呈现增长趋势。

在各地方政府已确定的虐亲事件中，近半数的被虐者都患有老年痴呆，而86.2%的施虐者都和被虐者住在同一个屋檐下。更令人震惊的是，在施虐者当中，本是养来防老的亲生儿子所占的比例竟达到了40.7%，被唤为"贴身小棉袄"的女儿也占到了16.5%。

在这些数目惊人的虐亲事件中，进行身体虐待的占到了64.5%，进行精神虐待的占到了37.4%。

为什么日本人要对拉扯自己长大的父母施加虐待呢？是什么情况导致虐亲事件如此频繁地发生呢？这当然不是一句"小日本禽兽不如"的骂语或叹息可以总结的。

事实上，通过2013年2月到3月间，朝日新闻社联合日本老年人虐待防止学会对包括东京都23区在内的229个市区进行的相关调查发现，在通常被视为恶毒儿女的施虐者当中，有七成左右的人其实平日里都在尽孝道，负责护理、照顾着被虐者，也就是他们的父母。令他们虐亲的直接原因，是因照顾老人而产生的疲劳和绝望感。

对于孝子（孝女）们来说"不管自己怎样尽心尽力，还是不能改变什么，状态也只会越来越坏。绝望与疲劳，让看护人彻底崩溃"。在日本公益社团法人"老年痴呆患者及其家人之会"运营的网站上，一位41岁男性的留言也证实了汤原悦子的说法，"母亲是老年痴呆，我一直负责看护她，整整6年了！如今我感觉整个人都快要崩溃，每天都想一死了之"。在东京都三鹰市社会福利协议会每月举办的护理者谈话会上，一位居住在东京都世田谷区的 56 岁女性说："我眼看着我妈就要失禁了，就推她进洗手间，她却说什么都不肯去。我忍不住吼了句'你能不能听话啊'，接着一巴掌拍了下去。""我照顾我妈 8 年了，连和朋友出去吃个饭聊个天的空闲都没有，感觉自己的生活都被削减没了。"另一位家住东京都练马区的 32 岁男性说："我妈突然得了老年痴呆，身边离不了人，我不得不经常请假照顾她，看着公司里的人都忙来忙去，就自己是个可有可无的没用的人，心里能一点儿没有怨气吗？"这位男性还提到，家里没有其他女人，而自己在洗衣做饭和帮助老年人洗澡等事情上都做得很不熟练，经常会有一种极大的负担感。日本福利大学副教授、专门研究同类课题的汤原悦子在采访中介绍，在因看护亲人而诱发的杀人案件中，加害者有七成都是男性。像上村刚这样，孝子杀害母亲（父亲）的案例占全体的三成以上。另外，受害者里有三成是老年痴呆患者。

造成子女虐亲的另一个原因，则是经济条件差。通过朝日新闻社和日本老年人虐待防止学会进行的共同调查结果得知，在施虐者当中，有 18.3%都因收入低被减免了居民税，有 21.0%都无法缴纳或延期缴纳国民健康保险费用，还有 10.3%正在吃国家低保。在未满 50 岁的施虐者当中，有一半左右都没有工作，有固定工作的人只占到了一成多。据日本总务省提供的数据，从 2006 年 10 月到 2007 年 9 月间，由于看护父母而不得不辞去工作的日本人共有 144800 人。公益社团代表理事长高见国生分析说："在眼下的日本社会，为了看护有病在身的父母而不得不辞去固定工作的单身孝子越来越多。他们收入不稳定，又背负着看护重任，很容易对未来感到悲观绝望，进而走上犯罪或共亡的道路。"

眼见着社会上虐亲事件越来越多，日本从 7 年前开始实施《老年人虐待防止法》。然而该法规只注重如何杜绝、严惩虐待老人的现象，却没有注意到要帮助他们的子女缓解压力，减轻负担。截至 2012 年 1 月，日本全国经医院认定需要看护的老人共有 502 万人，比 2000 年 4 月增长了 300 万人。伴随着分母的不断庞大，由面临崩溃的孝子和有可能被害的老人组成的分子也开始逐年增加。在没有帮助的情况下，他们的儿女在漫长的护理、照顾老人的过程中，很可能也会成为一个个可恨又可怜的施虐者。

当代"扔老人山"折杀白衣天使

　　古时的日本，由于灾害频发，生产力落后，有段时期曾经有个野蛮传统。政府会把年过 60 岁的老人，带到深山扔掉，以减轻国家和家庭负担。这就是日本史籍《楢山节考》中著名的"扔老人山"典故。进入 21 世纪的日本，也出现了许多现代"扔老人山"，这就是日本的医院。

　　随着日本"高龄少子化"问题日益严重，很多老人年老体弱，病魔缠身，让家人不堪重负。于是，医院便成了日本现代的"扔老人山"。

　　一些家属把老人送往医院后就撒手不管，病好了也没有家属来替他们办理退院手续，医院打电话跟家属联系，他们总以忙为理由拒绝，反正日本老人的医疗费都是由国家负担，他们乐得不管。家人是轻松了，可这就苦了日本的"白衣天使"——女护士。女护士为护理这些老人没日没夜地干，不少人甚至英年早逝，被折磨成了"折翼天使"。

　　日本护理老年病人的女护士工作时间太长，"过劳死"也频频发生。2007 年 5 月，日本东京都济生会中央医院里，24 岁的高桥爱依悄无声息地离开了世界。她不是什么绝症患者，也没有遭遇人身意外，而是活活被累死的。高桥爱依是这家医院专门护理老年病人的护士，一天下班后躺在休息室小憩，但一睡便再也没有睁开眼睛。2008 年 9 月，东京三田劳动基准监督署判定高桥爱依为"过劳死"。据该署调查，高桥爱依生前每个月要加班 100 多个小时。其实，高桥爱依的事件只是冰山一角。日本看护协会在 2008 年展开了一次全国范围的关于加班、上夜班等工作状态调查。调查结果显示，日本女护士中，负责老年病人护理的护士最累。每 23 人中便有 1 人每月加班时间超过 60 小时，每一个住院楼里就有至少 1 名护士面临"过劳死"的危险。

　　其次，日本护理老年病人的女护士工作强度大，不少人自己也累成了病人。32 岁的芦屋沙希，是东京都内某民营医院的护士。该医院共有 500 个床位，芦屋沙希主要负责照顾身患糖尿病和肺炎的卧床老人，1 个人负责 40 个床位。为防止卧床老人长褥疮，芦屋需要每 2～3 个小时就帮他们翻一次身，非常消耗体力。吃饭时间只有 15 分钟，有时候想去趟洗手间或喝口水都没有时间。不到 1 年，年纪轻轻的芦屋就患上了腰部疾病。更糟糕的是，芦屋沙希 30 岁那年终于怀上了期待已久的宝宝，但在每天连轴转的工作强度下，怀孕 12 周的芦屋沙希在夜班时间内意外出血，最后流产了。而且，同科室和她一样，怀孕期间因为工作意外流产的女护士还有两名。日本医疗劳动组合联合会在 2010 年实施的"护士职员劳动实态调查"显示，在 27545 名女护士当中，流产者占 11.2%，而护理老年病人的护士流产率达 34.3%，高于平均水平 3 倍。

最后，医院对护理老年病人的女护士缺乏关怀。截至 2010 年，日本共有护士 147 万人，每 20 名职业女性中就有一名是护士。但是由于医院对女护士缺少应有的关怀，近年来日本医疗界开始出现护士大量辞职现象，每年有 12 万名护士脱下了白衣，而护理老年病人的护士辞职率就更高。据日本医疗劳动组合联合会在 2010 年的调查结果显示，有八成护理老年病人的女护士有辞职意向，作为辞职理由，有九成人选择医院缺乏应有的人性关怀。该调查称，目前依旧有四成怀孕中的女护士在上着夜班，而且日本各大医院为了扩大收入，不断接收各种久治不愈的老年病人，也不管人手是否充足。护士一个疏忽就会造成医疗事故，丢掉饭碗不说，很多医院还让护士自己赔偿事故损失。

每天身体和精神都犹如绷紧的皮筋，随时超过极限，最后导致"白衣天使"纷纷飞走。而护士的严重不足，又让在职护士的工作越来越辛苦，不断辞职。日本就这样陷入了一个恶性循环中。都说护士是救死扶伤的"白衣天使"，那又有谁来救救日本的这些"折翼天使"。

浴池联谊为老年人找朋友

2012 年日本政府发布《2012 年老龄社会白皮书》显示，截至 2011 年 10 月 1 日，日本 65 岁以上老龄人口，达到了创纪录的 2975 万人，占人口比例的 23.3%。从家族构成来看，20.3% 的女性和 11.1% 的男性老人独身寡居，比例呈逐年上升的趋势。可以看出，与身体健康相比，孤独才是日本老年人面临的最大困境。为此，日本各地方政府可以说是绞尽了脑汁，想尽办法让老年人活得快乐，同时也带动当地的活力发展。

近来，一种在温泉浴池里举办的联谊会，吸引了不少老年人的兴趣。2012 年年初，日本埼玉县的都幾川町和越生町合作，首次举办了这个活动，到 2013 年 3 月已经是第七次。几十名男女老人交叉围坐在室内浴池边上，一边泡澡一边聊天，还用香皂和洗发水瓶子玩起了保龄球。

出浴后，老人们还会在一起吃午饭。据都幾川町的活动组织者称，老人们通常会在饭桌上互留电话，有几对还发展成了恋爱关系。7 次活动中，有不少人都是"回头客"，希望他们也能尽快找到自己的"老来伴儿"。

老年人的浴池联谊，看似是一个小小的活动，实际暴露出老年人在日本社会遇到的种种问题。首先，"抱团取暖"是日本老年人的一种普遍心理。身处集体之中，周围都是境遇相似之人，最能让他们感到安心和舒服。尤其地方城市的老人，因长期处于孤独状态，他们对集体的依赖是非常强的。

有日媒披露，近十几年来，日本医院正逐渐变成养老院，大批老人常住医院不走，造成院方及政府负担迅速增加。为此日本政府决定，在 2011 年年底前将医院的疗养病床全部拆除。但是，从老人的心理层面分析，医院正是"抱团取暖"的最佳地点，谁让养老院的入院费那么贵，还没有床位呢？这项方针虽尚未完成，但已经有大批老人被"请"回了家。

其次，老年人在日本社会处于完全的"被保护状态"，没有展示自己的空间和机会。很多人 65 岁以前是公司的骨干或管理层，退休后却一下子没有了用武之地。独居老年人在这种心态调整上尤其缓慢，脱离了群体，又没有老伴儿，很多人甚至会为此"憋"出病来。

日本的地方基础设施十分完备，很多小镇也几乎都有专用的公民馆。但是，温泉浴池里的联谊会的人气如此之旺，也从侧面反映出公民馆作用的不足。